状元故里觅诗魂

首届吴鲁文化季征文作品选

晋江市文学艺术界联合会
中共晋江市池店镇委员会
晋江市池店镇人民政府 编

海峡出版发行集团 | 海峡文艺出版社

图书在版编目（CIP）数据

状元故里觅诗魂：首届吴鲁文化季征文作品选 / 晋江市文学艺术界联合会, 中共晋江市池店镇委员会, 晋江市池店镇人民政府编. — 福州：海峡文艺出版社，2025.3

ISBN 978-7-5550-4022-4

Ⅰ. I217.1

中国国家版本馆 CIP 数据核字第 2025DT4356 号

状元故里觅诗魂
　　　——首届吴鲁文化季征文作品选

晋江市文学艺术界联合会
中共晋江市池店镇委员会　编
晋江市池店镇人民政府
出 版 人　林　滨
责任编辑　余明建
出版发行　海峡文艺出版社
经　　销　福建新华发行(集团)有限责任公司
社　　址　福州市东水路 76 号 14 层
发 行 部　0591-87536797
印　　刷　泉州市精彩数字印刷有限公司
厂　　址　泉州市鲤城区美食街 183 号织造厂内原综合楼一层
开　　本　720 毫米 × 1010 毫米　　1/16
字　　数　150 千字
印　　张　16.5
版　　次　2025 年 3 月第 1 版
印　　次　2025 年 3 月第 1 次印刷
书　　号　ISBN 978-7-5550-4022-4
定　　价　58.00 元

如发现印装质量问题,请寄承印厂调换

序

  2024 年 10 月，习近平总书记在福建考察时强调，福建要深入贯彻党的二十大和二十届三中全会精神，全面贯彻新发展理念，坚持稳中求进工作总基调，扭住建设机制活、产业优、百姓富、生态美的新福建目标不放松，一张蓝图绘到底，继续在加快建设现代化经济体系上取得更大进步，在服务和融入新发展格局上展现更大作为，在探索海峡两岸融合发展新路上迈出更大步伐，在创造高品质生活上实现更大突破，进一步全面深化改革，全方位推动高质量发展，在中国式现代化建设中奋勇争先。习近平总书记同时强调，要在提升文化影响力、展示福建新形象上久久为功。加强文化遗产保护传承，坚持不懈做好以文化人工作，积极推进移风易俗。推进文化和旅游深度融合发展，把文化旅游业培育成为支柱产业。促进两岸文化交流，共同弘扬中华文化，增进台湾同胞的民族认同、文化认同、国家认同。依托宗亲乡亲、祖地文化等纽带广泛凝聚侨心。

  池店镇与世界遗产城市泉州城区一江之隔，素有"泉州南门外"之称，又是"晋江经验"发祥地的"北大门"。近年来，池店镇正在深挖深厚的历史文化底蕴，通过汲取传统文化、历史文化等营养，满足群众多样化的旅游需求，实现文体旅融合高质量发展，让更多人来到池店、认识池店、了解池店，全力打造"状元故里 环湾新城"的城镇品牌。池店镇钱头村人吴鲁，是我国科举时代福建最后一名状元，清末著名爱国诗人、教育家、书法家，在乱世发出"警世之铎"，一生以振兴文教为己任，在军事上也做出一定贡献，有"六掌文衡""一代宗师"之称，被誉为"足与清初的吴梅村、清季的黄遵宪比美"的史诗人，其家国情怀和诗歌艺术成就集中体现在《百哀诗》中。其子吴钟善也是清末进士，甘于淡泊，气节清高，在诗词、书画及篆刻、鉴宝等诸多方面造诣精深，享誉闽地，并曾游学、授学于台湾，受父之命一生守护岳忠武砚，因博学被推举为泉州昭昧国学专修学校校长和《晋江县志》总纂，是与吴鲁文化有密切关系甚至是举足轻重的人物。受良好家学和家风家训的熏陶，如今吴鲁后裔分布海内外，而且在各行各业竞展风流、多有建树。当前，挖掘和弘扬吴鲁文化，正是深入贯彻落实习近平总书记在福建考察时的重要讲话精神的有力抓手。

2025 年 5 月 22 日是吴鲁高中状元 135 周年，当年又恰逢吴鲁 180 周岁诞辰。为此，晋江市文学艺术界联合会与中共晋江市池店镇委员会、晋江市池店镇人民政府等单位将联合举办首届吴鲁文化季，包括以读吴鲁《百哀诗》《正气研斋汇稿》、其子吴钟善《守砚庵文集》《守砚庵诗稿》和访钱头状元第感悟，记述吴鲁及其后裔吴钟善等人史迹为主题，邀请一批省市文学名家前来采风创作，面向海内外文学界征文，交由海峡文艺出版社出版《状元故里觅诗魂——首届吴鲁文化季征文作品选》，并在"晋江文艺"和池店镇公众号推送，精选部分作品用于纪念吴鲁高中状元 135 周年暨 180 周年诞辰诗文诵读会。本次活动得到了晋江经济报社的大力支持。征文期间，部分作品将在《晋江经济报》"五里桥"副刊开设专栏陆续发表。在本书的编辑出版过程中，也得到了吴鲁后裔创办的吴鲁世家博物馆、福建吴鲁状元文化产业有限公司的大力支持，提供了许多珍贵的图文资料，并约请池店籍著名书法家李德谦先生为本书题耑。在此，一并表示衷心的感谢！

我们坚信，只要我们持之不懈地学习贯彻习近平文化思想，弘扬中华优秀传统文化，用心把吴鲁文化季作为一个常设性地域文化品牌来打造，吴鲁文化 IP 一定能为池店、为晋江增添一道更加亮丽的风景线，为写好、讲好"池店故事""晋江故事"增添一则更加生动的"状元"篇章。

编委会

2024 年 10 月

目/录
Contents

● 钱 塘 传 芳 ●

● 文 教 兴 邦 ●

百 哀 留 韵

附　录

钱／塘／传／芳

晋江风骨状元魂

颜长江

　　走进晋江钱头村的乡街小巷，慕名来到福建历史上最后一位状元吴鲁的府第，就像溯流在时光的波澜上。这是我不知天高地厚，独自拜谒一位致仕的乡贤吗？还真有如此的感触，尽管100多年的岁月已经过去，毕竟状元郎的光环闪烁古今，仍然投射在多少人敬仰的心坎上。

　　吴鲁状元第就藏在村子里，左邻右舍都是其族亲的房屋，环绕着这片幽深的古厝聚落。我探访寻迹，只见在白石铺砌的巷路一侧，排列三座红砖瓦的五开张古大厝，仿佛官家宅邸的遗韵扑面而来。正中间一座匾题"状元第"三个潇洒大字，左右两座则悬挂"书房""学堂"的匾额，朱漆金字，墨香大气。这是"书中自有黄金屋"的真实写照，激励继往开来的文化教育气象。

　　晋江夙以"人文渊薮"著称，历代不仅簪缨鹊起，被誉为"千人进士县"，还有榜眼、探花的佼佼者胜出，更有十余位的状元独占鳌头。这些山川毓秀的风流人物，就是"海滨邹鲁"的文化底蕴。

　　我曾游访过晋江五店市的传统街区，那座新雕耸立的状元坊古色古香，非常的壮观。我在仰望中读出一串闪光的名字：陈逖、黄仁颖、王曾、杨友、梁克家、林宗臣、曾从龙、庄安世、庄际昌、庄有恭、吴鲁。这是自五代后梁以降，至清代末叶的1000余年时间里，晋江高中过的11位状元，也是名副其实的国宝级"学霸"，挺起乡土历史文化的一座座高峰。而最后一位就是吴鲁，其赶上末代王朝的承命会试，跃鲤化龙，在清光绪十六年（1890）的春闱，夺取恩科的大魁。

　　我好像对分科举人有点依依不舍，这不是迂腐，而是喜欢其倡导的学而优则仕，为优秀的寒家子弟打开一扇光明之门。所以说吴鲁很是幸运，他在 46 岁的中年时光，庚寅殿试钦点为状元郎。他一举平步青云，身穿鲜红的衣袍，头戴簪花的金冠，春风得意马蹄疾，走上人生更加锦绣的前程！

吴鲁高中状元后，初授翰林院修撰，再出任陕西乡试副考官，又转为提督安徽学政，还代办过江南乡试。清光绪二十七年（1901）的庚子事变后，他赴任云南乡试的主考官，越明年出任云南学政，当地老百姓感念德行，为其立有"德政碑"。清光绪三十二年（1906），吴鲁偕同各省督学赴日本，考察学务及农工兵商诸政，返京后被任命为吉林提学使。他在执掌地方文教事务的任上，都会带头捐俸助力教育的发展，即使在"风气尚未大开"的云南边陲，也不遗余力地播撒读书的种子，深受民众的爱戴。

吴鲁作为得益于科举的成功者，也清醒地感觉"士困于旧学久矣"，故而赞同"废科举，兴学堂"的新潮流。他积极推动文教新政，倡导教育要启开窗户，放入世界知识的新风气，将兴国振邦寄望于兴学育才之上。

然而，我反观吴鲁入仕为官的生涯，从清同治十三年（1874）以拔萃科朝考一等授刑部七品京官起，到清光绪十六年（1890）状元及第，直至清宣统三年（1911）辞职归乡，沉浮宦海也有 37 年。吴鲁所处的却是一个糜烂的朝代，内忧外患的社会现状与官场腐败，使他满怀的抱负难以施展，步履维艰。清王朝的气数如此，纵使吴鲁毕生倾情于教育救国，呕心沥血，也显得力不从心。

这种困顿的境遇，对于个人而言，欲挽危局于山穷水尽，也是时运不济了。

吴鲁状元第历经 100 余年的风吹雨淋，虽然是老态毕现，但基本都保存完好，现列为第八批福建省级文物保护单位。只见大厝厅堂高悬着吴鲁身穿官服、端坐虎皮椅上的彩色画轴，另有一幅倚坐书案的休闲肖像，双侧挂有木板的楹联云："拂剑朝天去，垂鞭醉酒归。"此系状元手书墨迹，黑底髹漆，镌字描金，闪烁出熠熠光辉。

走进府第内的《百哀诗》首刊百周年纪念厅，我被"留一部庚辛信史"的联语所触动，遂想起那段吴鲁亲历的痛楚史事。

吴鲁不仅是文学家、教育家，还兼具军事才华，可谓文韬武略、双全齐备。他熟读的《左传》等经典著作，有很多征战的内容，使其运筹帷幄于胸膛。他喜欢儒家仁义礼乐的惯性思维，却在策试中述及戍边守土的治国方略，如此未雨绸缪的思考，超群出众，深得圣上的器重和赏识。

清光绪二十六年（1900），吴鲁在朝为官的日子，却遭遇"庚子之乱，联军东西大小十一国，麾指京津"的特大事件。清王朝闭锁的国门，早被外夷列强集结的坚船利炮击破，慈禧太后竟祭出义和团"刀枪不入"的符箓，去迎战拥有先进热兵器的魔鬼，这种愚昧怎能抵御洋人所恃的猖狂炮火？

吴鲁看穿红灯照的垂髫弱女子，吞符念咒，本属荒唐。他感叹道："妖术厉禁原森严，红灯胡为肆聚啸。古来妖孽由人兴，家国祸机皆自召。"即以诗揭露妖言惑众的谣传。

在这国难当头之际，形势危急，吴鲁悲愤不已。他极力主张抵抗外夷的侵略，被推举担委为军务处总办，挺身在这场动荡的旋涡中。但荷枪实弹的八国联军从天津出发，一路长驱直入，攻陷京城，杀入皇家御苑焚烧掠夺。爱国兵民手持大刀、长矛殊死搏斗，根本对付不了穷凶极恶的强盗。如此关键时刻，慈禧太后并不坐镇京都以稳军心，而挟带光绪皇帝偕百官"西狩"而去，赫赫圣驾实际是逃奔溜跑了。

吴鲁作为主战派的中坚，不为避难全身，坚持留守在军务处。他目睹京师被大肆蹂躏，血雨腥风，生灵涂炭，即沉痛地写道："强胡十国联军来，阵云黑压黄金台。巨炮连环竞攻击，十丈坚城一劈开。两宫闻变仓皇出，枪林弹雨飞氛埃……"从这首诗中，可想见他抑郁无奈的境况。他等不来勤王的兵马，仰天长叹，难以守住帝都的宫阙，在困居宣武门外南柳巷晋江会馆的时候，仍然应对着各种突变的发生。

清王朝腐朽不堪，当道窝囊至极，结果只能是落后挨打。朝廷终是屈服于割地赔款的不平等协议，次年被列强逼迫签订《辛丑条约》，以妥协求和了结事态。

吴鲁面对如此局势，无法实现"拔剑收取旧山河"的愿望，心有不甘又能奈何？朝廷丧权辱国的积弱之殇，化成诗家的忧患意识，其失意颓丧的心泪，滴落多少含血的叹息，洒在《百哀诗》的稿笺上。他遂以诗的形式记录时事，挥笔咏成 100 多首的诗篇，字里行间喷流出卧薪尝胆的心声，这就是对时人与后人的惕然警醒了。

清光绪三十三年（1907），吴鲁获得朝廷诰授的资政大夫衔，奉旨赏给正二品的花翎顶戴，表彰其报效国家社稷的功绩，颇有声名。这在末代王朝中，一个把操守看得比生命重要的士大夫，济世匡时于穷途末路，能够保得住忠节与晚节，也算是平生幸事了。

我流连在吴鲁状元第，仍会想起五店市状元坊上镌刻的那副对联："十一状头直以高风辉岁月，千余进士尽收文藻佐江山。"那笔墨间展现出腾蛟起凤的气势。而在石坊梁上列出晋江状元的名纬，将学养与文心垂示千秋，凸显着后人对先贤的追慕之情。

那旧驿古道中的一段圩市，被过往商旅称为"五店市"，其实《晋江县志》载云"吴店市"。俗称与正称的谐音之讹，似乎是值得斟酌的古地名。这吴店市的一条街路唤作"状元街"，而最后一位状元是吴姓子弟，却也巧合得有点趣味。尤其在吴鲁之前，古时候奉旨赶考的本土读书人，都喜欢从这条老街上穿行而过，谓之可沾染文采、沐浴福气，无妨信哉传言。而在吴鲁之后，晋江人赶上好风气，也率先创办很多的新式学校，与时俱进，英才辈出，延续状元乡土的文明之光。

我忆及吴鲁留给历史的事功，他承受过骚乱的痛苦，仍以振兴文教为己任，并没有愧对自己的年代。他对走向崩溃的清王朝，哀其不幸，怒其不争，而对自己咏诗励志，其"哀"中有灵魂的坚韧，有逆境的崛立，也有负重的奋发。我捧读着吴鲁的遗诗，感受他兴学的正气、抗侮的骨气和图强的志气，对他身处浊世而砥砺前行的诗路历程，就更加地心领神会了……

今年是吴鲁 180 虚岁诞辰，晋江隆重启动首届吴鲁文化季的系列纪念活动，这是弘扬推广乡贤文化教育的内容，也是促进文旅融合发展的举措之一。我看见村民们在忙碌整理着石埕场地，美化周边的人居环境，那两座象征文运官运的旗杆夹石，也拂尽岁月的尘埃，依然是铮亮洁白如初。

福建最后一位状元的历史定论，只是相对于科举制度的兴废而言。其实，这"状元"的荣耀称号，已随着时代的发展而有着更加广泛的含义，表达了

"行行出状元"的社会新风貌。特别是晋江人更喜欢讲"否否状元骨"的方言俗话，以谦逊语境颂扬各行业中的拔萃人物。正是这些精英俊杰，各以自身的努力勇立潮头，成为不懈追梦的楷模，让爱的奉献焕发智慧的光芒。

吴鲁是中国的文化名人，也是海内外晋江人的骄傲和文化标杆。这晋江状元文化的传承，植根在优秀传统文化的土壤中，就有乡土文化教育的花繁叶茂、硕果累累。

走出钱头村的吴鲁状元第，结束了此行匆促的探访，却也是获益匪浅。

我感觉引以为自豪的是过去，勇于拼搏的是今朝，充满自信的是对未来的憧憬。这片土地浸润吴鲁文化教育的活水，在其勤奋好学、爱国爱乡、坚强不屈的优良品格影响下，晋江风骨必然承先启后，在崭新的时代发扬光大！

（作者系中国作家协会会员、晋江市蔡其矫诗歌研究会名誉主席）

末世的倔强

戴冠青

清光绪十六年（1890）四月的京城，依然春寒料峭，冷风袭人，庚寅恩科的殿试揭晓唱名典礼在保和殿隆重举行。留着小胡子的晋江钱头村人吴鲁与一众贡生满怀期待在殿外静候，突地，唱名声轰然入耳，第一个传出的就是自己名字：吴鲁！他愣了一下，环顾左右，但瞬间心里就奔涌出一股热流，没错，清光绪十六年（1890），他以殿试一甲第一名夺得庚寅恩科状元！但他没有像其他贡生那样欣喜若狂，只是理了理衣裳，甩了甩袖子，随即应宣与榜眼文廷式、探花吴荫培入太和门披红簪花，然后跨马而出，绕城巡礼，沿街鼓乐齐鸣，万人空巷。这一年，他46岁。

此刻，我正站在晋江钱头村古朴斑驳的状元第天井中，抬眼望着门楣上吴鲁手书的"紫薇高照"4个雄浑大字，目光似乎穿透了130多年前的历史烟尘，那一幅风光无限的胜景历历如前。

其实，我并不能想象出当时冠插状元花翎巡游的吴鲁是怎样一种心情？46岁，这并不是一个年轻的数字。当时一把年纪的他是喜悦？是感慨？或者更多的是悲欣交集？我不知道，我知道的是，吴鲁其实是个大器晚成的状元。

也许他完全不必再去辛苦赴考了。而且，在他30岁时，已经以拔萃科朝考一等授刑部七品京官，俸满升任主事，充秋审处总办。数年后又考取军机章京，并充方略馆纂修。至其状元及第时他已在京供职达18年之久了。

但是，他考了，并在46岁时一举夺魁！也许是晋江人爱拼会赢的倔强性格使然，又或者是一个经过官场历练的儒生试图在那个风雨飘摇的末世有所作为的一搏。从其状元卷可以看出，面对皇帝的殿试策问，他以沉雄峻拔的颜欧体小楷，洋洋洒洒地书写了他的治国构想，其中有帝王心法之道，有东三省治理之策，有经济发展之略，有边防守卫之方，经世致用，满腹经纶，字字珠玑，句句焕彩；卷面清朗醒目，思路汪洋恣肆，议论有理有据，书写一气呵成，无一处停顿，字里行间喷薄而出的分明是满满的爱国报国情愫！遥想当年皇帝阅罢此卷，定然是眉开眼笑，心悦诚服，拍案叫绝，倍加赞许，袖子一挥欣然命笔，饱蘸红墨钦点状元！

尽管吴鲁大器晚成，但他并不敢懈怠。他是那样写的，也是那样做的。在那个千疮百孔的清代末世王朝中，46岁后的状元公，从清光绪十六年（1890）授翰林院修撰始至清宣统三年（1911）闰六月辞职，始终恪尽职守，尽己所能，为选拔人才、振兴文教、祛除腐弊、激浊扬清、维护国家利益兢兢业业，在历史上留下了他孤独而倔强的身影！

六掌文衡，几乎用尽了他后半辈子的时光。他历任陕西乡试主考，安徽、云南督学，云南主考，吉林提学使，诰授资政大夫，还带队到日本考察学务。他反对旧学，提倡新学；到处兴办学堂、书院、文庙，敦促适龄儿童入学受教；他改革学制，把"兴学育才作为第一要义"；不仅重视小学基础教育，还关注留学生教育，并且建议大力起用"留学东洋，毕业由海外归来的"学子，经"考试及格，当轴者破格用之，或量其才而授之以事，或分发各省学堂以为人师，或入官诏糈出其所学以襄理新政……"

在那个风雨如晦动荡飘摇的时光隧道里，我似乎看到一位须发已经斑白的中年人，倔强地穿梭在各省的考试院或学堂中，督学监考，视察学务，研究对策，提出纲领，甚至多次捐出薪俸，资助有关省份办学建校。他那苍凉的脸上满是焦虑，他那瘦弱的胸膛却是振兴中华文教的一腔抱负！这不能不让人铭感五内、情动于心！

可惜腐朽衰败的清王朝已经病入膏肓，甲午之后，八国联军趁机大举入侵，吴鲁的文韬武略非但无法实施，而他力图振兴的国家也已经走向"烟柳断肠处"。清光绪二十六年（1900），八国联军攻破津门，进逼京城，慈禧太后挟持皇帝仓皇避逃西安，京城沦陷，一片腥风血雨，中华民族危在旦夕。吴鲁满腔忧愤，却又无可奈何，他困居京城的晋江会馆，目睹街上满目疮痍，血流成河，双眉紧锁，五内俱焚，满腹悲愤奔涌而出，庶几化为《百哀诗》156首！诗中谴责朝廷与军队的不抵抗"中军统帅弃纛走"，控诉八国联军的烧杀掳掠"狼心兽行天理穷"，歌颂爱国志士的民族大义"宋家信国辉青史"，更哀叹百姓的万般疾苦"沿途皆饿殍，凄怆不忍瞩"……

然而，无论吴鲁如何倔强地力图挽救颓世，以诗为矛，大声疾呼，上书朝廷，提出应对策略，都改变不了封建王朝日薄西山气数已尽的悲剧命运！力图有所作为的一代状元公终于心灰意冷，彻底失望，清宣统三年（1911），他黯然辞职返乡；民国元年（1912），他寂寥地走完了既光彩又悲愤的一生，享年68岁。这时，距他状元及第仅仅22年。

此刻，我依然站在晋江钱头村古朴斑驳的状元第天井中，思绪飞回到112年前，我不知道倔强的吴鲁临终前那双浑浊的眼睛里是否还有光亮，也不知道他当时的心情是否和弘一法师一样地悲欣交集一言难尽，但我知道，作为一个46岁才状元及第的儒官，吴鲁一直是渴望励精图治建功立业为国家做贡献的，他半辈子用心于振兴文教选拔人才也是力图改变弱国现状从而促使国家强大起来。可惜时运不济，末世王朝的腐朽颓败和帝国主义的侵略蚕食最终让他的一腔心血半世努力尽数付之东流，曾经冠插花翎风光无限的状元公最终也成了一位让人感慨万分的悲剧人物！

我慢慢地穿过天井，踩着布满裂痕的红地砖走出状元第，回望门楣上依旧苍劲有力的"状元第"三个金字，心潮澎湃，忍不住想到，这样恪尽职守忠诚爱国的儒官要是活在当今这个时代该有多好！

（作者系中国作家协会会员、泉州市作家协会名誉主席、泉州师范学院教授）

肃堂先生

蔡飞跃

这是一帧最为亲民的状元画像。肃堂先生没戴顶戴花翎，没穿蟒服，一副平易近人的形象。

肃堂先生吴氏，名鲁，肃堂是他的字，科举时代福建最后一位文状元。在泉州，知道吴鲁名字的人多，知道吴肃堂的人极少。古俗直呼其名不恭敬，我决定尊称这位状元公"肃堂先生"。

我是甲辰年（2024）夏历七月二十一日走进他的家乡晋江市池店镇钱头村的。这一天，纪念吴鲁180虚岁诞辰暨首届吴鲁文化季启动仪式在状元第门前举行。

连日来时雨时晴，踏上钱头村的时刻，天空艳阳高照，天蓝如洗，不由惊叹上苍也有助人之美。

辛劳的主办方，把个文化季办成盛大节日，一座座色彩鲜红的迎宾拱门据守村道的显要位置。生活在钱头古村的淳朴乡民，守护着肃堂先生的故乡，也守护着自己的精神家园。在一爿古厝中，与肃堂先生有关的书房、状元第（新宅）、学堂、宗祠、状元第（旧厝）五座闽南古大厝次第排列，适合观瞻与思考。

蟾宫折桂的学子，除了知识渊博，书法必定了得。肃堂先生的书法鼓舞我追寻他的人生轨迹。十几年前，在亲戚家见到一副落款"肃堂吴鲁"的对联，那一刻起，我欣赏肃堂先生书法的兴趣与日俱增。

肃堂先生存世的墨宝颇多，在南安官桥蔡氏古民居建筑群，他的书法作品曾让我乐不思蜀。而在他的家乡钱头村，他的各种字体的书法作品写在古厝的匾额里，印在柱子上……饱赏之时，擅长书法的朋友提示，肃堂先生的书法以楷书见长，其书风沉雄峻拔，兼善颜真卿、柳公权的精髓，又融入宋四家苏轼、米芾的雅韵。我还知道，肃堂先生的"吴体"风格与其刚直忠厚的品格相得益彰，他的擘窠大字笔酣墨饱、力透纸背，"吴鲁好大字"之说流传甚广。

肃堂先生的科举追求，宛若一部浓缩的清代科举史，每一个章节都充满了奋斗与荣耀。

时光回溯到清道光二十五年（1845）夏历七月二十一日，肃堂先生降生于福建泉州府晋江县二十九都钱塘乡（今晋江市池店镇钱头村）。他的曾祖呈坚（字元固，一字元凯）、祖父璧经（字静轩，一字尚书）、父亲廷选（字厚宇），三代均为平民，在四乡八里享有良好的声誉。生长在有爱人家，肃堂先生5岁从师启蒙，大志初显，十几岁进入晋江县学研学。

状元第门前巨大的宣传牌，写满了肃堂先生的闪光事迹，我陷入沉思：古代读书人，大多数是考中举人或进士步入仕途的，肃堂先生有点特别。清同治十二年（1873），他登拔萃科，时年29岁。拔萃科又称"拔贡科"。这个科举方式清朝创立，最初规定每6年选拔一次，清乾隆七年（1742）改为每12年选拔一次。每个府学选拔两名，每个州学、县学各选拔一名。由各省学政考取后保送京城国子监深造。经过一段时间学习并朝考合格后，可以充任小京官、知县或教职。进入国子监一年后，肃堂先生朝考一等，授刑部七品京官，俸满升刑部主事，开始官场生涯。过了十多年，也就是清光绪十二年（1886），肃堂先生考取军机章京，后充方略馆纂修，声名开始远扬。然而，他不甘平庸，决定继续攀登科举的高峰，以更大的能力报效国家。清光绪十四年（1888），蛰伏多年的他就近在顺天府（今北京）乡试中举。换句话说，他是当了15年京官之后才中了举人。

科举制度源远流长，主流的说法是肇始于隋朝，到了清朝，已形成相对固定的模式。一般情况下，乡试考中举人后，便可安稳地当官。进士比举人更有晋升空间，要想登进士第，必须通过会试取得贡士资格方可进入殿试。会试由礼部主持，其含义为"共会一处，比试科艺"。每三年，即逢丑、辰、未、戌年的夏历二月在京城举行。因考期定在春天，又称"春试"或"春闱"。被录取者统称"贡士",第一名称为"会元"。翌月,在保和殿举行殿试,由皇帝主持。殿试主要是定名次,所有贡士最终都是进士,有时遇上庆典加科举试称为"恩科",考期等同正科。

还是回到进士科考试的话题,清光绪十五年(1889),朝廷按例举行己丑科进士考试,此科状元张建勋,广西桂林府临桂县人。第二年,礼部官员喘息未定,又马上筹备另一场进士考试,俗称"庚子恩科"。清光绪十六年(1890)为什么设恩科?原因在于清朝第11位皇帝爱新觉罗·载湉前一年开始亲政,故而开办此科以示皇恩浩荡。

科举考试的名次往往存在不确定因素,清光绪十六年(1890)初春,全国各地的举人集结京师,他们为参加恩科会试而来,一番比拼,浙江省杭州府杭县人夏曾佑表现突出,夺得会元。夏曾佑未能笑到最后,殿试时掉了链子,仅中二甲第八十七名。而肃堂先生则凭借自己的才华,冲天而起,一举夺得殿试一甲第一名,赐进士及第,登上科举的巅峰,成为福建科举时代最后一位文状元,授翰林院修撰,实现了无数儒生的追求的梦想。这一年,肃堂先生46岁。

光绪庚子科是载湉皇帝为庆祝亲政特开的恩科,由于光绪皇帝不受慈禧善待,这场恩科举办的目的容易被人揣测。有资料显示,载湉左等右等,终于熬到清光绪十五年(1889)亲政,此时的朝廷仍被慈禧太后操控,但光绪皇帝已能接触到实际政务,并拥有一定的话语权。载湉认为之前的科考选拔的人才主要为慈禧服务,因而便以庆祝亲政的名义开科取士,通过选拔、挑选人才加强政治基础,以便扭转局势保证自己的皇帝权益。因而有人将这一年的恩科,视为光绪皇帝登基后真正意义的"第一次"科考。

这种说法绝非信口开河,载湉皇帝自清光绪十五年(1889)开始亲政,至二十四年(1898)九月二十一日慈禧太后等发动戊戌政变被囚,亲政仅9年。尽管光绪的年号照常启用,实际上已远离权力中心。对于一位废帝录取的恩科进士,慈禧怎能有大胆任用的器量?

判定真相,侧向迂回也不是不可行。于是我们前往吴鲁世家博物馆,试图在那里寻找想要的答案。

初秋的钱头村,仿佛是大自然精心创作的一幅安详的风景画。阳光温柔地洒在每一寸土地上，洒在红砖墙上，洒在高高翘起的燕尾脊上，整个村庄披上一层耀眼的金辉。村中的乔木，叶子依然是绿的，绿得让人心动。来往的村民们在村巷里客气地打招呼，脸上洋溢着满足和期待的笑容。前往博物馆路上的所见所闻，让人无比温馨。

这里的一切属于肃堂先生，我在吴鲁世家博物馆里发出感叹！

博物馆里的讲解声、交谈声，氛围有点嘈杂，但不影响我的思维。惊讶中，得知肃堂先生是继明代庄际昌先贤之后的泉州文状元。回望明万历四十七年（1619），庄际昌意气风发，以己未科会元，一鼓作气夺取殿试第一名，掐指一算，两人中间隔了271年。

在我有限的记忆中，高中状元的贡士大多数仕途宽广，实权在握，风风光光。肃堂先生没有这样的幸运，他当过几个次要部门的修撰、教习、撰文等虚职，相当长的时间从事文教事业，没有补过一次实缺，未能更好地施展治国救民的抱负，只能"六掌文衡"，为国选才。肃堂先生是个看得开的人，他安于职守，以振兴文教为己任，将兴学育才视为施政的第一要义。他历任陕西典试、安徽督学、云南督学及主考、吉林提学使等职，每到一处，都大力推动教育改革，广筹经费建立学堂。

时光匆匆，转眼已是清光绪二十年（1894），肃堂先生督学安徽，有一次巡察太平府，见到翠螺书院破败不堪，便带头捐俸五千金修复，并为书院作记，勉励后学力求上进。清光绪三十二年（1906），肃堂先生出任吉林第一任提学使，捐俸数千两筹办提督学政公署，改建文庙，完善教学设施。由于吉林新设提学使，肃堂先生要做的事情太多太多，他倡办《吉林教育官报》，影响广泛；他提倡的教学研究与学术讨论的观点，推动清朝教育体制的重大改革；他反对过分要求学生兼修博览，支持培养"术业有专攻"的人才。他的这些教育理念具有前瞻性，深远影响后世。

对教育的不舍追求，是一种无私的奉献，是对知识的热爱，更是对未来的憧憬。教育，如同太阳底下最光辉的职业，它映照了无数求知者的心灵，为社会的进步提供了强大的动力。肃堂先生深知，教育是国家的根本，人才是民族的未来。他不遗余力地推动教育改革，不拘一格广开才路。他建议对留学海外的莘莘学子加以重用，凡经考试及格者应破格任用，或分派各省学堂以为人师，或按照其所学的专业入朝襄理新政。这一举措，为国家机器注入了新鲜血液。什么是经验？有实施价值的就是经验，肃堂先生的这一建议，后来教育改革时被作为经验借鉴。

吴鲁世家博物馆的布置格外用心，他的裔孙们理解他的"岳飞砚"情结，特意仿制一块入馆摆列。肃堂先生寻得"岳飞砚"有一段故事——1894年农历九月，天气开始转冷，时任安徽督学的肃堂先生于皖南见到一方岳飞遗砚（即"正气砚"），心中顿时泛起一股暖意。此砚产自端州，砚背刻有岳飞手书"持坚守白，不磷不缁"八字。肃堂先生敬佩忠臣的爱国情操，费尽口舌购回这块鼎鼎有名的"正气砚"，后来一直供在书房里，甚至把书房名改成了"正气研斋"。在他的著述中，以"正气"为书名的有《正气研斋汇稿》六卷、《正气研斋遗诗》一卷等。可惜的是，此砚于20世纪六七十年代流落民间，不知所终。肃堂先生守护"正气砚"18年，显见其爱国的本心。

每当民族存亡时刻，正直的读书人的爱国热情往往空前高涨。肃堂先生所处年代已是封建王朝末世，国家政权风雨飘摇，面对第二次鸦片战争、中法战争、中日甲午海战、八国联军侵华接连给中国造成极大的灾难，他的爱国热情勃发。在国难当头之际，他没有退避三舍，而是表现出极强的忧患意识。甲午战争期间，中日枪炮相向，他上书朝廷，请求迅速调派战将以应对敌情；在八国联军入侵京津时，他大声疾呼，迅速激发民众的锐气，加强水陆联防。他提出的策略虽然未被采纳，但他的军事才能为主战派欣赏，被推荐担任军务处总办。

清光绪二十六年（1900）是一个不平静的年份，八国联军的枪炮声划过京师上空，回荡在街巷里。困居京城南柳巷晋江会馆的肃堂先生，目睹侵略者烧杀抢掠、京城千疮百孔，怒从胆边生。他手执兔毫，以诗的形式逐日记下"庚子之变"，每首都振聋发聩，后来结集为《百哀诗》。他的诗句，无情揭露侵略者的滔天罪行；他的诗句，深切痛恨腐败的清廷；他的诗句，真情忧心国家和民族的命运。这部被史学家称为"庚子事变"的"第一手史料""庚子信史"诗作，每一首诗，都像利剑闪出的寒光，刺破了黑暗的夜空，照亮了国民的心灵。

　　肃堂先生最后任职图书馆总校，诰授资政大夫花翎正二品衔，时值清宣统三年（1911）夏天。这个位置他没待多久，身心疲惫的肃堂先生仿佛有什么预感，毅然辞官致仕返回故里。他归家不久的1912年元旦，孙中山就任中华民国临时大总统，正式宣布中华民国成立。同年农历八月二十八日，肃堂先生溘然长逝，距他所生的清道光二十五年（1845），年六十又八，长眠于他挚爱的家乡。

　　走出博物馆，高远的天空上，秋日正酣畅淋漓地播撒斑斓的线条。此时想到，肃堂先生一生充满传奇色彩。他的故事，如同一部波澜壮阔的教科书，每每读起，总会心生万千感慨！

　　（作者系中国作家协会会员、福建省作家协会主席团委员、泉州市作家协会主席）

殚心擘画悯陆沉

简 梅

一

　　"龙蛇纵在没泥涂，长衢却为驽骀设"，每每读此诗，心中不由慨叹，多少英才俊杰在历史长河中，报国无门，壮志难酬，而其凛凛风骨、史册丹心却历历犹存！而那些山河破碎风飘絮的过往，往往不忍直视和细读，每每阅到伤心处，常常泪湿衣襟。

　　秋风初起，我来到晋江池店镇钱头村，穿过街巷，在一处闽南红砖大厝前驻足，洗尽铅华、雍容大方的三座联排建筑，彰显倏忽风雨的流金岁月，厚重的彤红以及"出砖入石"的风格，内蕴着闽南人性格中温良、自省的特质。此时为上午 10 点的光景，冲破云层的暖阳斜照于古厝硬山式屋顶和双翘燕尾脊，充满家的温暖的斑驳木门，每一扇都诉说着光阴悲欣的故事。当瞻仰门匾大写的"状元第"后迈入厝内，眼前严谨精巧的布局构思，包含着家居、教育、祭祀中华传统三元素。中座为祖厅和住所，东座为书房，西座为学堂。每座俭约素朴的门庭格局，以主人为显赫的状元公身份，更显独特而清廉，透露着以深远的睿智思考如何繁衍家族、诗书传家、和谐共存。

　　实不相瞒，临行前一周，我翻阅了大量古厝主人公的事迹与文集，整整 7天，我夜不成寐，为闽籍有如此卓越而不广为人知的先贤而景仰叹息，为其渊深广博的学识、正义凛然的风骨而钦敬折服，更为他笔下的中华历经劫难的撕裂悲怆而泪流愤激，也更加了解了为什么有那么多能人志士前仆后继"驱除鞑虏，恢复中华"！他就是清光绪十六年（1890）庚寅恩科状元吴鲁，历任陕西典试、安徽学政、代办江南乡试监临、云南主考、云南学政、吉林提学使、学部候补丞参、图书馆总校等，为清末著名的教育家、书法家、爱国诗人，福建历史上最后一位科举状元。他在庚子年（1900）困居京城，目睹八国联军侵华史实，满怀悲愁之恨，所作的警世之铎《百哀诗》156首，其中忧国之忱、言切之烈、音凄之怆，诗中祸败、流离、忧辱、惨伤，令人无穷太息！使人毅然有不共戴天之愤！神州陆沉何处有净土？世变劫难奈何空悲切！史学家称为难能可贵的"庚子信史"。

"吴鲁中状元——成钱头"的闽南歇后语，在泉州民间久传不衰。但吴鲁身逢乱世，所处的时代为晚清末期，腐朽衰落，内忧外患，民族危机严重动荡。他出生的前五年，即1840年6月，第一次鸦片战争爆发，这是中国近代屈辱史的开始，历史上第一次丧权辱国的《南京条约》开始向外国割地赔偿，主权独立和领土完整遭到破坏，从此门户洞开！美国、法国、俄国趁火打劫，进一步破坏中国司法、关税和领海自主权！风起云涌的农民起义小刀会、太平天国运动等，严重打击清王朝封建统治。1856年10月，第二次鸦片战争爆发，英法联军火烧圆明园，无数瑰宝流失海外，《北京条约》使外国势力扩张到中国沿海各省，赔偿英法800万两军费！割让九龙半岛给英国！《瑷珲条约》更使中国东北及西北150多万平方千米的领土，被俄国占领！两次鸦片战争历经20多年，神州千疮百孔，人民生灵涂炭。1879年，日本又用武力侵占琉球，改名"冲绳"。1883年中法战争，外国势力长驱直入中国西南边境。1887年，葡萄牙占领澳门。苦难无穷无尽！1894年7月甲午战争爆发，清朝签订《马关条约》，割让辽东半岛、台湾及澎湖列岛给野心勃勃的日本，再赔偿两亿两白银！当时吴鲁为"痛失台湾"扼腕叹息："东倭枸蚌，蹂隙蹈瑕，而一二任事之臣，仓遑失措，丧师失律，割地议和，由是而鹿耳鲲身之地，悉沦于游裘腥酪之乡。国家失其藩篱，吾闽失其外府。岁月沧桑，时局邅连，岂意料所及耶！"

从第一次鸦片战争到甲午战争，整整50多年的时间，中国被列强凌辱欺压，毫无还手能力！东方雄狮终要怒吼！孙中山先生自1895年领导广州起义以来，中国人民开始走上了不屈不挠、救亡图存的道路。1911 年辛亥革命，终于推翻 2000 多年的封建帝制；1912 年，中华民国成立……

回顾吴鲁出生于清道光二十五年（1845），直到民国元年（1912）故去，其一生都在动荡中度过。如果说，他前大半辈子以读书致仕的理想求取功名，报效国家，终使本是贫苦农家子弟一跃上龙门，已是故里和家族莫大的荣耀，但腐朽的朝廷对于"学优识茂、声望素孚"，且勤劳卓著、多所赞襄的他，并未重用，服官近 40 年，未尝一补实缺。自殿试中状元后，此时的他已 46 岁，改官翰林院修撰，之后仅仅出任陕西典试、安徽学政、江南乡试监临等，他始终以匡世育才为己任。庚子世变后，更为知晓兴学选贤的重要性。之后视学云南，任学政；社会裂变，他又奉署理吉林提学使，并赴日本考察学制兼农工商诸政……每行一处德政斐然，他不畏强权，修节砥行，倡导培元正气，振兴文风，数十年来桃李满园墙，深得百姓赞誉。政事之暇，他喜临晋唐法帖，书法精绝，名噪京都。弘一法师曾亲笔题跋："余于童年即闻肃堂名，五十游闽，居雪峰获观肃堂书'大雄宝殿'额。今复睹是册，胜缘有在，欢忻何已。书法严肃端庄，能副其名，可宝也。"这实则是对其气格学养、端品庄重的双重褒扬。

吴鲁自甲午之后，眷念时艰，尤慨然于兵学，在吉林任提学使时就尝试笔之以示学子，回京之后，逐日排纂，成《吉林中学堂兵学讲义》《读王文成经济集书后》。他的《正气研斋汇稿》里更是留下了珍贵的《纸谈》一卷，在自序中写道："……京营、武卫、五军，暨各直、省勤王之师，统计十余万人，或疲苶散漫，望风奔溃，或埋头缩颈，逗留中途。由是，一败而不可收拾……余以当今时局阽危，宜究我国三十年来之积弊，参考东西各国用人、筹饷、练兵之机宜，以用人为纲，以筹饷、练兵为目，实事求是，不涉张皇。倘将来有事之时，兵力能站得住，则国家之大局便站得住。能获一二胜仗，则国家之大局，当下为之一转。故所阅之书籍、所著之论说，皆注重用人、筹饷、练兵三门。"他更是针对流弊严正批驳："我国举事，有始无终，有名无实，大抵如斯，固足深怪。独怪当此时局，亦复毫不措意。前鉴不远，来轸方遒、窃愿肩军国之重任者，追维往事，西望长安，共檩不忘在莒之意焉。"堂堂一介书生，纸谈中俨然成为一名兵家，论兵法最忌包抄最忌横击、论襄阳宜驻重兵、论将帅不知兵法不谙舆图之害、论西方阵法与我国挖地道营垒图等。早在庚子年津门失守时，他执笔《代军务处大臣复马玉昆书》就阐述"宜合各军，联络一气，申明纪律，分路誓师，同时进取"，以及给光绪帝的奏折常见"请迅调战将以临前敌疏""请刊故大学士曾国藩陆军得胜歌传播军中片""请饬下制造局精制皮甲藤牌解交前敌以备要需片""请饬沿海水师互相联络以振全局疏""附请饬制造各局多造毛瑟枪片"……他还提醒闽省边防、海防要注意"宜于沿边各海口，区画形式，扼要固守；平旷之区，挖开地营；高耸之地，修筑炮台；港汊之径，编列炮艇。声势联络，互相掎角……"他不光在兵法上深研，针对外国不平等条约，商约说略、加税免厘得失策等，提醒当政者要统全局而筹之，不要束手待毙！他殚心擘画，深谋远虑，拯斯民于水火，扶大厦之将倾！可惜如他故居画像旁所挂着的一副对联："拂剑朝天玄，垂鞭醉酒归。"吴鲁对腐败的清廷在民穷财尽、国家将亡之际，犹不思振作深感悲愤。纵有满腔报国之情，亦难以付诸实施，终只得谢仕，于清宣统三年（1911）辞职返乡……

二

故乡之路脚步沉沉，身心俱疲的他在《辛亥七月廿一日》写道："蛲蛲皎皎事无成，三五年来气渐平。"甚至在归途中旅居海上，常称普陀山九华庵地方深幽，最便养疴。陪伴的季子吴钟善以穷冬凛冽、风雪交加，婉劝再三，才没有前往。他嘱画像者给自己写一释装真容，并自号"白华庵主"。之后1912年民国壬子二月，航海回籍……福建同乡莆田籍江春霖，为清光绪二十年（1894）进士，他是吴鲁故知，屡劾权贵，声震朝野，当他见之白华庵主画像，留下了"别有怀抱伤心人，蒲团坐破冠冕毁……刍狗万物天不仁，衣冠登场笑傀儡……我瞻真容长太息，高风可望不可即"的悲抑像赞。

我抚摩着澄澈红润的清水砖，这是他眷恋的故乡色彩，现在距离他返乡转眼已是112年了……这100多年的中国啊，又历经了重重磨难，凤凰涅槃，终于昂首屹立于世界的东方！我看着阳光一点点移步，将古厝上下映照得生气盎然，时而有跑进的儿童咯咯笑着，吴家几位老者慈祥地对我说着故居的故事，我还见到了许多张身着官服的吴鲁画像，目光炯炯有神，我甚至看到一张他和光绪皇帝的合照，老人说在学部丞参时皇帝赐予他"行走"的特权，虽不是官名，却极其有贵气，随时可以找皇帝议事……可想而知，他清正的品格、卓识的涵养是深得器重和信任的。但国艰奈何力无解，无复将军策定边……

如今，池店镇钱头村家国安泰，故乡的风，可以轻抚我们的英贤状元公了。他的一生清朗正气，正如他收藏一方岳飞、谢枋得、文天祥用过的端砚，珍如重宝的他，托意文天祥《正气歌》诗而命名"正气砚"，他改自己的书斋为"正气研斋"，叙言："余家藏正气砚，为岳忠武故物，背镌忠武'持坚守白，不磷不缁'八字，旁镌文信国之跋，上镌谢叠山先生之记。三公皆宋室孤忠，得乾坤之正气者也……"此砚伴随吴鲁18个春秋，后由吴氏子孙珍藏达70余年之久。季子吴钟善将自己斋名易为"守砚庵"，并撰《守砚庵记》："……而独守斯砚以老，兹幸也……"他在诸多诗作中都写到此砚："岳忠武公有遗砚，泽肤焦背欣而圆……乃令小子守勿坠，先公付与何其虔。"他在寒斋中夜烛光中，对砚起拜，"故人守此永宝用，手泽何敢忘其先。三光耿耿一拳石，仰久弥高瞻弥坚"。秉承家学、才智过人的吴钟善亦是生不逢时，他17岁考上秀才，24岁中本省乡试副举人。清光绪二十九年（1903）召开经济特科，他考取二等第五名。当时186人只录取27人，只可惜在新旧两派的政治斗争中，27人有的被直接取消录取资格，他虽录用也不予重用，仅授广州州判，被安排石门偏僻的地方当小税官，从1909年秋到1911年夏，仅一年多便随父亲隐退。是年，辛亥革命爆发，清帝逊位。未几月，先父去世。国事家事一时巨变，令他伤痛不已。至此，他杜门谢客，不与外事，亦不为时势折腰，躬率侄儿辈读书，兼肆文学。其古文造诣醇谨深厚、俊逸朴茂，特撰《古文颖》一册。

东座书房，是古厝中人文气息最浓厚之处，亦即当年吴鲁与吴钟善藏书处。据老人说，图书盈架密排于东西厢房，而家藏书画及岳飞"正气砚"，以及吴鲁父子两代墨宝、《百哀诗》手稿等，皆置于后厅几个大柜中，保存历时五代，隔段时间在烈日当空时家人会晒书防蛀。"传家正气研，行世百事诗"，吴家后裔一代代以此为鉴。令人惋叹的是"文革"浩劫，因状元第被抄，"正气砚"连同《百哀诗》在内的吴鲁手稿及许多名家书画，均散失殆尽，现在仅凭1928年所拓的"正气砚"图版得以瞻其神韵……

难能可贵的是，吴钟善亦留下了多篇关于台湾的纪实诗文，或回顾先辈开发台湾历史，或歌颂郑成功等民族英雄气节，常慨叹日本殖民统治、禁锢压迫百姓，以至于"义声寂灭，故老飘零"，这与吴鲁"填膺忧愤百哀诗"同工异曲，将是中华民族珍贵的台湾信史。"台湾僻处天末，于吾闽为附庸……而隶日以来垂三十年，一二遗闻轶事行将湮没不彰""人民未改，城郭已非""只应痛哭秉钧人，如此江山轻一赌"，其笔下的伤痛直击人心。唯寄予不久的将来，海峡两岸和平统一，以告慰吴家世代铮铮气节！

三

"时家贫逾曩日，居无屋，坐无椅，大人实支板为几，日写殿试卷数百字。卢夫人日市油二三钱，以其半供夜读，以其半僦余屑面线而羹之，中夜进之大人。今幸为簪绂之家，衣食粗足，尔时穷困状乃如此。"这是吴鲁旧时家境的真实写照，这何尝不是那个时代的缩影呢？我踱步而出，大厝中座正门埕外原有状元旗座二座，为八角，签饰龙凤；东座书房门前亦竖特科旗二座，座为四方，签饰麒麟。当时父子登科，四杆并立，可想而知光耀非凡。知识改变命运，知识掌舵人生，这精神财富已深深镌刻于吴家每一个子孙后代的心灵。如今，状元公五房后裔开枝散叶，遍布五洲四海，他们以胆识和胸襟，立中流作砥柱，光明磊落，奋进于天地间！

（作者系中国作家协会会员、福州市作家协会常务理事）

状元吴鲁的慷慨悲歌

叶荣宗

唐朝贞观八年（792），晋江池店潘湖村的欧阳詹，高中"龙虎榜"，获得第二名，成为泉州第一位进士，被史学界称为"开闽文教之先"。清朝光绪十六年（1890），晋江池店镇钱头村的吴鲁，参加殿试并获得一甲第一名，成为状元，同时也成为福建的最后一位科举状元。

科举制度最早产生于隋朝。在自唐朝起至清末止的1300多年历史中，通过科举考试成为状元的共有592人。其中，总数名列在江苏、浙江、河南之后排第4位的福建，共有状元71人。而与晋江有关联的文武状元，就有11人。晋江地灵人杰，很了不起。

状元，有着渊博学识和才华横溢，是万人挑一、独占鳌头的读书人，宛如一座高山，令人仰止。如果说吴鲁是幸运的，倒不如说吴鲁是勤奋刻苦的。他5岁入学，29岁入选拔萃科，30岁参加朝考，44岁参加顺天乡试，46岁高中状元。这一路苦学、一路赶考，又一边为官做事、一边积极进取，经持久努力才晚成大器，所以自号"老迟"。

纵观吴鲁的一生，正是清朝处在衰败直至灭亡时期。其间，历经太平天国农民起义、第二次鸦片战争、洋务运动、戊戌变法、中日甲午海战、八国联军入侵北京、辛亥革命等，是在一个动荡社会和腐败朝廷中为学为官的，显然是多么不易又不幸啊！特别是他亲眼见证清朝这艘历史巨轮，在茫茫的史海中飘摇下沉，直至最后被彻底淹没。

然而，作为状元的吴鲁，并没有因此沉沦而碌碌无为，而是在任职范围内奋发有为，高亢地奏响清末的最后挽歌。他从七品小京官起步，在任秋审处总办、军机章京、军务处总办时，都是兢兢业业，甚至加班加点。在典试陕西、督察安徽学政、担任云南正考官、出任吉林提学使岗位上，以及带队赴日本考察学制等，始终坚持以身作则，力倡学制改革，注重立学兴教，公正选育人才。在任方略馆纂修、翰林院修撰、候补丞参，以及图书馆总校等职时，博览群书、授课讲学、关注军务、上奏参议，充分发挥资政献策作用。在八国联军攻津门、破京城，慈禧太后挟帝奔西安，守军抵抗不力，市井惨象环生的情景下，以诗讽喻、以诗为剑、以诗言志，哀声荡正气，豪情壮血性，表现出一介书生文豪的爱国爱民情怀。

慷慨者，充满正气，从不气馁；悲歌者，伤感之后的悲壮与豪放。吴鲁正是这样一位慷慨悲歌的状元郎，他以心中之志和手中之笔，先后撰写出《蒙学初编》《兵学经学史学讲义》《教育宗旨》《国恤恭记》《读王文成经济集书后》《使雍皖学滇西征东游诸日记》《正气研斋类稿》《纸谈》《百哀诗》等著作。其中不少奏折、讲稿、评论，既有匡扶济世的政见，也有针砭时弊的雄文；既有探幽索微的学术思考，也有求真务实的策略举要；既有哀号抽泣的低吟，也有誓言壮志之豪情。

天不眷，地难挽。清宣统三年（1911），吴鲁带着落寞的心情回归故里，逾年去世，终年68岁。正如鲁迅所言："不在沉默中爆发，就在沉默中灭亡。"面对衰败的时势，吴鲁并不颓废，而是激流勇进、立于潮头，唱响一曲曲慷慨悲歌。终于，唱尽了一个朝代的壮烈与消亡，也唱出福建最后一位状元的夕彩霞光。

（作者系中国作家协会会员、福建省作家协会全省委员会委员、晋江市政协原副主席、晋江市文化文史学会会长）

状元跃身打马去

柯芬莹

青阳山下，状元牌坊。您居左侧，锁住闽地科举之榜。原乡访古，新楼迭起。转入幽巷，钱头村中，故居巍然。紫薇高照，不胜嗟叹。旗杆夹旁，您似研墨，书写换代之前百哀之殇。

自隋至清，1300多年的科举制度之下，诞生了592名状元。而池店镇钱头村的状元吴鲁（1845—1912），何以扬名百载？何以育教当今青少年？

这一切，不仅仅是因为他是"中国唯一终身致力于教育的爱国状元""福建最后一位状元"等与状元有关的名号，更与他一生的成长、从政、修养脉络息息相关。历史的烟云虽有湮没，其心其志清晰可鉴。

年少有志，坚韧积学。

自5岁启蒙，18岁入官学学习，到46岁金榜题名，吴鲁历经40载寒窗苦读：29岁登拔萃科，入国子监；30岁朝考一等，授刑部七品京官，俸满升刑部主事；42岁考取军机章京，后充方略馆纂修；44岁顺天乡试中举；46岁殿试状元及第，授翰林院修撰，为科举时代清朝泉州唯一的状元，也是福建最后一位科举状元。此时，距离泉州的上一位状元庄际昌，已过去近300年。

放在当代，这就是寒门少年发愤读书、持之以恒、终身学习的典范。其心志之坚、向学之韧，非常人所能比。"争妍始觉春来早，建树不怨老来迟。"厚积薄发、大器晚成的吴鲁状元，意气风发地开始了他的从政之路。

献身教育，六掌文衡。

清光绪十七年（1891）六月，47岁的吴鲁出任陕西乡试主考官；

清光绪十七年（1891）八月，吴鲁转授安徽学政，随后代办江南乡试监临；

清光绪二十七年（1901），吴鲁出任云南乡试主考官、学政；

清光绪三十二年（1906），吴鲁任吉林提学使；

清光绪三十四年至清宣统二年（1908—1910），吴鲁入京供职于学部，后任图书馆总校，诰受资政大夫（正二品）。

为官四十载，吴鲁的一生与第二次鸦片战争、中法战争、中日甲午海战、八国联军侵华、日俄战争和辛亥革命等重大历史事件交叠。身处封建王朝的强弩之末，他竭心尽力为国选才，虽未掌实权而不失文人风骨，虽是受朝廷委派赴任却是终其一生执着一事。离任之后，官声流芳，建树良多。

为官一方，最后留下的，不就是一句声名吗？

深怀国危，力挽狂澜。

清光绪二十六年（1900）"庚子事变"，吴鲁以文官之身被委任为军务处总办，他提出多种变被动为主动、反对卑躬屈膝割地求和的策略，力求挽救国家于危亡之中。可惜不被当权者采用。七月，八国联军攻陷京都。吴鲁困守京师晋江会馆一年多，亲眼所见侵略者的罪行，写下被后世称为"庚子信史"的《白哀诗》。诗中有民族国耻，有爱国志士，也记录烧杀抢掠、暴露民族败类，其间不乏对国家命运的思考思索，实属警世警醒之作。

爱国是永恒的主题。时刻关注国家和民族的前途命运，做好力所能及的事，与国家发展同频共振，在此过程中实现自身价值，是比盲目娱乐至死、精致"娘炮"，更值得年轻人引以为"酷"的事。

著诗立说，书法传世。

吴鲁的著作除了诗歌之外，政治、经济、军事、文化、艺术等都有广泛涉猎和精辟论述。其所著有《蒙学初编》二卷、《兵学经学史学讲义》二卷、《教育宗旨》二卷、《杂著》二卷、《国恤恭纪》一卷、《文集》四卷、《读王文成经济集书后》六卷、《使雍皖学滇学西征东游诸日记》综十余卷，刊行于世的有《吴且园先生百哀诗》上下二卷、《正气研斋汇稿》六卷、《正气研斋遗诗》一卷、《纸谈》二卷等，可谓著作等身。

吴鲁的书法作品，沉雄峻拔，境界明亮，如今更是千金难求，与其家藏岳飞"正气砚"，成为一时美谈。循吴鲁足迹，涉及闽南一带，远及北京、上海、陕西、安徽、云南、贵州、吉林、浙江、台湾、日本，以及其他发现墨迹的东南亚地区，如菲律宾、新加坡、越南等地，时有匾额、楹联、屏条、立轴、手稿、书信等存世。

在泉州方圆百里之内，与书法有关而尚存的遗迹有多处：晋江池店钱头村状元第故居、钱头村妈祖庙、泉州东观西台、南安梅山雪峰寺、惠安城南昭惠庙、南安漳州寮蔡浅故居、晋江虎岫寺、惠安大乡吴氏仁禄公祖墓、永春县城鼠母宫等。可供今人缅怀探究。

时光有涯，而知也无涯。在有限的光阴里，尽量去探知一切可能，尽力挖掘自己的潜能，留下诸如文字、影像等，留待下一个时空，有人与你同哀共乐、神交商榷，岂不快哉?!

一生有节，后继传扬。

吴鲁在担任学政、主考期间，带头捐巨资措办提督学政公署、改建文庙、规复书院等，购赠藏书、资助亲故等，更不复赘述。与之对应的，是家乡状元宅的简拙古朴。以大厦之资，行千秋之事，这或许与其祖父乡行义望、其父诚信侠义同出一辙。

清光绪二十九年（1903），吴鲁的儿子吴钟善登光绪癸卯经济特科。一时父子登科，风光无两。侄吴钟庆，为丁酉举人。一脉墨香，继序传承。

如今，吴鲁后裔事业有成。建于池店钱头村的吴鲁世家博物馆，为闽南第一家状元博物馆。前有吴鲁文化广场，立有吴鲁坐像，并复刻《清故进士及第资政大夫且园吴公墓志铭》、金榜题名碑等。时值纪念吴鲁逝世100周年之际，泉州中远学校的师生及各界人士齐聚，接受了一次爱国主义教育，并铭碑以祭。

历史，在此刻完成一种交汇和对话。

开拓视野，借鉴外邦。

科举废除后，吴鲁于清光绪三十二年（1906）奉派赴日本考察，不久即出任吉林第一任提学使，努力推行新政，提倡教育，创办新学，努力为国家培育人才。他亲自编写讲义，兼训兵学，躬历各校，登堂演讲，走遍东北各地，并为首捐俸助学。没多久，小学、师范、法政、女校、中学各种学堂纷纷建立，学风得到有力提振。

这一切的基础，不得不说部分得益于吴鲁在陕西、安徽、云南等地历练、实践的考察和提升。若天假以年，吴鲁的治学理念或许能够得到更多的推广和改良。只能说，国家的前途决定了个人的命运。

行走在吴鲁故居，木色已经斑驳。盛放的紫薇花衬得红砖古厝静中有动，不失庄重。偶入中堂，"富贵无常处世勿忘贫贱，圣贤可学立身但愿读书"，这或许也是吴鲁状元郎的心路与期盼。状元第两侧，"书房""学堂"匾额重修，仿佛透出隐隐书声。

早立志、拼长久、忠一事、爱一国，技能满分，心胸与视野皆开阔。虽然不一定人人都能成状元郎，以此为准则，定也能够年少有为、气度不凡。韶华易逝，状元跃身打马去，群贤毕至逐潮来。

（作者系福建省作家协会会员、中国金融作家协会会员、兴业银行泉州分行干部）

紫薇花对状元郎

龚馨雅

　　九十九溪蜿蜒而下，所流之处，滋润富饶，泽被黎元，孕育天地精华，所谓地灵人杰是也。沿着溪水，一路追寻名人足迹，从唐代闽学鼻祖欧阳詹直至清代教育先驱者吴鲁，溪水两岸曾经哺育了多名进士、状元。吴鲁正是闽地最后一位科举状元，他出身布衣，一朝胪唱，才学名冠满京华。

　　晋江位处"海滨邹鲁"之域，是文化交融汇通的宝地。"海上丝绸之路"的气魄自然而然赋予了人们开阔的胸怀和前瞻的视野。吴鲁生于斯、长于斯，饱读圣贤文章，勤恳于仁德懿行，自小耳濡目染了急公好义、襟抱远大的性情。此地又是风流才子胜地，吟咏诗赋、丹青书墨、古玩品鉴，蔚然成风。吴鲁自然是此中翘楚、人中龙凤，他所涉猎范围博广，有军事、政治、教育、书画、诗歌等。吴鲁的书法丹青自成一派，为众多士子效仿的科考笔迹，人称笔墨"吴书"；他的《百哀诗》青史留名，感动了无数爱国志士；他践行革新教育理念，不愧教育宗师的誉称。

　　钱头村花树掩映，状元第古朴喜庆。几株紫薇花怒放在古厝庭院前，一声不响分享今天这难得的热闹喜悦。紫薇花，人称"官样花"，是富贵发达的象征，长在此处甚是宜然。在满院阳光的热烈招引下，一群人鱼贯而入踏进了这古色鎏金的状元第。这里曾是吴鲁居所，也居住过他的后人，亦曾作为书堂讲厅，三座连成一排的古厝各得其用。匾额的烫金大字神圣肃穆，红砖燕脊的古厝朴重庄严，即便孺慕而来的游客熙攘，却无损这座状元第静谧安宁的书卷气息。它沾染了故主代代相传的文儒气韵，那些渗透在木石砖瓦的喃喃低语、悠悠诗魂，带着岁月的余温，静沐着一切风雨变故。那些陈列的古籍书画，那些铿锵的楹联匾额，横竖撇捺勾画里，尽是性情风骨。文情诗赋文章是一个人的灵魂自传，映照出的，正是主人的心性、骨骼。一路穿行浏览，没有人不为这位前辈的博学睿识所折服。匡世济怀的政见，指点时弊的雄文，深邃的学术思考，真知灼见的艺术欣赏，后来小辈只能叹为观止。而我，面对一位硕学德馨的同行先辈，有敬重、仰慕，还有说不清道不明的愁绪。

状元郎的风采本就不是十里长街的鲜衣怒马，而是青册书墨里奔逸绝尘的灼灼才华。如此的才学绝伦，该是时人追崇的学界大儒吧，或是上位者的左臂右膀吧？"学成文武艺，货与帝王家"，他可曾被末路朝廷视为肱骨栋梁，或是宫阙帷幕参政的机要大臣？

我仔细端详着吴鲁世家博物馆正大厅里大幅的吴鲁画像，他头戴官帽花翎，身着清朝官服，正襟危坐，两颊深陷，胡须皆白，眉头紧皱。岁月的打磨，夹杂着国事民生的烦忧。此时的吴鲁，像极了一把硬挺的铁犁，随意一敲打，就能听到骨头里的铮铮作响。我亦步亦趋，跟着吴鲁前辈的足迹，从泉州府出发，直至京城、海外他邦。他的脚步丈量过的地方，遍及南北边疆，吉林、云南、陕西，每至一处，所留痕迹，皆为时人颂念追崇。然，虽为状元及第，宦海近四十年，多为闲官，少有要职，终生未补一次实缺。我叹息，终归是"古来圣贤皆寂寞"。从狂妄的李白、李贺到豪迈的苏东坡、辛弃疾，概莫如此，"风流总被雨打风吹去"。

吴鲁是位大先生，被世人崇仰的他，生前并没有尽数发挥才华的契机。他的军事政要才能，只能在书稿里纵横，在文字里沥胆披肝。他无数次上书，痛陈扶邦救国的策论。无奈，时运不济，命途多舛，终是无力于大局所趋。在他的文字里，我读不出抑郁不平之志，感染的却是"我以我血荐轩辕"的悲怆。他把血气倾注于满目疮痍的家国热土之上。《百哀诗》，首首泪目断肠，行行剑气纵横。字里行间，是锥心的家国之痛，是遍布狼烟的愤慨。字字句句，泣血而成。苍凉的宫墙外，身着青衫的吴状元，玉身长立西北望。那一望，注定是他生命的不解之结。

没有金戈铁马的战场，也没有运筹帷幄的舞台，这不妨碍有志之士的求仁之道。他的满腹才学凝聚成了一腔教育情怀。他的教育情怀，非是文人骚客悲天悯人的小情小爱，而是有着大气象的治国之道。治国之道，教育为本。他，执掌文衡，筛选人才，夙兴夜寐，反复斟酌，端的就是磊落光明。我寻见状元第后墙镶嵌的一块青石碑文，应该是他后裔所书。墙头杂草，阳光洒落，"磊落光明"，几个遒劲有力的大字闪着光芒。这是吴门家风教养，赓续绵绵。他，培育人才，倾心教育，亲身示范。他的履职行踪甚广，从南至北，亲履躬行。每到一处，慷慨解囊，捐资筹建书院校址，当地后人传颂至今。本着"教育普及必以小学为之基础，小学发达必以师范为之枢纽"的理念，他在全省开办十多所小学，并且开办方言、实业、法政、模范等多种学堂，他还"躬历各校，海示学者"。这一件件、一桩桩，细致说来，实处着眼，做在实处，形迹昭昭。教育从娃娃抓起；国之发达，狠抓师范；教育为本，因地制宜，因材施教。这开阔的眼界、世纪的眼光，图之深广，怀之深切，不能不谓之雄才大略。他曾东渡日本考察，丝毫没有清末官员故步自封的迂腐之风，反而吸收先进教育思想，实践"师夷长技以制夷"的教育理念，是那个时代当之无愧的教育先驱者。

学高为师，身正为范，吴鲁先生当之。身处低位，矻矻穷年，但行前路，仰不愧天，俯不怍地，此乃君子文人之风。

胪唱声声，古街悠长，穿行的历史风尘终是落下。那些壮志满怀，那些真知灼见，早已化作历史深处的余温，等待着我们后来人去触摸去感怀。

晚年的吴鲁偏居于这南方村巷。南方花草树木繁多，紫薇花、三角梅皆是闽南常见花木。文人的寂寥落寞是历史深处无法愈合的伤痕，"独坐黄昏谁是伴，紫薇花对紫微郎"。当年的白居易独坐空落的中书省当值，面对着唇红齿白的紫薇花，未兴雅意，反觉得寂寞难耐。千年后的状元郎或许也曾在日落黄昏里，伴对着门前一树绯红紫薇，秋气清明，风乍起，书声清朗阵阵。这是他一生坚守的阵地，没有寂寞，只有香气满怀。

（作者系福建省作家协会会员、晋江市第一中学高级教师）

福建省最后一位科举状元吴鲁

陈金土

中国科举的产生，是时代的骄傲，而科举制度中的骄子——状元，又是一个酸甜苦辣的集合体，同社会构成五光十色的连环关系。要了解中国的过去，就得了解状元。

"天下兴亡，匹夫有责"，是千秋不变的爱国主旋律，是古圣先贤的身体力行和奋笔疾书，有挽狂澜于既倒的英风壮概，有明知不可为而为之的忠贞与无奈。

清代福建省最后一位状元吴鲁出生于晋江市池店镇钱头村，一生与第二次鸦片战争、中法战争、中日甲午海战、八国联军侵华、日俄战争和辛亥革命等重大历史事件共遇同行，封建末世和半殖民地国家的民族苦难始终伴随着他的宦海人生。这些，他或感同身受，或亲身经历。吴鲁是继明代庄际昌状元之后近300年，目前有迹可循的晋江状元，是福建省最后一位科举状元，大魁天下后一直从事教育工作，是终身致力于教育事业的中华爱国状元。

状元来自民间，状元走向天下。吴鲁状元忠于家国、热爱教育的一生，是学业、事业、术业和德业交相辉映的漫漫征程。

晋江钱头村原来仅有数百居民，田陌清溪，山路蜿蜒，村人日出而作日落而息，本为默默无闻的小村庄。因为吴鲁（时年46岁，已是苦读40载了）大魁天下，一时间冠盖满钱头，前来交结契阔的人一下子多了起来，乡村小道也变得车水马龙了。据说，当吴鲁大魁天下，报子前来报喜时，吴鲁原配卢夫人尚在田间劳作，闻喜讯后才赶回家中。其实，吴鲁这时已先考任京官，夫人却仍然坚持田间劳动，除了让人见到状元公的清廉平和、家属的勤勉本色外，亦可从中窥见封建社会的炎凉世态。

据《晋江钱塘吴氏族谱·序言》记载，钱头村位于"清溪一弯"的泉州晋东小块平原，吴氏一族大约于明朝末年从浙江钱塘迁来此处，继续沿江而居的生活，所以钱头村古称"钱塘乡"。吴鲁5岁时就进入书塾读书，上课时正襟危坐目不斜视，令老师啧啧称奇，已是志气非凡。12岁时到泉州府城求学，黄小海、张斐屏、陈冰若都是当世名师，他们以平生所学倾囊相授，对少年吴鲁寄予厚望。除了传授科举应对的功课以外，师生之间更是时常切磋古今兴衰的道理，谈论革故鼎新的时势。18岁时，吴鲁升入晋江县学读书，后来又进阶府学，参加科试时，得到福建学政孙毓汶的赏识。

吴鲁于清光绪十四年（1888）戊子科，从顺天府（明清两代的北京地区，混称"二十四州县"）乡试中式举人；参加清光绪十六年（1890）庚寅科会试和殿试，高中状元，赐进士及第，授翰林院修撰，于四月二十五日在太和殿参加极为隆重的传胪大典。

吴鲁高中前，得良师教诲，砥砺于社会底层，关注家国运途，又在京城为官多年，对国家形势和政府的利弊得失了然于胸，在策问中应答如流，谈及古代贤明君主治国时，认为君主要修养品德，还要了解政治民生等方方面面的问题，才可制定治国方略。刚刚亲政的光绪皇帝对此正中下怀，加上吴鲁冠绝群伦的书法艺术，因此在殿试中深得皇帝赞许，高中一甲第一名进士就是情理之中的事了。

吴鲁一生以振兴文教为己任，是中国唯一终身致力于教育的状元。他认为兴学育才方是施政第一要义，每任职一处，往往捐俸修建书院和文庙，一方面完善了教学设施，另一方面也以自己的实际行动为兴教办学树立了良好榜样。他勉励后学要"仰体先贤立教之微旨"，力求上进，反对"摭章钩句，互相标榜，驰逐于浮靡之习"；主张改革传统教育体制，为此特上《请裁学政疏》。吴鲁十分关心国家命运，在安徽视学时偶得"岳飞砚"，名之为"正气砚"，书斋称为"正气研斋"，可见其平生志向品格，并将这种精神贯穿到他的教育工作和办学思想当中。

清光绪十七年（1891）六月，吴鲁典试陕西。离任后，"秦闱揭晓，多知名士"。由此可见，刚刚走上教育岗位的吴鲁，就能够善于识别人才，为国效命。至于清光绪二十七年（1901）二月，吴鲁为了寻觅、追随慈禧太后和皇帝行迹，一路历尽艰险，途闻欲建都西安，又折往襄阳（今湖北省襄阳市）查勘形势，游历汉唐漕运故道，辗转抵达西安时已特旨授为云南正考官。这些已是后话了。

清光绪十七年（1891）八月，吴鲁转任安徽提督学政，大胆革除"免搜检费"这一多年积弊，尤其注重提拔苦寒而优秀的士子，白天督巡考场，夜间批阅试卷，每选拔或去除一人，必定反复比对斟酌，以选取真才实学的人才为己任。同时多方兴办教育事业，由他倡建或重修的书院就有省城诂经书院、太平翠螺书院、徽州紫阳和东山书院等，并且购买藏书，增加学习补贴，为此先后捐献出五千多金的俸禄。其间，京都附近发生灾荒，吴鲁带头与安徽巡抚沈秉成（字仲复，官至署理两江总督，藏书家）各捐银千两。如此善举，不一而足。

清光绪二十年（1894），因慈禧太后六十大寿而特开恩科。不料发生中日甲午海战，苏、皖督抚忙于军务，因此举荐吴鲁代办江南乡试。当时江岸船只大多被封禁，松江考生张邦燮、潘炳辰等人到省城赴试，在南京下关遭兵丁凌辱，或被挤落水中，或身受重伤，一时引起公愤，几千考生连夜聚集请愿。吴鲁迅速应对，立刻报告两江总督刘坤一并提出建议，事件得以迅速、妥善平息，乡试终于顺利进行。吴鲁卸职回京时，江南士绅在府衙左侧树立石碑称颂其功绩。

清光绪二十七年（1901）二月，吴鲁被特旨授为云南正考官。因同考官未能到任，吴鲁独立担当两科四主考之任，"日未出而起，夜分而未休，始终二十余日，取士如额"。试毕，吴鲁拒领云南巡抚李经羲备送的两科四主考应得正供给，仅"受其一"。

之后，吴鲁连任云南学政，如同在安徽时极力振兴教育，捐廉奖赏先后十余课，向朝廷提出裁撤学政和革故鼎新的"四端"之策，"切究我国三十年来之积弊，参考东西各国用人、练兵、筹饷之机宜"，合成《纸谈》一卷。离任时，送别的士民不绝于道，他们在当年为纪念民族英雄、福建福州人林则徐所立"去思碑"右侧，再立一方"德教碑"来颂扬林则徐的同乡后辈吴鲁。

清光绪三十二年（1906），吴鲁回京复命进入贵州省境时，又被任命为第一任吉林提学使，其间先奉命于上海与各省提学使会齐，到日本横滨、神户考察学制及农工兵商诸政。通过实地调研，针对我国当时办学由上而下、杂乱无章的现状，他极为赞同日本强调小学基础教育重要性的观点，在《小学校管理法序》中指出："日本兴学由小学而大学，循序渐臻。"主张兴学要按部就班、因材施教等。事毕，与四子吴钟善"取道高丽，渡鸭绿江，经安东以达奉天"。

清光绪三十二年（1906）十一月起，吴鲁在吉林提学使任上倡立师范、小学、中学、女学、方言、实业、法政、模范学堂，在学校教育中渗透兵学，亲自到各类学校讲解兵学、经学、史学，编成讲义各两卷，捐廉银1600两充作经费，择地改建吉林文庙等。两年后奉旨内召，吉林"七郡绅民、八旗族姓相与叙述政绩，勒诸贞珉，一如去皖、滇时"。值得一提的是，"中共五老"之一的林伯渠，在清光绪三十三年（1907），以新任吉林巡抚朱家宝随员身份，受孙中山先生和同盟会委派前往吉林。朱家宝把林伯渠推荐给提学使吴鲁安排工作，以精通业务被委派为吉林省劝学总所兼宣讲所会办（副所长）。可见，那时候年轻的林伯渠与吴鲁肯定有工作上的接触。

吴鲁从吉林返京后，光绪皇帝、慈禧太后相继驾崩，遂著《国恤恭纪》一卷，"以寄拳拳不忘之意"。十一月，被派在学部丞参上行走。越明年，学部请求派员补缺，吴鲁名列第一，可"旨下，竟不得"，十月改为候补丞参；续纂《兵学讲义》所未竟者为《读王文成经济集书后》六卷，后被任命为图书馆总校。清宣统三年（1911），吴鲁看到时势混乱朝政腐败，万般无奈只好辞职回乡。在四子吴钟善的陪同下，一路居停上海、浙江普陀、厦门林菽庄家，最后回到原籍晋江。

吴鲁书法大多硕大光圆、乌黑方正，用笔平稳中正，用墨饱满均匀，结体疏朗通达，笔画开合有度、收放自如、循规蹈矩，不可有丝毫差池。所谓"十年寒窗无人问，一举成名天下知"，吴鲁殿试策（状元卷）就是三十功名的美丽绽放，是几代人的殷切祈盼。可以说，吴鲁将半生心血和一腔壮志，发力于狼毫端砚，濡染成对应帝王心法的锦绣珠玑，开创了吴鲁世家"吴书"的文化先河，引领了之后的子孙后裔，赓续文脉，克绍书香，代代流传。

吴鲁在丁父忧重新进京后，考取军机章京，不久转任方略馆纂修，五年中不曾请过一天假。工作之余，与同事徐树钧（字衡士，收藏家、金石考据学家）、金保泰（字夑翰，浙江杭州人）、孟继埙（字治卿，天津人）、徐迪新（字古香，江苏金山即今上海人）和陈炽（字次亮，主张学习西方以求自强）等人，谈论经史大义以及时政得失，兼及诗书画印等领域。此时，吴鲁的书法造诣就已达到了"名噪都下"的程度，甚至出现举子们争相模仿吴鲁书法的现象，最终迫使他不得不改变书法风格，另求突破。

"吴鲁好大字"，是讲吴鲁坚持挥毫勤于习帖，出入欧颜之间，尤其致力于探索唐代书法大家颜真卿的《麻姑仙坛记》，加以认真临摹科举名卷，喜欢书写大字，在泉山晋水之间，甚至是海外，都留下许多碑刻墨宝。吴鲁书稿，则大多以行楷笔法为主，行文汪洋恣肆，行笔行云流水，但却不是"无规则"的泼洒，而是潇洒之中见谨严，活泼之中见端庄，字字用笔到位，笔笔用墨镇定，没有丝毫的敷衍之笔，是在积年浸淫楷体的厚积基础上的升级版。

吴鲁开创了"吴书"流派，其子孙后裔，在爱国精神和书法底蕴等方面文脉赓续，代有传人。

吴钟善是吴鲁第四子，守护家藏"正气砚"，故别署"守砚庵主"。其为郡廪生，"上书可试万言，射策能详百问"。清光绪二十八年（1902）中福建乡试壬寅科副举人，越年高中癸卯（1903）经济特科二等第五名。年少即端庄严谨、孝友力学，"生秉幽燕之豪气"。在古文、诗词、书画、金石方面造诣高深，著作等身，才艺兼各家之长，是温陵菼社和台湾寄鸿吟社重要成员，为台海两岸文教事业做出了贡献。受聘为《晋江县志》总纂、泉州昭昧国学专修学校（泉州市第一中学前身）校长，有《守砚庵诗草》四卷、《石门诗草》二卷、《寄鸿吟社诗草》一卷、《东宁诗草》二卷、《题画诗》一卷、《荷华生词》二卷、《词比》一卷、《词约》四卷等。

吴鲁子侄吴钟善、吴钟麟以及后裔吴普霖、吴旭霖、吴紫泰、吴紫函、吴紫钧、吴紫栋、吴绥育等，皆能秉承状元家学，弘扬爱国精神，深研法书精要，或联袂参加地方文化部门组织的吴鲁世家书法展，或在全国各地举行个展，或在海内外的民间执着于书艺探研与创作，扛起"吴书"的书法大纛而孜孜前行。

清光绪二十六年（1900）二月，义和团运动暴发，八国联军借机入侵。吴鲁提出"战守三策"，被任命为军务处总办，但战争形势急转直下，已事无可为。八国联军借口清政府支持义和团排外，大举进犯，六月十八日攻陷天津，七月二十一日占领北京，纵兵烧杀抢掠三天，并对北京实行分区占领。此后，联军继续增兵，自京、津出兵四向攻掠，控制了南至正定、北至张家口、东至山海关、西至娘子关的京津四周要隘。慈禧太后则挟持光绪皇帝出逃，吴鲁等徒步追随，行李、旅费却被溃于京郊土井村的武卫军劫掠一空，且道路阻塞，不得已再返都城，滞留于北京晋江会馆，满腹悲愤哀愁。耳闻目睹八国联军烧杀抢掠我国京城民众的暴行，但见炮火纷飞，外敌穷凶极恶，人民备受屠戮凌虐，奸臣丧师失地，叛徒媚外辱国，繁华京师化为人间地狱，愤懑凄婉，写下诗歌156首，后辑成《百哀诗》二卷。

吴鲁在《百哀诗·自识》中写道："庚子拳匪之变，余困处都城，闻见之间，有足哀者。愤时感事，成诗百余首，命曰《百哀诗》。岁甲辰……汇为一帙，盖以志当日艰窘情形，犹是不忘在莒之意焉。"《百哀诗》历来被史学家称为"庚子事变"的"第一手史料"，堪称"庚子信史"，被誉为反映时代风云的"诗史"，是吴鲁爱国主义精神的集中体现，有人认为堪与诗圣杜甫创作"安史之乱"的文化贡献相媲美。浏阳李运棋在《百哀诗》序中予以高度评价："纪念国耻，传之学堂，宣之社会，以激发全国公愤，卒复强仇，为世界雄诗之风化天下而效力于国家也。"1918年，吴钟善得台湾林鹤寿资助，并经长子吴普霖协理，刊印吴鲁《正气研斋汇编》七卷、《正气研斋遗诗》及《吴且园先生百哀诗》上下二卷，嘱托苏镜潭等撰序。

望子成龙，望女成凤，是家庭、社会、民族与国家的千秋期盼和万古追寻，是"三更灯火五更鸡，正是男儿读书时"的人生角力与学习竞争，是"十年寒窗无人问，一举成名天下知"的人间至苦与至乐。

吴鲁的天空童蒙未开，中国的天空战云密布。吴鲁的天空狼烟滚滚哀婉悲愤，抉择了吴鲁前路远志的单一和坚定，囊括诗书文和家国天下的理想与追求，至少是照亮了神州的一角。吴鲁的天空书声琅琅行云流水，晋帖唐碑的神韵灵动、雄浑秀丽和谨严规整，深情地引领着点横勾画，足之蹈之，润泽渗透了彩笺尺素碑碣石刻。

在闽南的秋之八月，天依旧燥热，吴鲁走了，走在一个旧王朝的没落与一个新时代的来临之际。对百年潇潇暮雨，状元已去，状元第已旧，吴鲁的天空却接壤了神州的天空，璀璨了"天下兴亡，匹夫有责"的星天！

（作者系福建省作家协会会员、晋江市第二中学副校长）

吴鲁：福建末代状元的人生轨迹

蔡培均

学而优则仕，是诸多古代知识分子的科举追求。作为知识分子的塔尖，状元公吴鲁生于社会动荡的晚清，一生波澜，忧国忧民，不仅在科举取得殊荣，而且在政治、教育、文学艺术等方面有着不可磨灭的贡献，留下了宝贵的诗书墨宝和先进的教育思想以及激昂的爱国情怀，让我们借由他的人生轨迹重窥他的心路历程和思想见解，从侧面了解晚清风云交替的时代变迁。

1845—1890：孜孜苦读中状元

1840 年，鸦片战争爆发。5 年后，吴鲁出生。其自幼勤奋好学、博闻强识，5 岁在其父创办的私塾读书"不欹坐，不斜视，不苟嬉笑"，钻研学问更是"穷极源委"，塾师啧啧称异。

纵观其前半生，"学霸"体质，考运甚佳。18 岁考入晋江县学，成为秀才。29 岁进入古代最高学府国子监学习。30 岁朝考一等，授刑部七品小京官。

颇具孝心的吴鲁，36 岁返乡为父过七十大寿后便依依膝下直至隔年奉父母命才北上供职。不想半年余其父病殁，服阙后返京充方略馆纂修的吴鲁时已43 岁。

虽在体制内，但不忘科举荣光的吴鲁，边工作边求学上进，隔年便在北京中式举人。1890 年，清廷为庆祝光绪亲政特开恩科，同榜进士 336 人，46 岁的吴鲁在殿试策问中，围绕帝王治国方略、东三省地理、茶税边防等时事问题应答如流，切中要点，深受光绪帝赞许，被钦点状元及第，获授翰林院修撰，世称"殿庭射策墨淋漓",为福建科举留下一段佳话。他的殿试状元卷,后被誉为"泉州十宝"之一。

光绪年号,应用时间34年。在这不短的日子,共出现13位状元,光绪皇帝亲眼见证和终结这一被应用1300多年的人才选拔制度。虽说当时科举制度已渐不适应形势,但选拔出来的个个都是文化修养极高的人才。吴鲁不光学问好,其特长也十分突出。33岁时,其书法出众,被称为"吴体"。庄为玑在《晋江新志》中载:"吴鲁嗜好中国传统文学,理鉴而辞雅,书法兼善颜、柳,备法、韵、意、态之上乘,遂以书法名世。"故这位福建末代状元也被誉为"福建馆阁体最后一笔"。

吴鲁前半生可谓风光顺遂,吃过最大的苦估计是科考夺魁的读书之苦。清朝状元114名,各有各的背景。吴鲁往上三代皆是平民,祖父璧经、父廷选皆是诚信有善举,"以行义望于乡"。吴鲁得中状元,得益于家人对教育的重视和自身的孜孜苦读。

1891—1910:庚子信史振文教

世事多是不如意,荣光与坎坷总是相伴相随。中状元不过四年,吴鲁就遇上了中日甲午战争。在上呈《请迅调战将以临前敌书》,他指出:"请旨迅调战将,以分贼势。"无果,加之生逢辛亥革命前的清末动荡年代,在侵略者铁蹄频频侵犯,执政者都无法自保的年代,偌大的中国已放不下一张平静的课桌。

即便吴鲁能文善工,但在"庚子之变",八国联军攻陷北京,当权者弃城而逃,困居孤城的吴鲁报国无门,只得握紧手中笔墨抒发满腔悲愁之恨,在《百哀诗·自识》云:"庚子拳匪之变,余困处都城,闻见之间,有足哀者。愤时感事,成诗百余首,命曰《百哀诗》。"

在这百多首诗作中,吴鲁笔锋如刃,鞭辟入里揭露侵略者野蛮强盗"炮弹开花恣焚毁,千家万家火坑死",指责将领毫无胆魄;"节钺重臣皆缩手,何人洗甲挽天河",痛斥当权者"政府袒护,变乱黑白,大局安得不坏"。时人评价《百哀诗》:"其人心之救药也。"今史学家称其是"庚子事变"的"第一手史料"，比之为杜甫的"史诗"。

真的勇士敢于直面惨淡的世界并仍怀以热爱。事平后，爱国忧民的吴鲁先后撰论十篇，向当局提倡改革，主张"参考东西各国用人练兵筹粮之机宜"。在《纸谈》中建议对义和团"勒以部伍，与官兵长短相间，协同作战"。还倡议办理民团，以民间武装力量与国家兵力共拒外敌。这在当时的政治环境下不啻"顶雷上奏，与当权者左"，也为他后来外放，远离政治中心埋下伏笔。

"纷纷世变乱如麻，百首哀诗托浣花。"在京为官多年的吴鲁在科名至大魁后，游宦各地，任职多与文教考务相关，历任陕西典试，安徽、云南督学，云南主考，吉林提学使等，"服官中外近四十年，未尝一补实缺"。即便如此，深受清正家风熏陶，亲历战乱之苦，吴鲁每赴任一方或专司一职都以开启民智、提高国民素质为己任，"窃维朝廷振举庶政，以兴学育才为第一要义"。

典试陕西，他白天巡视考场，夜间批阅试卷，每选拔或剔除一人，必反复斟酌。移督安徽学政，屡捐俸金修复书院，大胆革除陋习"免搜检费"，重用提拔优秀寒门士子。

云南学政任上，亲撰《蒙学初编》推行新学，将薪俸奖励优秀学子，使云南学风为之一振。离开时，"诸生送行者络绎于道"，士绅们为他树"德教碑"于林则徐"去思碑"之右，成为清代福建官员在云南任职的佳话。

出任吉林提学使期间，带头捐款倡办新学，在职仅一年半，全省"自小学、师范、方言、实业、法政、模范诸学堂以及中学、女学依次而立"。他尤其重视小学教育，曾亲自日莅一校，为学生谆谆讲解。吉林人至今感念吴鲁。

因兴学育才成效卓著，吴鲁被诰封为资政大夫，为文职正二品。诗人苏镜潭更是赞其"衡文滇皖才无遗，金镜玉尺垂丰碑"。

1911—1912：辞官归隐逝故里

清宣统三年（1911），虽工作被评为优等，失望于时局混乱朝政腐败的吴鲁婉谢学部尚书唐景崇的再三挽留，辞职回乡。在四子吴钟善的陪同下，一路途经上海、浙江普陀、福建厦门，最后回到故里，于民国元年（1912）农历八

41

月二十八日去世，享年 68 岁。

吴鲁虽在家乡的时间没有外地长，且成名后到泉州的时间不多，但依然在泉州留下不少墨宝，集中在名人故居、宫庙、碑刻中。如吴鲁曾为明代忠烈、晋江人蔡道宪题诗云："闽南之山倚天绝，闽南之水清且洁。开闽以来千余年，笃生伟人尚奇节。浩然正气凌乾坤，气如河岳心如铁。"为池店新店村题写"雁山修路记碑"，讲述当地修路的事迹，有人称其行文颇有宋代蔡襄《万安渡石桥记》的风格。

另有一条幅较为惋惜，不完整，"先生闭穷巷，未得窥剞劂"，系吴鲁摘书韩愈《送文畅师北游》的一句。说来吴鲁与韩愈颇有时空渊源。吴鲁与欧阳詹同为池店人，欧阳詹被誉为"闽南第一进士"，吴鲁是时隔一千多年后才出的福建最后一名状元。而韩愈与欧阳詹科举并登"龙虎榜"，交情甚笃。且韩愈曾一度任史馆修撰，奉命修撰《顺宗实录》，职衔与吴鲁相似。从科举的视角来看，韩愈科名与吴鲁同级，授官相当，这何尝不是科举时代精英阶层的一种跨时空交集？

海德格尔说："一切的诗人都是还乡的。"正是内心崇尚的这股闽南正气，支撑吴鲁一生守节，并沉潜于文教事业。近四十年的宦海搏浪，终令他收获"冰壶玉衡朗无私"的世间赞誉，也树起了闽南"肃堂"的高洁清姿，为泉州留下一批可贵的文化遗产。

故纸留余香，几代人道德文章。在吴鲁的后代中，四子吴钟善颇具乃父文风，"生秉幽燕之豪气，家承梁曾之清芬"。早年中经济特科，声名大噪，是当时福建籍唯一中式者。在清宣统三年（1911）随吴鲁辞差回乡。虽才华横溢（"寄鸿七子"，吴钟善偕其长子吴普霖独占二席）却气节高雅，甘于淡泊不复仕，在诗词、书画及篆刻、鉴宝等诸多方面造诣精深，享誉闽地，也是吴鲁文化的重要传承传播者。

"吴鲁好大字"，其曾孙吴紫栋亦颇得其书法精髓，是著名书法家。其与吴鲁书法、诗篇在文物名胜上多次"合体"。泉州东观西台有一文物方碑为吴鲁亲笔所写，却在四十多年前损坏，四方碑只剩一方是真迹，后吴紫栋先生应邀补写其余三块，现四块同列大厅，字迹风格之像几乎"以假乱真"。吴鲁在

《正气研斋汇稿》有一文稿《募修清源山纯阳洞疏》，现其文也由吴紫栋所写并立在清源山纯阳洞口。"天赋清高绝流俗，老垂著作贻子孙。"这副状元第对联无疑是对吴鲁家族几代人的现实书写。

"三百多年出一座状元府。"吴鲁的故居钱头状元第是五开间的红砖大厝，于2013年1月被评为福建省级文物保护单位。大门两旁木柱上刻有楹联"瑞腾天马峰前至，人蹑金鳌顶上来"，厅堂挂有"状元""学政""历任安徽云南学政陕西云南主考吉林提学使学部丞参翰林院修撰、主考"等多个牌匾。除大门口堵石下螭虎脚和门路木作简单地雕刻之外，不作繁丽的雕饰，比起同时期的侨建古厝显得分外古朴。或许这也是当年主人公清正俭朴品格的体现吧。

诗礼传家。回顾吴鲁的一生，荣光、坎坷皆有之。他满腹经纶，是才识过人的科举状元；推动新学制改革，是兴学育才的"一代宗师"；挥笔写就《百哀诗》，是心系家国命运的爱国诗人；书法沉雄峻拔，是"名噪都下"的书法大家……

人间正道是沧桑，浩然正气永长存。足以告慰状元公的是他一生劳心尽力倡办的新学理念，在当代之中国已然落地生根、开花结果；其藏品"正气砚"虽不幸遗失，但拓仿凝聚于先贤遗物中的笃行报国心仍在子孙后代心中赓续传承。

"故乡的风、故乡的雨，孕育故乡的骄子，一条江，在诉说闽南最后一名状元的传奇。"百年光阴带走的是岁月，带不走的是口口相传的钱头状元第吴鲁文化，它像一粒种子，在每一个来访者心中吹开了花，终将郁郁葱葱。

(作者系福建省作家协会会员、晋江市罗山街道办事处中级经济师)

品吴鲁风范，承家国情怀

刘　衍

在浩渺无垠的中国历史长河中，清代福建最后一个状元吴鲁恰似一颗璀璨夺目的星辰，散发着独特而耀眼的光芒。他的存在，犹如一座不朽的丰碑，承载着那个特定时代的风云变幻与家国情怀。

吴鲁出生于晋江池店镇钱头村，其故居建于清光绪年间，自东向西分别由书房、宅院和学堂三组并排建筑组成，这里承载着家族的记忆与文化传承的物证。

吴鲁诞生于清末，那是一个国家深陷内忧外患的动荡岁月。彼时的中国，列强环伺，虎视眈眈；国内政治腐败，民不聊生。在这样的历史背景下，吴鲁以其卓越的才华和远大的抱负，毅然投身于时代的浪潮之中，奋力书写属于自己的传奇篇章。

吴鲁的文学成就斐然，其代表作《百哀诗》和《正气研斋汇稿》充分展现出他深厚的家国情怀与非凡的文学造诣。《百哀诗》犹如一部沉重的历史画卷，缓缓展开那个动荡时代的悲哀与无奈。字里行间，满是对国家命运的忧虑和对百姓苦难的悲悯。每一首诗歌，都仿佛是历史的回音，在岁月的深处久久回荡。

"强胡十国联军来，阵云黑压黄金台。巨炮连环竞攻击，十丈坚城一劈开。"这句诗生动地再现了"庚子事变"的惨烈景象。列强的铁蹄肆意践踏，国家的尊严被无情践踏。吴鲁以悲愤的笔触，将那一幕幕惨状刻画得入木三分。透过诗句，我们仿佛能看到硝烟弥漫的战场，听到百姓的哀号与哭泣。在国家面临生死存亡之际，吴鲁的心中充满了忧虑与悲愤。

而"节钺重臣皆缩手，何人洗甲挽天河"，则表达了他对当时朝廷官员不作为的愤慨。面对国家的危难，那些手握重权的大臣们却纷纷退缩，不敢挺身而出。吴鲁渴望有人能够像英雄一般，挺身而出，拯救国家于水火之中。这种急切的心情，在诗句中表现得淋漓尽致。

《正气研斋汇稿》则彰显出吴鲁的刚正不阿与浩然正气。他以笔为剑，在国家危难之际敲响"警世之铎"。一生以救国拯民、振兴中华文教事业为己任，用自己的行动诠释着对国家和民族的忠诚。在那个黑暗的时代，吴鲁犹如一盏明灯，照亮了人们前行的道路。

吴鲁的诗词，是他内心世界的真实写照。他将自己对国家和民族的热爱、对百姓的关怀，都融入诗歌之中。他的诗歌，不仅仅是文学作品，更是一种精神的寄托，一种对美好未来的向往。在他的笔下，我们看到了一个有血有肉、充满家国情怀的文人形象。

吴鲁不仅是一位忧心国事的诗人，更是一位致力于教育的实干家。在那个动荡的年代，教育是国家振兴的希望所在。吴鲁深知这一点，他一生以振兴文教、兴学育才为己任，为国家培养了大批优秀人才。

在督学安徽时，吴鲁捐修翠螺书院，并作记勉励后学要"仰体先贤立教之微旨"。他的这一举措，体现了他对教育的高度重视和无私奉献。他希望通过教育，培养出更多有识之士，为国家的振兴贡献力量。

吴鲁对教育的执着与奉献，正如他诗中所云："独与孤松争晚节，盘根长耐雪霜寒。"这句诗生动地体现了他坚韧不拔的精神和为教育事业坚守的决心。在困境中，他犹如一棵孤松，傲然挺立，不畏风雪。他用自己的实际行动，为后人树立了榜样。

吴鲁的书法也别具一格，开创"吴体"。他的字体敦厚、苍劲有力，每一笔都仿佛蕴含着无穷的力量。他的墨宝，如"清静"二字，仿佛凝聚了他一生的品格与追求。那是一种在乱世中依然保持的清正与宁静，一种对高尚品德的坚守。

走进钱头状元第，仿佛穿越时空，回到了那个充满传奇的岁月。古老的建筑见证了吴鲁家族的辉煌与荣耀，那精美的雕刻和古朴的气息，让人感受到历史的厚重。在这里，我们可以想象吴鲁当年苦读诗书的场景。他怀揣着对国家和民族的希望，孜孜不倦地追求着知识的殿堂。在那个艰苦的年代，他凭借着自己的努力和才华，一步步走向了成功。

走进他的故居，更是仿佛能穿越时空，感受到他当年的风采。那古朴的建筑，见证了他的成长与奋斗，也见证了他的家国情怀。故居设立的《百哀诗》首刊百周年纪念厅，吸引着众多游客与学者前往参观学习。这既是对爱国诗人吴鲁及其《百哀诗》的尊崇，亦是对家族文化的生动传承。

纪念厅中展示着《百哀诗》的不同版本源流，诸如手稿誊正稿、台湾版铅印本、泉州影印本以及北京古籍出版社的版本等。这些版本，让后人可以直观地知晓《百哀诗》的流传历程及其珍贵价值。每一个版本，都承载着历史的记忆，都诉说着吴鲁的家国情怀。

吴鲁的家族传承脉络清晰且具有深远影响。吴鲁一生以救国拯民、振兴中华文教事业为己任，这种家国情怀在家族中得以传承。他的第四子吴钟善，奉父训立身，在吴鲁病重谢世之前，吴鲁叮嘱他要尽心守护岳忠武砚，吴钟善遂将自己的书室名改为"守砚庵"，以明守砚而绍家风之志。这一方岳忠武砚，承载着岳飞、谢枋得、文天祥等爱国忠臣的气节与操守，吴钟善终其一生护得此砚周全，体现了对先辈精神的坚守和传承，也将这种家国情怀具象化，让家族后人能更真切地感受和领悟。

到了当代，吴鲁的海内外族裔依然在为家族文化的传承与推广贡献力量。从 20 世纪 80 年代至今，吴鲁海内外族裔不断对故居进行修缮。大家希望能够以修缮故居为契机，促进吴鲁学的研究，想尽己所能传承、推广吴鲁的爱国精神和深厚文化。这种对故居的维护与对家族文化的传承推广，是家国情怀在当下的延续，让家族的精神有了寄托之所，也为后人提供了一个可以触摸和感受先辈家国情怀的实体空间，激励着后人秉持着同样的情怀去为国家和社会贡献力量。

此外，吴鲁家族后人在各个领域也以各自的方式展现出对家国情怀的践行。从他们的身上，可以看到家族传承下来的优秀品质和对社会的责任感，这也是家国情怀在家族后代个体身上的生动体现，他们在自己的生活中，以不同的形式为社会、为国家贡献着自己的价值，延续着家族的荣光和家国情怀。

吴鲁虽已消逝在历史的长河中，但他的精神却如一座不朽的灯塔，始终照亮着后人前行的道路。他的诗词，宛如黄钟大吕，在岁月中久久回响，时刻提醒着我们铭记家国之重。"独与孤松争晚节，盘根长耐雪霜寒。"吴鲁以这样的诗句展现出坚韧不拔的精神，激励着我们在困境中顽强坚守，在追求中奋勇前行。他的教育理念，恰似璀璨星辰，为我们指引着培育英才、振兴民族的方向；他的爱国情怀，更如熊熊烈火，点燃我们心中对国家和民族的炽热情感。

在当今这个风云变幻的时代，我们更应从吴鲁的事迹中汲取无尽的力量，以家国情怀为坚实担当，勇敢地踏上实现中华民族伟大复兴的征程。让我们永远铭记吴鲁，传承他的伟大精神，在新时代的广阔舞台上奋力书写属于我们的壮丽辉煌篇章。我们要在困境中顽强坚守，在追求中奋勇前行，为国家和民族的繁荣昌盛贡献出自己全部的力量，让吴鲁的精神在我们这一代人的身上得以延续和弘扬，绽放出更加绚烂的光彩。

（作者系福建省作家协会会员、泉州思言文化发展有限公司总经理）

走进钱头村　赏识状元郎

叶海山

节令已出三伏的八月，暑气的热浪依然不退。参加首届吴鲁文化季启动仪式的车队开进池店镇钱头村时，迎面而来的是大路两旁接连耸立着高大的拱门、红砖古大厝、红彤彤的对联、红彤彤的笑面，像沸腾的红色海洋迎接来自八方的宾客。

伫立在吴鲁故居前，看着那斑驳老旧的红漆木桌和木柱上的联语"天赋清高绝流俗，老垂著作贻子孙"，我想起了爱国诗人、教育先驱、书法家、状元吴鲁的故事和精神。

爱国诗人

吴鲁（1845—1912），晋江池店镇钱头村人。清光绪十六年（1890）以一甲第一名及第，成为福建最后一个状元。皇帝亲政的恩科状元，本该是"趾高气昂"的"春风得意马蹄疾，一日看尽长安花"态势，而吴鲁却在随后的日子里写出了震撼上下的《百哀诗》。为何哀呢？那是因为吴鲁忧国忧民的情怀倾诉！

清光绪二十六年（1900），英、美、德、法、俄、日、意、奥8个帝国主义国家组成的侵华联军，借口清政府支持义和团排外，攻陷北京，慈禧太后带着光绪皇帝西逃。56岁的吴鲁被困北京南柳巷晋江会馆。其时代，正是我国备受列强侵凌，清廷腐败，民生凋零，有识之士莫不痛心疾首，忧国势之垂危。吴鲁被困7天更是亲见亲闻，恨朝廷之丧权，痛官吏之辱国，而愤笔成

48

诗。可见诗前《自识》云："庚子拳匪之变，余困自都城，闻见之间，有足哀者。愤时感事，成诗百余首，命曰《百哀诗》。"诗集大都为古风排律，下卷兼有律诗、绝句，咏之不足则加注以表明。上卷45首，主要记义和团抗击帝国主义者事；下卷111首，写和议后个人出都城沿途见闻观感、八国联军暴行，并描绘清廷君臣丑态，反映其爱国主义思想和对清廷腐败、将领无能的鞭挞。例如上卷开篇的《义和团》和《戕官》《都城失守》等。

下卷的《无米行》曰："白日倚枕清梦长，酸风淅沥搅饥肠。睡起呼僮供夕爨，空瓶倒倾无余粮。烧薪汲水煮苦茗，一瓯清沁如琼浆。杜陵诗编手一卷，再历饿乡入睡乡。"反映了城中粮食断绝，无可聊生，处境险峻，生活艰难。但吴鲁清操自守，作《梅花》诗以自励，"梅花不受胡尘厄，犹有凌寒次第开"。恰恰是血与火的洗礼和霜与雪的欺凌，激起爱国诗人"独与孤松争晚节，盘根长耐雪霜寒"的志节与豪情。于是怒火淬成诗篇，吴鲁以诗的形式逐日记下亲历亲闻的"庚子之变"全过程，目的十分明确："盖以志当日艰窘情形，犹是不忘在莒之意焉。后之览者，亦将有感于斯诗。"（《百哀诗》自序）《百哀诗》以其翔实的形象的史料、沉重的历史责任感和强烈的精神穿透力，成为中国人民反帝爱国斗争的一部史诗，映射出他高尚的情操和民族的正气。无奈清王朝腐败，外敌内患，国家已然千疮百孔。尽管如此，吴鲁还是挺身而出，提出很多挽救危亡的奏议，并疏《请饬沿海水师互相联络以振全局》……正如浏阳李运祺的序里所言："其人心之救药也！"所以说，《百哀诗》也是对后人进行爱国主义教育的生动教材，难怪史学家称其为"庚子事变"的"第一手史料"。

《百哀诗》的艺术特色有两点：其一，以时事入诗，具有鲜明的现实主义精神；其二，风格沉郁，诗人继承了杜甫诗歌创作的风格，直抒作者真实的情感。

新学先驱

吴鲁身处的时代，正是中国逐渐沦入半封建半殖民地灾难深渊时期。作为科举状元的吴鲁，深刻认识到国家要振兴就必须提高人民的文化教育素质，所以他又成了新学的积极倡导者、近代中国学制改革的先驱者。这可能和他长期担任教育行政职务的经历有关，使其深刻地认知教育在造就人才方面的重要性。

在教育具体表现方面，吴鲁最为突出的贡献，或者说最值得称赞的地方，乃在于对晚清陈腐教育制度的反思与批判，对顺应时代潮流的新学的高度认同、热情积极倡导，提出推行的种种具体主张，并不遗余力加以践行，为近代中国学制改革所做出的业绩。作为科举制度的宠儿，这是极为难能可贵的。

在 1905 年废除科举的变革进程中，吴鲁对新学积极推动，提出不少精辟的见解和主张。如在云南学政任上，向清廷具折《请裁学政疏》，开宗明义地人声疾呼："窃维朝廷振兴庶政，以兴学育才为第一要义！"简短的两句话，高度浓缩了对教育改革的坚定支持与热切期望。吴鲁在《请裁学政疏》中，明确指出推行新学必须秉持四条基本纲领："一在广筹经费，建立学堂；二在严督各府厅州县，实力奉行；三在遴委道府精于学务者，认真考察；四在鼓励本籍绅士，协力相助。凡此四端，皆宜统归督务经理，方能确著成效。"四条基本纲领，互为关联，互为影响，都是新学能否顺利推行的重要问题。

在推进新学过程中，吴鲁身体力行，任安徽学政时，太平府要规复翠螺书院，吴鲁立即带头捐俸五千金，并为书院作记。

后来，吴鲁被任为代理吉林提学使。当时吉林初设提学，诸事草创，吴鲁到任就捐俸五千金，措办提督学政公署，继而又捐资一千六百金改建文庙。在吉林任内，吴鲁倡办《吉林教育官报》，大力提倡教学研究与学术讨论，以促进教育改革顺利推行。

可以说，吴鲁以发展教育为己任，并为之奉献了毕生的精力，而受到广泛的赞誉。

（作者系中国报告文学学会会员、福建省作家协会会员、晋江市政协原文史资料委员会主任）

文墨留香，教育兴邦

张美娜

在晋江这片文化底蕴深厚的土地上，有一位历史人物以其卓越的才华、深沉的家国情怀和卓越的教育贡献，被后人铭记于心。他，就是清末政治家、教育家、爱国诗人、书法家吴鲁，字肃堂，号且园，晚号老迟，又号白华庵主。吴鲁的一生，是科举荣光与兴学育才交相辉映的传奇。

吴鲁出生于清道光二十五年（1845），自幼勤奋好学、博闻强识。他5岁开始从师学习，钻研学问皆"穷极源委"，未及弱冠之年，已补邑学官弟子。清同治十二年（1873），吴鲁以拔萃贡成均，进入古代最高学府国子监学习。次年朝考一等，授刑部七品小京官，开启了仕途生涯。清光绪十六年（1890），46岁的吴鲁在科举考试中一举夺魁，成为殿试一甲头名，世称"殿庭射策墨淋漓"，获授翰林院修撰，成为福建科举时代最后一个状元。科举之路，状元及第，这不仅是对他个人才华的肯定，更是为家乡泉州增光添彩的佳话。

然而，吴鲁的辉煌并未止步于科举。他深知教育对于国家的重要性，因此将兴学育才视为己任。历任陕西典试、安徽和云南督学、云南主考、吉林提学使等职务，吴鲁在每一个岗位上都积极推行教育改革，推动新学制的实施。他主张因材施教，反对过分要求学生兼修博览，支持培养"术业有专攻"的人才。在吉林提学使任上，他倡办《吉林教育官报》，大力提倡教学研究与学术讨论，推动了清朝教育体制的重大改革。

吴鲁深谙经费对于教育的重要性，他多次捐俸支持教育事业。在安徽太平府修复翠螺书院时，他捐俸五千金倡导，并为书院作记，勉励后学力求上进。在吉林任提学使时，他又捐俸五千金措办提督学政公署，并捐资一千六百金改建文庙。这些实际行动，展现了他对教育事业的深情厚谊和无私奉献。教育先驱，兴学育才，吴鲁之举，彪炳史册。

吴鲁不仅是一位教育家，更是一位心系家国的爱国诗人。清光绪二十六年（1900），八国联军入侵北京，古都陷入一片火海。吴鲁困居京城，目睹了侵略者的暴行和清廷的腐朽无能，满怀悲愤之情，写下了振聋发聩的《百哀诗》。这部诗作分上下两卷，上卷记述义和团诸事，下卷描绘八国联军暴行和清廷君臣丑态，记录了出京沿途所见所闻。诗歌中充满了对侵略者的愤怒和对国家命运的忧虑，同时也展现了他作为知识分子的责任感和使命感。

《百哀诗》以其翔实的史料、沉重的历史责任感和强烈的精神穿透力，成为中国人民反帝爱国斗争的一部诗史。它不仅是对历史的真实记录，更是对后人进行爱国主义教育的生动教材。在《百哀诗》中，吴鲁以诗鸣哀，表达了对国家命运的深切关怀和对民族未来的坚定信念。爱国情怀，诗史留名。

除了教育和诗歌方面的成就外，吴鲁还是一位书法大家。他工小楷，尤擅行楷，形成了严肃稳重的独特书法风格。御史江春霖称赞其"书法精绝，名噪都下"，谓其书法为"吴体"。高僧弘一大师亦在雪峰寺见到吴鲁手书的"大雄宝殿"匾后赞叹不已，并在《吴肃堂临董华亭龙神感应记》中对其书法作出高度评价。吴鲁的书法造诣不仅在当时享有盛誉，更在后世流传甚广，成为书法爱好者们竞相追慕的瑰宝。

尽管吴鲁在科举、教育、诗歌和书法等方面都取得了卓越的成就，但他却始终保持着一颗淡泊名利的心。他倡导简朴之风，状元第毫无奢华之感。他的一生都在为国家和民族的未来而奔波操劳，直到1912年病逝于家中，享年68岁。

他的一生充满了光辉和色彩，他用自己的才华和汗水书写了一部传奇人生。状元风骨，晋江文脉，吴鲁的精神永远镌刻在晋江的文化史册上。今天，当我们站在晋江河畔回望那段历史时，依然能感受到吴鲁状元之光的照耀。

（作者系福建省作家协会会员、晋江市文艺评论家协会秘书长、晋江市安海中学教师）

状元吴鲁

王雅雅

在闽南这片热土上，自古以来就人才辈出，孕育了无数杰出的人物。其中，晋江状元吴鲁，以其卓越的才华、深厚的爱国情怀和卓越的教育贡献，成为后人敬仰的楷模。当我们翻开清朝历史，走近这位"福建最后一位状元"，了解他一生的贡献，深深地为他的爱国情怀所折服。

状元及第　书法精绝

吴鲁，字肃堂，号且园，晚号老迟，又号白华庵主。晋江钱塘乡（今池店镇钱头村）人。清末政治家、教育家、爱国诗人、书法家，有"福建馆阁体最后一笔"之称。他自幼天资聪颖，勤奋好学，领悟力非常强。5 岁开始跟着老师学习，总有一种打破砂锅问到底的精神。清同治十二年（1873），时年 29 岁，他登拔萃科，翌年便授刑部七品京官，从此步入仕途。清光绪十六年（1890），时年 46 岁的他会试金榜题名，殿试一甲头名，世称"殿庭射策墨淋漓"。吴鲁在人生中年的高光时刻，一举夺魁成为状元，为家乡晋江赢得了无上荣光。

吴鲁高中状元的消息传回晋江，整个晋江为之沸腾。自明万历年间庄际昌状元之后，时隔 271 年，吴鲁再次为闽南赢得了状元的美誉，成为明朝以后 300 年间整个闽南唯一的状元。一时间，吴鲁的名字响彻四方，也激励着后来的家乡学子。

吴鲁不仅是一位才华横溢的文人，更是写得一手好书法，御史江春霖夸赞他"书法精绝，名噪都下"。其笔力雄健，有颜鲁公遗风，个人风格鲜明，江春霖谓其为"吴体"。一代高僧弘一法师曾为其书卷跋后写道："肃堂书法严肃端庄，能副其名，可宝也。"这是对吴鲁书法的高度评价，也是对他人格魅力的认可。

忧国忧民　爱国情怀

清光绪二十六年（1900）八月十四日凌晨，八国联军对北京发动总攻，北京沦陷，慈禧太后带着光绪皇帝西逃。吴鲁当时困在北京南柳巷晋江会馆，他亲眼所见八国联军烧杀抢掠、京城千疮百孔的景象，看到了整个清朝官员的腐败无能，使得老百姓陷入水深火热之中，他义愤填膺，写下了脍炙人口的《百哀诗》。《百哀诗》包含上、下两卷，上卷45首，下卷111首，主要记录义和团相关史实和八国联军侵华期间的种种暴行，对整个"庚子事变"的过程进行反思和记载，表达了他对国家命运的深切忧虑和对腐败清廷的强烈谴责，也让后人永远铭记这段国破山河的历史。他的诗歌，成为中国人民反帝爱国斗争的一部诗史，是对后人进行爱国主义教育的生动教材。

吴鲁的一生，是爱国的一生。他用自己的才华和行动，诠释了什么是真正的爱国情怀。

如今，当我们站在吴鲁故居前，看着那斑驳老旧的红漆木桌和木柱上的联语"天赋清高绝流俗，老垂著作贻子孙"，仿佛能感受到他那不屈不挠的精神和深厚的爱国情怀。他的故事和精神，如同一盏明灯，照亮了我们前行的道路。

教育先驱　鞠躬尽瘁

吴鲁在教育方面有自己独到的见解和方法，是一位卓越的教育家。他奉派三任学政、三任主考，为朝廷衡文取士，革除科场积弊，为国家培育了大量人才。他亲自编写讲义，兼训兵学，躬历各校，登堂演讲，为首捐廉助学。在他的努力下，吉林各地的小学、师范、法政、女校、中学等各种学堂如雨后春笋般纷纷建立，学风为之一振，广受八郡绅民称道。

吴鲁的教育思想深邃而独特。他积极主张改革教育体制，推行新政，是中国新学制改革的先驱之一。他强调教育的根本在于培养人的品德和才能，而非仅仅追求功名利禄。他以身作则，用自己的行动诠释了什么是真正的教育家。他的教育理念和方法，对后世产生了深远的影响，为中国的教育事业做出了不可磨灭的贡献。

吴鲁，这位晋江池店镇钱头村走出去的状元、伟大的爱国诗人和卓越的教育家，用他的一生诠释了什么是真正的才华与担当。他在国家有难的时候悲怆呐喊，这种爱国主义情怀也感动了我们，成为后人敬仰的楷模。吴鲁，他的故事和精神将永远流传下去，激励着无数后人不断前行、不断奋斗、不断成长。

（作者系晋江市文化文史学会理事）

读书人吴鲁

安 安

　　闽南本地，不少老人习惯将有上过学的称为"读书人"，他们认为从小学中学到大学，书读越多，学堂从农村转到城市，眼镜度数越高，一般知识会越高明，以别于没有上过私塾、上过学堂、大字不识一个的普通人。

　　状元吴鲁，字肃堂，号且园，晚号老迟，又号白华庵主，晋江池店镇钱头村人，清末著名的政治家、教育家、爱国诗人和书法家，有着"福建最后一位状元"的美誉。他的一生充满了传奇色彩，在教育、文学和书法领域有着卓越的贡献。

　　走进吴鲁书房，感触良多。"领袖名经千家佛，填膺忧愤百哀诗！"这是台湾进士汪春源《白华庵主像赞》二首之一的颔联，说的是清代状元、闽南先贤吴鲁生平的两大事迹：中状元和写《百哀诗》。古人常用佛家《千佛名经》喻科举登科录（进士名录），"领袖名经千家佛"说的正是吴鲁高中状元事；"填膺忧愤百哀诗"则记 1900 年吴鲁在京目睹"庚子事变"之种种惨状，忧愤而写《百哀诗》。愤怒出诗人，清高见本真！有家国情怀的读书人，值得后人尊敬，特别是古代的读书人典范——状元吴鲁。

　　善哉吴鲁！书法大家吴鲁！诗人吴鲁！读书人吴鲁！寒窗苦读，皓首穷经，穷则独善其身，达则兼济天下，六掌文衡吴鲁！浩然正气，一以贯之！

　　科举状元之路。吴鲁生于清道光二十五年（1845）七月二十一日，自幼勤奋好学、博闻强识。他 5 岁开始从师学习，对学问钻研皆"穷极源委"。未及弱冠之年，已补邑学官弟子。清同治十二年（1873），29 岁的吴鲁以拔萃贡成均，进入古代最高学府国子监学习。清同治十三年（1874），他朝考一等，授刑部七品小京官，俸满后升为刑部主事。清光绪十二年（1886），吴鲁考取军机章京，不久后充方略馆纂修。然而，他并未止步于此，而是继续追逐科举上的荣光。清光绪十六年（1890），46岁的吴鲁终于会试金榜题名，殿试一甲头名，成为状元，授翰林院修撰。

教育领域贡献，硕果累累。吴鲁一生以振兴文教、兴学育才为己任，忧国忧民忧天下。他高中状元后的20年间，担任了三任学政和三任主考，历任陕西典试（主考），安徽、云南督学，云南主考，吉林提学使等职务，有"六掌文衡"之誉。督学安徽太平府时，他修复翠螺书院，捐俸五千金倡导，并为书院作记，勉励后学力求上进。督学云南时，他从云南实际情况出发，主张功课不能强求与其他地区一致，提出"此地之要，务精其化学，冀开农矿之利源。以中学为普通，以西学为专门，应兼者兼之，应分者分之"。吴鲁主张兴学要注意因材施教，如果过分地要求学生兼修博览，终恐一艺无成；即使聪明特出，卓越寻常，学成之后，亦不能以一人而兼数职。在吉林提学使任上，又捐俸五千金措办提督学政公署（时吉林初设提学，吴鲁为第一任提学使），继又捐资一千六百金改建文庙。同时，他还倡办《吉林教育官报》，大力提倡教学研究与学术讨论并行，这在当时是一个全新的创举。

为了振兴教育，他特上《请裁学政疏》，提出建议："一在广筹经费，遍立学堂；二在严督各府厅州县，实力奉行；三在遴委道府精于学务者，认真考察；四在鼓励本籍绅士协力相助。凡此四端，皆宜统归督抚经理，方能确著成效。"在废科举、兴学堂新风兴起之后，许多有识之士出国留学。吴鲁认为对这些留学东洋的莘莘学子，要加以重用。他建议在经考试及格，"当轴者破格用之，或量其才而授之以事，或分发各省学堂以为人师，或入官诏糈出其所学以襄理新政"。吴鲁因兴学育才卓著成效，而诰封为资政大夫。

文学与书法成就。吴鲁不仅是一位杰出的教育家和政治家，还是一位才华横溢的文学家和书法家。他工小楷，尤擅行楷，形成严肃稳重的独特书法风格，在当时享有盛誉。御史江春霖称其"书法精绝，名噪都下"，谓其书法为"吴体"。高僧弘一大师曾经对其题于南安雪峰寺书法"大雄宝殿"四字赞不绝口。吴鲁除了《百哀诗》，还著有《正气研斋汇稿》《正气研斋遗诗》《纸谈》

等文学作品。《百哀诗》以十分愤慨的心情抒发 1900 年前后的国难景象，记述河山破灭期间民间百态，被史学家称为"庚子事变"的"第一手史料"，堪称"庚子信史"。

爱国情怀与高尚品德。吴鲁一生以国家命运为重，心系民族存亡，长哀民生之多艰。在八国联军入侵北京、天津的危急关头，他挺身而出，提出加强水陆联防、军民协作共同对敌的策略。他目睹八国联军侵华及清廷之无能，以诗的形式逐日记下"庚子之变"全过程，发出了"以诗鸣哀"的悲声。

"道心静似山藏玉，书味轻于水养鱼。"吴鲁作为一位科举状元，一个有风骨的读书人，一生充满忧国忧民的情怀，其高尚品德，值得我们永远怀念和学习。

在吴鲁 180 虚岁诞辰之际，家乡组织首届吴鲁文化季活动，省、泉州市、晋江市一群文化人走进池店钱头村吴鲁故居。"紫绶金章绵世泽，祥麟威凤振家声！"积善之家必有余庆，与吴公后裔叙谈，得知状元后人，在本埠、香港、台湾开枝散叶，有专精法华的书法家，有慈善为本的企业家，特别是"绥"字辈后裔在池店本土，时刻牢记吴鲁家族的荣耀，创建吴鲁世家博物馆，诸多善举，光大先贤遗愿，启航新征程！

前辈在高堂，嘱累后来者：愿状元家乡多出人才！人文蔚起，秀甲一方！以读书人为荣！悲天悯人，常怀家国天下，有所继承，有所期许，有所成就！

（作者系中国作家协会会员、晋江市作家协会副主席）

58

永不屈服的爱国教育家吴鲁

蔡安阳

从迈进岁月雕琢的吴鲁故居那刻起，我仿佛置身数百年前的清末时代，田陌清溪，山路蜿蜒，人们日出而作日落而息。吴鲁坐在院子里，提笔挥毫，忧国天下。

——题记

是怎样的"吴体"书法，让其出欧入虞，直逼晋唐，气韵清新，人称"书法精绝，名噪都下"，以致民间以得到他片纸只字为荣？

是怎样的创新教育家，奉派三任学政、三任主考，为国朝衡文取士，革除科场积弊，建树良多，享有"六掌文衡"之誉？

是怎样的一个爱国诗人，在八国联军侵华和清廷丧权辱国的时候，义愤填膺谴责腐败清廷，写就光辉熠人的诗集《百哀诗》？

闻着经过历史沉淀的宅院散发出的古老气息，抚摸着红漆斑驳的残旧木桌，看着木柱上的联语"天赋清高绝流俗，老垂著作贻子孙"，我想让时空穿越，带我看看这教育先驱、爱国的福建末代状元吴鲁。

晴空湛蓝如洗，阳光和煦，微风吹拂白云游丝散去，你带着家人的期待，行路北上。历经艰辛，终来到京城参加顺天府恩科考举。殿试时节，因和江西文廷式的试卷文章各有千秋，难分高下，被众位大臣选评，最终你以试卷白璧无瑕，拔得状元头筹。本是一默默无闻的小村庄，因你大魁天下，一时间冠盖满钱头，前来交结契阔的人一下子多了起来，乡村小道变得车水马龙。

时光追溯，自1619年明万历年间庄际昌状元至你夺魁，竟时隔271年。

因此，你的状元第是明以后数百年间闽南唯一修造的状元府。而你一生清正廉洁，心系国运，忧国忧民，为后人留下诸多功德与著作，被世人所称赞。

吴鲁，字肃堂，号且园，晚号老迟，又号白华庵主，晋江池店钱头村人。自幼天资聪颖，勤奋好学。清同治十二年（1873）登拔萃科，翌年授刑部七品京官。任满升刑部主事，充秋审处总办。清光绪十二年（1886）考军机章京。清光绪十四年（1888）顺天乡试中举。清光绪十六年（1890）恩科殿试第一甲第一名，为福建清代科举三位文状元中唯一的泉州籍状元，也是福建最后一位状元。吴鲁一生勤耕不辍，著述宏富，有《读礼纂录》《百哀诗》《纸谈》《蒙学初编》《国恤恭纪》《读王文成经济集书后》等行世。

在你未中状元前，书法就已在人文荟萃的北京城闻名，擘窠大字，笔力雄健，有颜鲁公遗风，个人风格鲜明，自成一体。一代高僧弘一法师为你书卷跋后写道："书法严肃端庄，能副其名，可宝也。"一语定鼎，是对你书品的总评，何等切合。

你状元及第后，出任政职的 20 年间，奉派三任学政、三任主考，为国朝衡文取士，革除科场积弊，又奉派赴日考察学制，着力为国家培育人才。你不辞辛苦，走遍吉林各地，亲自编写讲义，兼训兵学，躬历各校，登堂演讲，并为首捐廉助学。到吉林仅半年，当地小学、师范、法政、女校、中学各种学堂如雨后春笋般纷纷建立，学风为之一振，广受八郡绅民称道。江春霖御史曾说："科名至大魁，仕宦至文衡，皆人生至荣。"你功高位重，可清廉爱民，其荣耀自非等闲可比。

清光绪庚子年（1900）闰八月，军务处总办吴鲁困守在北京城南柳巷晋江会馆。自八国联军打进京城，慈禧太后带着光绪皇帝西逃，你追赶车驾不及，行李川资被溃兵抢走，只得暂寄会馆，饥一顿饱一顿度日。没想到曾以状元名闻天下的吴鲁，竟落得有国难奔、有家难投。如果只是自身的痛苦，那倒也罢了，最令人悲痛的是国家蒙难、民生倒悬，所见所闻尽是令人发指的事。

你亲眼所见了侵略者的烧杀抢掠、清官员的腐败无能，以及老百姓的水深火热。面对现实，你决意"提笔嶙嶒强自壮"，用诗歌的形式，将"庚子事变"的过程反思、记录，让后人永远记住这一段国破家亡的悲惨历史，自奋自强，早日"提剑收取旧山河"。

"须臾联军入大内，天地昏黄日光晦，京营旗兵十余万，什什佰佰投戈奔，嗟余微命等蚁虱，兀坐空斋同桔梏！"在都城失守的绝望，生灵涂炭的愤懑凄怆，奴颜婢膝的权贵们在国家存亡当头的群丑相情况下，你义愤填膺，将满腔的悲愤与痛恨之情诉诸笔端，写下了脍炙人口的《百哀诗》。

"独与孤松争晚节，盘根长耐雪霜寒。"诗如其人，你犹如严寒中的一棵孤松，只能借诗抒发自己的心怀。在内忧外患的清末，《百哀诗》以其翔实形象的史料、沉重的历史责任感和强烈的精神穿透力，成为中国人民反帝爱国斗争的一部诗史，是对后人进行爱国主义教育的生动教材。

《百哀诗》感召后人的特殊价值，时人早有定评："是殆欲国家无忘庚子之难也""读之使人毅然而有不共戴天之愤""百哀诗者，其人心之救药也"。浏阳李运棨也在其《百哀诗》序中予以极高的评价："纪念国耻，传之学堂，宣之社会，以激发全国公愤，卒复强仇，为世界雄诗之风化天下而效力于国家也。"除了翔实记录八国联军侵华期间诗人所目睹的种种现象之外，在字里行间，还流露出你不屈的民族气节。

我闭上眼，感受着经历了岁月侵袭的状元府第，突然觉得它还留着你的痕迹，驻足着你的精神。我能想象你身着清代官服，凝眸远视地站在这里，将自己的教育思想和爱国情怀传播下去，让状元人格道德历久弥新、代代相传。

(作者系福建省作家协会会员、晋江市陈埭镇江头中心小学教师)

走在追寻状元的光阴里

陈芳盈

走在 100 多年以后，依旧是在乡村里的道路上，宽阔的水泥路有点蜿蜒曲折，尽管有着现代化的风貌。这样的蜿蜒与曲折，想必是保留了路的初衷与雏形的残余。我的思绪，便徜徉在了努力还原过往的光阴里。

1890 年，我的前辈同乡——吴鲁，在天下士子瞩目的保和殿里，以顺天府乡试举人的资格，参加了光绪庚寅年恩科殿试，终于一举成名天下知。"吴鲁中状元——成钱头"，我的邻村——晋江池店钱头村，也因此伴随吴状元的足迹与声名而传扬四方。"吴状元"更是成了口耳相传的专有名词，穿越了中华的世纪风雨和闽南的悠悠闾巷，饱蘸了仰慕和勉励的成分，从爷爷的口中，传进了我的耳中。

如今，在大人的引领下，我走在依然是乡村的道路上。

这条路，必定是一条勤勉的路。

在一片诱人而致命的罂粟香气中，疆域辽阔的天朝大国在欧风美雨中逐渐老去，远离帝都千里之外的闽南乡村，泉州府晋江县的钱头村，亘古流传的滔滔晋江水，却暂时还能应和着琅琅书声，滋润了扎着冲天辫的吴鲁乡贤，"头悬梁，锥刺股"的远古佳话，在小桥流水人家，得到了毫不迟疑的勤勉剪切和艰辛复制，发出当年的沁人书香。蜿蜒曲折的乡村小路，必定盈荡着勤勉的身影。

这条路，必定是一条怒吼的路。

那个叫作"那拉氏"的花甲老太，在一直金碧辉煌的紫禁城里，焦头烂额地发着号施着令，而她的强邻们不屑于她的苦心孤诣和奴颜媚骨，仍然朝着中华的身躯，肆无忌惮地开枪开炮。是啊，本已大魁天下，夫复何求！然而，有道是"天下兴亡，匹夫有责"，悲愁忧愤撞击着状元的心房，即使是"天阶夜色凉如水"，也不改"风雨如磐暗故园"素志。从此以后，溢满书香的闽南村道，挤进了悲愤怆然与哀伤忧郁，烙刻下奔走呼号的足迹，迸发出还我河山的怒吼。

这条路，必定是中国之路！

"寄意寒星荃不察，我以我血荐轩辕。"状元已去，状元的路却仍在延伸，很长，很长。依稀间，那一条路上，铺满了《百哀诗》的稿页，有重彩浓墨，有笔走龙蛇。

让我们用足够的时间，走进状元的光阴里，走向前方。

（作者系福建省作家协会会员、上海大学文学院在读研究生）

至德至贤状元郎

吴谨程

时间之上，生命和一切有形的物象得以呈现。假如无视时间、剔除时间，这一副皮囊，终将焉存？

请原谅，我必须将所有叙事固定在某一时间的纵贯线上，好让一些杂乱无章的陈年往事，沙漏般滴落，然后聚拢，构成一个人波澜起伏的心迹。就像现在，我端坐于电脑前，用有限的经历和浅陋的认知，写下：至德至贤状元郎。大抵，算是将一个人从故纸堆中翻拣出来，曝日。

1890 年的古城泉州，刺桐花开出别样的喜气，东西塔站成了点亮的红烛，人们在大街小巷奔走相告：吴鲁中状元啦！

有人模仿起传胪盛典的唱词："本年庚寅恩科新贡士于四月二十一日在保和殿殿试既毕，二十五日举行金殿传胪仪式，状元吴鲁，榜眼文廷式，探花吴荫培，听宣入自太和门，随即由大内披红簪花，跨骏马而出玉鞭金勒，掩映生辉……"

"状元吴鲁，状元吴鲁！"人群中爆发出阵阵欢呼声。

涂门街南，吴厝埕前，于温陵吴氏合族大宗祠工地上忙碌的吴氏族亲纷纷停下手中的活计，把手举过额头："祖宗有灵，佑我吴族！"

温陵吴氏合族大宗祠自 1882 年议建，1886 年启土，已历四年。四年寒来暑往，落架重修的三进建筑已近尾声。他们宁愿相信：先是吴族启建合族大宗祠，继而钱塘吴鲁高中状元，乃蒙祖宗庇佑之恩！

于是，在前庭新增两座状元旗杆。于是，"状元"匾额高悬于二进大厅横梁。于是，中门屏风恭请状元郎题诗："东壁图书府，西园翰墨林。闻诗知国政，讲易见天心。"只有状元郎，才能以五言廿字的简约笔墨，道出东观西台悠久显赫的历史和吴氏族源让德谦恭的血脉传承。

时隔五年，1895 年冬至的温陵吴氏合族大宗祠张灯结彩，鼓乐齐鸣，人潮自泉郡晋南惠同安五邑涌来，以目睹吴状元参加冬祭的盛典。吴鲁状元在人群的簇拥下登堂，大宗祠端坐在泉州城怀中，吴状元跪拜在吴氏三公座前。请原谅，我不能再度称其为状元郎，此时他已逾天命之年。

我在 2012 年的电脑上记下："整整一天，大宗祠被冬天的阳光点燃 / 刺桐花开满屋檐，只有爆竹的尖叫 / 才能抵达它满怀的喜悦。父老乡亲们看见 / 吴状元壮年的身体。肯定有一句话 / 被喧天的锣鼓反复传诵，'状元恩科耀宗祠' / 让我得以轻易地模拟一场盛典 / 那么，就尾随吴状元走过挺拔的旗杆 / 到底只是唯一。旗杆折射阳光的亮色 / 透过明净的空气，照亮一座城市的纹理 / 那么，就尾随吴状元走过这些匾额 / '至德流芳' '三让天下' / 一些词汇作用于雕刻，在心底留痕。一些声音 / 在香烟缭绕中上升。'跪祈吾祖，临纳裔衷'。"

回溯两年，我于 2010 年盛夏，为采编《泉州吴氏宗祠》大型画册，在大宗祠大厅墙壁上拓印吴鲁状元撰书的《温陵吴氏合族祠堂记》碑文。"万物本乎天，人本乎祖……我吴以国为氏，权舆江南……人能以祖宗之心为心，天下无不睦之族……"一代文豪，自崇天敬祖开篇，从"立家庙，崇孝治"入手，追溯吴氏始祖三让天下之德，记述宗祠肇建之因，引用大学士李光地之言，盛赞吴氏族人共建合族大宗祠之壮举。文采笔墨风流，直教人顶礼膜拜。

1895 年又五年，时在 1900 年，清光绪二十六年，史称"庚子之变"：八国联军侵入北京，到处掳掠奸淫残杀百姓；而清王室却仓皇西逃，置国家存亡于不顾。困居北京城南柳巷晋江会馆的吴鲁，目睹国道衰微，生灵涂炭，愤懑至极，成诗凡 156 首，后汇集成《百哀诗》——

强胡十国联军来，阵云黑压黄金台。
巨炮连环竞攻击，十丈坚城一劈开。
两宫闻变仓皇出，枪林弹雨飞氛埃。

须臾联军入大内，天地昏黄日光晦。

躬历国难，诗称"信史"。一个疑问始终萦绕于我的脑际：是什么信念，驱使吴鲁以犀利而激昂的笔触、悲愤而痛惜的情感记录这一历史的伤痛？

还是时间。我在《百哀诗》成诗 124 年后的初秋之夜，以落寞的心境竭力揣测：一个草根逆袭的恩科状元、"六掌文衡"的政治人物、力推新政的教育宗师、著作等身的文化学者、沉雄峻拔的书法大家，于朝代更易的时候走完了自己的一生，最终以"警世之铎"的《百哀诗》，成就了自己忧国忧民的诗人形象，成为百余年后我们景仰与缅怀的高峰。

至德，至贤。答案奔来脑海，无非来自错综交织的时间片段，无非是乱如麻团的人生际遇，无非是难得统一的判断标准。思绪于是再次上升为丝丝缕缕的迷雾，从《百哀诗》校注本册页上升腾而起……字里行间写满忠君、爱国、悯民、忧世、仇敌、哀耻的笔画。

我在 1900 年的状元卷上解读富国强兵的政治见解、融会贯通的渊博学识、辗转南北的丰富阅历、俊逸洒脱的激昂文采，横溢开来的，是才华，是吾辈——如我，永远无法企及的远方！

我还在 2023 年仲冬的异国他乡，赏读先生的墨宝：越南西堤（现胡志明市）温陵会馆大门联"温柔著至仁圣道牖民原孔易，陵岳同庄重母仪型我更无方"，题款"状元及第吴鲁撰书"，落款"光绪辛丑年仲冬立"，赫然是先生的手笔。联冠"温陵"，上联关照中华儒学文化浸润下的旅越侨民，下联赞颂妈祖天后护民救难的母仪圣恩。

时间之上，生命和一切有形的物象得以呈现。我在 2024 年炎热的初秋完美地错过了首届吴鲁文化季启动仪式，并重新拾起一串有关吴鲁状元的信息片段。当疑问保持在迷雾的状态中不得落地，我试图将一些心迹以文字的形式留存下来，好作——

才下眉头，却上心头。

（作者系中国作家协会会员、福建省作家协会全省委员会委员、泉州市作家协会副主席、晋江市作家协会主席）

吴鲁与东观西台

吴少波

　　几匹快马在锣鼓声的伴随下，自泉州府衙而出，过天后宫，跨顺济桥，一路向南疾飞，几炷香后，已来到晋江钱头村。钤盖"皇帝之宝"朱红大印的捷报很快贴在吴鲁家中的厅堂上。霎时，锣鼓喧天、鞭炮齐鸣，小小的钱头村沸腾了。不，不仅是钱头村，还有晋江县，还有泉州府都沸腾了。吴鲁高中清光绪十六年（1890）庚寅恩科进士及第、殿试一甲第一名。这是泉州府自庄际昌后，271年来又一个状元。

　　泉州府自唐代欧阳詹成为登科第一人后，文风鼎盛，华冠毕集，被誉为"海滨邹鲁"。自唐至清，共有正榜进士2571人，其中文武状元8名（泉州籍自外地考取者没有计入）。今日吴鲁殿试夺得头魁，为泉州文脉振兴注入了一股活力。很快，好事者四处奔告，喜讯已传遍泉州府。

　　位于泉州涂门街西段吴厝埕的东观西台吴氏大宗祠，门前已覆盖着一层厚厚的鞭炮纸屑，祠堂里红灯高挂、香火萦绕，闻讯赶来的各位宗长族亲正围坐在大厅里议事。

　　吴鲁（1845—1912），字肃堂，号且园，晚号老迟，又号白华庵主，晋江池店钱头村人。自小聪颖勤奋、博闻强记，5岁从师，未弱冠入国子监所辖州县官学读书。清同治十二年（1873）登拔萃科。翌年，以拔萃科朝考一等，授刑部七品京官，任满升刑部主事，充秋审处总办。清光绪十二年（1886），考军机章京。清光绪十四年（1888），顺天乡试中举。清光绪十六年（1890），庚寅科进士及第，殿试钦点状元。

　　吴鲁为闽南吴氏千百年来第一个金榜夺魁的裔孙，整个吴氏宗族为之光耀。宗长族亲们一致决定，在宗祠之前竖起四斗旗杆，同时加速宗祠的重修步伐，以迎接状元郎荣归故里、回乡祭祖。名门富绅，更是纷纷解囊，共襄盛举。

东观西台吴氏大宗祠，原是明万历十一年（1583）进士吴龙徵的府第，因其官至东观侍读、西台御史，其地因而得名。闽南吴氏自晋代"衣冠南渡"，散居晋江一带，支脉繁多，英才辈出，为当地之名门望族。然，吴氏合族大宗祠阙如。清光绪年间，泉州吴氏宗亲共议兴建府级吴氏大宗祠。吴龙徵九世孙吴朝铨慨然以其第之前三进献出，改建为泉府五县（晋江、南安、惠安、同安、安溪）吴氏合族大宗祠，仅留后一进自居。

清光绪十二年（1886）四月，东观西台吴氏大宗祠开始改建。由于清末民不聊生，筹建工作进展缓慢。正当众族亲彷徨不前之时，突闻吴鲁喜中状元，众族亲为之振奋，皆曰祖宗显灵。宗祠刚启重修之时，则有瑞云呈祥、登峰造极之象，定是祖上庇荫，理当隆重庆贺，告慰列祖列宗。旗杆、牌坊、宗祠，礼数不一或缺；碑记、牌文、仪轨当列祖制。东观西台，自此灯火通明，修葺一事，快马加鞭。祠前旗杆、府前牌坊、故居私宅，整饬一新，只盼状元郎高头大马、披红戴花、衣锦还乡。

吴鲁中状元后，改官翰林院修撰。次年六月，出任陕西乡试主考官，八月奉命移督安徽学政，后又代办江南乡试监临，一直奔波于各省之间，恪尽职守，任劳任怨。吴鲁自勉"尤以培养人才为学臣应尽职责"，倡议重建书院，带头捐资助学，为各地的教育事业尽心尽职，深受官民拥戴。交卸回京时，安徽"阖省士绅相与勒碑署左，以志不忘"。

奔波了五年，吴鲁终于获假返乡省亲。清光绪二十二年（1896）春，吴鲁莅祭东观西台吴氏大宗祠，大会诸亲。

东观西台吴氏大宗祠前，四斗旗杆高高耸立，照壁、石鼓、池塘、六角古井，彰显了这座明清建筑的恢宏气派。四进五开间建筑错落有致，前三进为清代宗祠建筑，可容千人祭祀。宫殿式屋顶，燕尾翘脊，木构件雕刻精美，红墙绿瓦，黏土饰筒，花头垂珠，金碧辉煌，富丽堂皇。举人吴拱震书《温陵吴氏大宗祠记》，进士吴增撰、吴拱震书《东观西台族史和吴氏大宗祠》，二碑刻立于大宗祠内。正中大门上，高悬"吴氏大宗祠"红底金字匾，左边门匾书"至德流芳"，右边门匾书"延陵衍派"，大殿悬匾"记首世家"，述说着吴氏的显赫家世与先祖"让德"典故。中门屏风题有吴鲁诗句"东壁图书府，西园翰墨林。闻诗知国政，讲易见天心"。辅殿匾额"状元宰相"，系为南宋状元吴潜所立。另一匾额"状元"，为清代状元吴鲁所立。主殿木柱联有"御史大明开府第，状元光绪耀祖宗""同科四进士，一代五乡贤"。大厅两侧悬挂着历代吴氏考中乡榜、会榜名录，记述着吴氏裔孙勤奋读书、功名显赫的印迹。

春祭结束后，吴鲁在东观西台盘桓数日，大会族亲。之后，吴鲁回乡省亲，乃至告老还乡后，也经常住在东观西台，与族亲们为吴氏大宗祠的诸多事务不遗余力。清光绪二十五年（1899），吴鲁撰书《温陵吴氏合族祠堂记》，刻石立碑于祠堂内。吴鲁是一位出入欧颜的书法大家，通观其碑，凝重平正，雄浑朴茂。此碑为三寸大楷，欧体结构，颜公笔法，一提一按之间得颜公笔意，尽显书法之美。

状元吴鲁，还是一位爱国诗人与杰出的教育家。1900年八国联军入侵，吴鲁困居于北京晋江会馆，目睹八国联军的暴行，以及同胞饱受欺凌的惨状，愤然成诗百多首，命曰《百哀诗》，被誉为反映时代风云的史诗，是吴鲁爱国主义精神的集中体现。吴鲁一生宦海40年，六掌文衡，始终以振兴文教为己任，把兴学育才作为施政的第一要义，推动清朝教育体制的重大改革，成为中国新学制改革的先锋之一。

作为闽南吴氏裔孙，吴鲁为吴氏煊赫门楣、光宗耀祖，德昭后昆、垂范百世，其一生的成就，为吴氏族谱里添上浓墨重彩的一笔。那块高悬的"状元"匾，为东观西台吴氏大宗祠添光增彩，使得东观西台吴氏大宗祠，在闽南众多名门望族的宗祠群里熠熠生辉、满庭芬芳。

（作者系旅居香港晋江籍作家）

积德行善与高中状元

粘良图

池店镇钱头村是晋江滨海的一个小村庄，地方偏僻，却因在清光绪十六年（1890）村人吴鲁考上状元而爆得大名，流传下一句俗语"吴鲁中状元——成钱头"。这个"成"字，在闽南话中既有作成的意思，也有了不起的意思。想想看，清朝两三百年，号称"海滨邹鲁"的泉州，也就出了这么一个状元，怎不叫人为之骄傲？

古人重视科举仕进，因为这是一些下层士人进身之阶，"朝为田舍郎，暮登天子堂"嘛。不过，一个读书人要经过县试、府试、院试（皆三年两考），方能熬出个秀才（生员）的身份；又三年一考，在千百考生中脱颖而出，才能在省里考上个举人资格；又三年一考，各地举人千里奔波，齐聚京城参加会试，百里挑一，有幸被选上的称为"贡士"，还得经过殿试，得到皇帝批准后才正式获得"进士"的称号。而在这两三百名进士中选为第一名的，就是状元，可以直接进入翰林院任职。与现今每年高考涌现的"高考状元"相比，含金量相差甚远，难度极高。

据担任过明崇祯元年（1628）礼部会试考试官的晋江人蒋德璟记述，当时各省来京城参加会试的举人达数千人，主考官是内阁首辅施凤来，副主考是大学士张瑞图，同考官都是翰林院的官员。考生要接连经过二月九日、十二日、十五日三场考试，每场三天，先一日领卷入场，后一日交卷出场。第一场考四书五经，第二场写论、诏、诰、章、表，第三场试经、史、策。考试的题目都是在考前一天临时拟定，连夜印刷的。因为五经的学问高深，一般人不可能全部掌握，考生可自行选择报考其中一科。为此，考官也分别为《诗》《礼》

《易》等科，分别看卷。蒋德璟分配到"诗二房"，第一场考完，他分配到考卷284份，让选出20名。因为考虑不同地区文化程度的差别，对南方、北方、中部考生考取的名额有一定的比例安排，蒋德璟很欣赏其中4份中部考生的文章，可是配额只有2名，他也没有办法。第二场、第三场的卷子次第送到，只是按惯例要选取的20名早在第一场卷子中已经圈定下来了。所以说，第一场的考试最为关键，第二、三场的文章写得再好也白搭。三场卷子看完，各房按应取的名额将卷子交上，然后互相看卷，一起讨论，来个总平衡。到二十三日，把名单送到主考官处，由主考官裁定名次。经蒋德璟"诗二房"推荐的曹勋的卷子，原本拟为第三名，在他前头还有"易房"的黎元宽、"礼房"的张星两人，该评定哪一个为第一，主考官施凤来和张瑞图意见不同，争议了好几天，后来才决定将曹勋定为第一名（会元）。可是到了殿试时，经崇祯皇帝阅卷，这一科的状元竟点了排名靠后的刘若宰。有这么多不稳定因素，可见中状元有时要凭运气而不是全靠文章取胜。

正因为一个读书人成为状元的途路遥远、概率极低，所以历来人们总将这种机遇归结为天意，特别是归于其祖宗或本人积德行善的结果。福州文庙有一副对联："士夫身能参造化，阴骘外岂有文章。"意思是说读书人本身的行为可以决定自己的命运，而这命运靠的是行好事积阴德，与文章好赖关系不大。明万历四十七年（1619）状元、晋江人庄际昌也写过一副对联，现在还留存在庄氏家庙祖龛前边："自祖宗积德百余年，忠孝休声贻我后；愿孙子承家千万世，书诗文采向人前。"也明确说自己所取得的功名是由于祖宗积德，有忠孝的好名声。明人冯梦龙《警世通言》中写了一个宋朝天圣二年（1024）状元宋郊的故事，说宋郊在考进士前，路上看到一群蚂蚁被困在洪水中，心生怜悯，就编竹为筏，帮助这群蚂蚁逃出困境，积累了福德，后来就高中状元，官拜宰相。在民间，这类的故事还有不少。

说到吴鲁中状元，也有一段祖宗积德、善有善报的故事。

吴鲁的祖先，相传曾在明代倭乱时避乱到杭州居住，一直到清乾隆初年吴鲁的曾祖父吴呈坚又由杭州回到晋江，在钱头务农，名其乡曰"钱塘"。吴呈坚初来乍到时，"家徒四壁，几于不能自存"，直到其子吴璧经时才稍能立足。

吴璧经虽家境"贫薄单微",却为人慈孝,极有善心。那时钱头村东北角有一片高阜处,绵亘一二里,是处乱葬岗子。明末清初泉南历经多年战乱、瘟疫,死人极多,葬在这里的都是草草掩埋,日久墓穴破败,白骨暴露,牛羊践踏,看了让人伤惨。吴璧经每在治农之隙,就四处捡拾残砖断瓦,堆集在自己家里,时不时扛着锄头,带着一些砖块到乱葬岗处,不管是谁家的坟墓,只要看到破损,就给它修补坚固。年复一年,年年如此,一直到七八十岁高龄,仍坚持不息。

古书上有个"泽及枯骨"的故事:周文王到野外巡视,见路边有枯骨,叫手下人掩埋。左右不解,说谁家的枯骨就该他后人来掩埋。周文王说:"有天下者,天下之主;有一国者,一国之主。我固其主矣。"天下诸侯听说周文王"泽及枯骨"之事,纷纷表示效忠。周文王认为他是一国之君,有责任替人掩埋枯骨。他的做法让诸侯知道他是个仁爱的国君,纷纷前来投效。可是吴璧经一介农夫,只凭着尊重生命的朴素信念,数十年坚持"泽及枯骨",他的善心不是还胜过上古的圣贤吗?

吴璧经育有四子,吴鲁的父亲吴廷选是老三,从小"力田养亲",虽然村里没有一个读书识字的,他却凭着自己的聪明,"独能明习书算",来往泉州,做点贩卖粮食生意,还曾将生意做到莆田。谁知命运不济,店铺遭到失火破产了,还欠下一屁股债。他是一个诚信的人,回到家中,把值钱的东西全变卖了还清债务。有人劝他:"家里也要过活,欠债可以慢慢还。"他回答:"我欠人一文钱,睡觉也睡不安宁。"后来他又到厦门当人家店铺的伙计,漳州发生动乱时,官府在厦门征粮以赈济饥民,吴廷选被招去帮忙。事后,官府要给他"议叙职衔",给一个官职,他却说:"是直以国家之急为利也,夫何劳之足录。"径自离开厦门回家。后在泉州花桥亭开店贸易,稍有积累,就在家乡盖了两间书房,延聘塾师来教乡里的孩子读书。5岁的吴鲁最早就是在这里得到启蒙,后来又到泉州城里举人黄小海门下深造,得以出仕为官。吴廷选早在吴鲁小时候就为他讲解《孝经·庶人》中"用天之道,分地之利,谨身节用,以养父母"的道理,还替他刻了个"谨身节用"的印章。吴鲁做官后,吴廷选仍一再谆谆教导:"为官不廉是吃子孙饭,衡文不公是鬻子孙科名。夫公与廉实仍不出'谨身节用'四字之外。"吴廷选一生保持善良和诚实的品质，还严格要求儿子保持俭朴家风，为官清正，积德行善，为后人造福。

在父亲的言传身教下，吴鲁一生"谨身节用"，保持清廉品格，并将余财捐出用于振兴地方文教。如吴鲁在《先慈张太淑人事状》中自记："典试三秦，视学两皖，绝干谒，裁陋规，厘剔弊端，甄拔寒畯，亦恪遵先训云。"又如《清故进士及第资政大夫且园吴公墓志铭》所记："前后购紫阳（书院）藏书，增东山（书院）膏火，倡建诂经、规复翠螺两书院，捐廉约五千有奇，余尚不在此数……吉林之初设提学使也，诸事草创，公甫至，即捐五千金为倡。文庙体制不称，议改建，公复首捐一千六百金。在任仅一年有半，自小学、师范、方言、实业、法政、模范诸学堂，以及中学、女学，依次以立……陕士董孝廉春彩，游幕卒，独赠四百金归其丧。生平慷慨多类此。"直至清宣统元年（1909），吴鲁已请假开差回籍，将离开京城时，听说甘、陇荒灾，他还与同人以书画拍卖来助赈。可见吴鲁是将积德行善信条贯彻一生的。

当代人仰慕状元的还有很多，可是讲究积德行善的少见了，这是社会的进步呢，还是社会的退步呢？

（作者系中国民间文艺家协会会员、福建省作家协会会员、晋江五店市开发建设有限公司文博馆员）

高山流水　嘤鸣友声

——吴鲁家族与陈、林两家世交情

陈颖舸

　　吴鲁（1845—1912），字肃堂，号且园，清晋江县二十九都钱头人（今属晋江市池店镇），光绪十六年（1890）殿试一甲第一名，是清末福建科举最后一位状元，著名的爱国官员、教育家、书法家、诗人。学界对于吴鲁及其家族的研究往往围绕以上方面展开，而关于其家族的交游也只是简单提及，未见有文章专门、系统地进行梳理、介绍和研究。然而这一方面在吴鲁父子尤其是吴钟善的诗文结集中，却提供了资料丰富、内容翔实的素材，对于研究清末民初闽南地区士大大的思想、文化、处世方式以及生活、精神状态有一定的帮助。了解吴鲁家族与业师陈世清、台湾板桥林本源家族的世交情，可以还原这段情谊和那个时代的真实面貌。

一

　　清咸丰六年（1856），少年吴鲁来到泉州城内黄福潮小海先生的私塾读书。黄系郡中名宿，清道光二十六年（1848）举人，一见到吴鲁，就断定他将来必成大器。数年后，经黄先生介绍，吴鲁先后受业于张斐屏、陈冰若之门。"诸先生为一时宗匠，皆以国士相遇，期许远大。不独课以举子业，凡古今治乱兴衰之故，因革损益之宜，与夫儒先性命诸书，无不穷源竟委，口讲而指画之。"（吴钟善《清诰授资政大夫赐进士及第学部候补丞参翰林院修撰先考且园府君行述》）吴鲁所学得力于黄、张、陈三先生最多。而交情方面，吴鲁家族与陈家最为深厚，这从吴鲁、吴钟善的结集中可以见得。

这位冰若先生即陈世清（1829—1899），冰若系其表字，号瓮川，晋江人，居郡西城，县学廪膳生。清光绪元年（1875），以明经贡成均，援例铨选训导。陈世清的曾祖陈国琛，清乾隆十八年（1753）举人，永定县训导，"有教泽，去之日皆为位而祠之"。陈世清"幼而颖异绝伦，日诵千数百言，数年而具群经"，"性诙谐，善讲说，远近请业之士趾相错于门"（吴钟善《瓮川陈先生述》）。先生"种学绩文，弁冕一时"，可惜"屡踬举场，穷于无所售以老"（吴钟善《陈髯僧先生六十寿序》）。"如是者数十年，门下士多知名于时"。其存世诗文颇少，笔者仅见《温陵近代诗抄》收录诗歌20首，寥寥无几，这还得益于他曾是桐阴吟社社员。陈世清少嗜金石学，"郡中精研金石学者，称陈氏颂南先生后，则陈先生棨仁及先生为尤著云"（吴钟善《瓮川陈先生述》）。颂南先生即陈庆镛，晋江塔后人（今属泉州市丰泽区），清道光十二年（1832）进士，监察御史，道光朝"谏垣三直"之一。陈棨仁，晋江永宁霞源人（今属石狮市），历官刑部员外郎。陈世清有子二，长子陈倷，字幼东，增贡生；次子陈蓁，字佑余，号髯僧，岁贡生，传其学。其虽曾经注籍训导，但未及选拔录用而卒，享寿71岁。

吴鲁中状元后回故里建新居。1893年夏即将落成，陈世清赠联云："前虎岫，后清源，间气钟灵，让掇魏科登甲第；祖钱塘，籍晋水，兴居鼎建，闳开学海起文澜。"至今仍镌刻在故居大门的石门堵上。

1896年，吴鲁省亲归里，欣闻恩师明年将迎来七十大寿，犹获修弟子礼，即撰《陈冰若师七十暨师母施安人六十寿序》，叙述生平，奉觞上寿。对于老师失意于科场，吴鲁深感惋惜，称："骐骥骧首，志在千里，世无伯乐，则帖耳而伏枥。鲲鹏奋翮，势将垂天，时无长风，则潜形而戢翼。物固有之，于人亦然……夫子早岁授徒，迄今垂五十年。挟册负素，讽诵相摩。注弟子籍者，沾其余泽，或皆扶摇而上。独夫子屈抑良久，曾不一骧千里之首、奋垂天之翮，固可解乎？"吴鲁大有遗珠之憾，而陈世清却"处之泊如也"。吴鲁引用班固之言曰："寿者，酬也。所以酬，有德也。"又称："虽然，骐骥之选、鲲鹏之姿，盖犹是也。使夫子激昂云路，讵不快于志，而裨益于时。谓能优游林泉，弥性颐神，其文学辞章，独能自力，以致必传如是乎？谓能泽流似续，俾幼东昆仲，联翩庠序，蜚声腾实，克承家学如是乎？以彼易此，孰得孰失，必有能辨之者。"

有了上一辈的深厚情谊，下一辈的过从甚密，其中吴鲁的四子吴钟善和陈世清的次子陈蓁尤甚。吴钟善（1879—1935），字元甫，号顽陀，又号荷华生，别署守砚庵主、桐南居士。生母王氏，籍安徽休宁。吴钟善生于京师，故小名燕生。吴钟善自小聪敏好学，秉承家学，17岁举秀才，24岁中福建壬寅科（1902）乡试副举人。次年在京应经济特科考试，中二甲第五名。由于该科最后录取者仅只27人，可见其才学出类拔萃，后人以进士目之。清宣统庚戌年（1910），以州判分配广东，却委任广州石门税官。次年吴鲁告归，吴钟善也便辞差侍奉。吴钟善小时候就随从其父拜访过陈世清，"尝获抠谒座隅，曲承训励，忝然齿诸门下之末"（吴钟善《先师冰若陈太夫子百岁冥寿序》）。陈蓁（1869—1933），"幼而承学家门，日饫古义……年十九，补郡学生员，迭以诗赋受知督学使者，遂补廪膳生。乡闱屡踬，或以贫故竟不赴。训导公卒，家益落。郡人有于厦门办捐局者，挟先生往，规模粗具，竟归诸官"（吴钟善《陈髯僧先生墓志铭》）。训导公即陈世清。

二

吴钟善和陈蓁交往之笃，其实还与厦门鼓浪屿菽庄林家息息相关。陈蓁早年被林维源家族聘请当私人教师，"侍郎龙溪林公时甫，闻其名，延课诸子。侍郎长公子菽庄京卿总理厦门商会，兼任记室，文牍往还筹措，多中肯綮。美利坚舰队东游莅厦，副龚君樵生职其役，挈持维纲，肆应无脞。南靖灾于水，民艰食，散赈缮隄，多资其策。事平，例得保叙，会武汉事起，不果，遂以岁贡生终"（吴钟善《陈髯僧先生墓志铭》）。

林维源（1838—1905），字时甫，台湾淡水人，原籍福建龙溪（今漳州市龙海区），家族经营"林本源号"垦务业而成为台湾巨富。中日甲午战争后，作为家族掌门人举家内渡，居厦门鼓浪屿，清廷授予侍郎头衔。林尔嘉（1875—1951），字叔臧，又作菽庄，林维源的长子，少习经史，有经世之志。

乙未年（1895）内渡。旋捐授知府，又为农工部保举为四品京堂，派任厦门保商局总办兼商会总理。民国时期，被选为国会议员、福建行政讨论会会长。鼓浪屿辟为公共租界时，任华人董事、厦门市政会会长。林尔嘉于1913年，在鼓浪屿港仔后创建菽庄花园，并成立菽庄吟社，召集闽台诗人行吟论艺，一时有"东南坛坫第一家"之誉。龚君樵生即龚植，晋江南塘人（今属晋江市新塘街道），林尔嘉夫人龚云环的三兄。陈棨自从被聘为林家塾师之后，一直跟随林家，且时间长，成为林家得力的助手。吴钟善称"其以方严见惮，卒不毫末少贬，始终三十年如始至之日，必于先生首屈一指"（吴钟善《陈髯僧先生墓志铭》）。

按董俊珏《守砚庵诗文集·点校前言》叙："吴鲁于宣统三年自京师归里途中，曾于当年岁末寓居厦门鼓浪屿菽庄花园，吴钟善彼时亦随侍在侧。""林氏一门风雅，酷嗜艺文之人才辈出"，让吴钟善留下深刻的印象。然而从目前吴鲁、吴钟善的结集中尚未发现此行的蛛丝马迹，斯时菽庄花园也尚未建成，这都有待进一步考证查实。

1918年3月，阨于世变已久的吴钟善应友人张羹甫之邀渡台，授业于林忠（字伯铭，张羹甫的外甥）家。林忠的父亲林彭寿（号萍叟）乃张家之女婿，是林本源家族第三房林维得的长子，继其仲父维源而成为家族的掌门人。吴钟善到台时，林彭寿已去世三年。吴钟善读其遗诗，深为钦慕，于是应林忠之请，为其画像题赞。赞辞中有"维我与君，通家世好"之句，可证实吴林两家交往亦有渊源。此时，陈棨已馆于林家，刚好50岁生日，吴钟善奉和作《髯僧世丈五十初度，见示述怀之作，依韵奉酬，并以为寿》。8月，应林维源的侄子林鹤寿（号兵爪，维得次子）之请，吴钟善再次渡台，并携长子吴普霖同行。不久，林鹤寿复延吴钟善课其兄子。

1918年10月，在台北林氏板桥别墅，林鹤寿、林柏寿（字季丞，维源四子）与龚亦癯（即龚煦，字叔翼，龚云环二兄）、陈棨、苏镜潭以及吴钟善、吴普霖（字伯施）等，结为寄鸿吟社，推龚亦癯为社长。吴钟善将其与社友唱和的诗作辑为一卷，命名为《寄鸿吟社诗草》，并作自序一篇，详细记述了寄鸿吟社结社缘起和具体活动。董俊珏《守砚庵诗文集·点校前言》认为寄鸿吟社是一个带有显著的反日民族情绪的文学社团，他们的诗作不同程度地表达出对台湾被日本割据的愤慨，有明确而厚重的思想主旨，能够让读者产生共鸣。林鹤寿有赠诗《送伯施归泉州》，曰："高谊困全指，闲情酒满瓯。相期各肝胆，千莫负吴钩。"后一句当用李贺"男儿何不带吴钩，收取关山五十州"之诗意，恢复故土之志溢于言表。此外，董俊珏《守砚庵诗文集·点校前言》还认为寄鸿吟社成员虽然不多，但雅集唱和非常频繁而且创作态度认真严谨，有着严肃的艺术追求。1919 年末，吴钟善偕子吴普霖与林鹤寿、陈蓁内渡至厦门，寄鸿吟社遂告解散。寓台期间，在吴普霖的协助下，吴钟善刊印吴鲁之《正气研斋汇编》七卷、《正气研斋遗诗》及《吴且园先生百哀诗》二卷，陈蓁题耑并撰吴鲁像赞。

　　1920 年 2 月，"林鹤寿在厦门鼓浪屿菽庄花园倡立碧山词社，吴钟善时依林鹤寿居厦门，与沈琇莹等皆入社"（董俊珏《吴钟善年谱简编》）。岁末，吴钟善随林鹤寿客居上海，直至 1924 年秋天才返回晋江钱头。其间，陈蓁亦来过上海。1923 年 6 月 6 日，两人同客居上海，那时陈蓁 55 岁，吴钟善 45 岁，两人戏开百岁筵餍宴宾客。一年之后，吴钟善已归家，陈蓁仍然寓居上海，吴钟善眷然有怀，想必陈蓁"比岁一归，恒假寓郡西开元寺"，乃赋诗云："生日故人天贶节，清修今世地行仙。前身我亦荷花是，江上曾开百岁筵。今年今日一杯酒，异客异乡千里心。颇祝早成归隐计，桑莲花下话离襟。"

三

　　归家之后的吴钟善，"杜门谢客，日从事著述。里居十数年，足迹不履城市"（苏镜潭《家传》）。1928 年，吴钟善应陈蓁之请撰《先师冰若陈太夫子百岁冥寿序》，称其"流风余泽，沾被一世。一二遗闻轶事，语在士友间者，往往递相传述，以想见其孤怀闷抱"。此时陈蓁已经归家有一段时间。次月，吴钟善再撰《陈髯僧先生六十寿序》，回顾与陈蓁相处的一段人生历程，称："先生则以其间橐笔走厦门，课童子六七人。既而走台湾，走上海与钟善同为笔舌生涯，相晨夕者五六年。"又称："比者辞主人而归，则卖文鬻字以自赡；又不足，又应所谓学校者之聘，辰而往，挟册而登台，口讲而指授，尽申而返，篝一灯，出学子所为文诗，引绳落斧，注朱墨而差等之。月之季，将区区者以归，以给生人日用之需，而常苦于不供。"可见晚年的陈棻还在为生活奔波劳碌，对此吴钟善直言不讳。其实当时陈棻偕林鹤年移寓上海，再游姑苏，一游日本而归，已是"旅橐萧然，穷困一如曩日"。后来"间出为学校师。又尝修乡先正故事，为续桐阴吟社。所为诗赋四六，篆籀分隶，胚胎家学，老而益粹"（吴钟善《陈髯僧先生墓志铭》）。虽说栉风沐雨，终究还是可以慰藉平生。

桐阴吟社系清同治、光绪年间陈棨仁、龚显曾等在泉州城西组织的桐阴诗社，并出版《桐阴吟社》甲编、乙编两本诗集。龚显曾（1841—1885），晋江人，清同治二年（1863）进士，翰林院修撰，林尔嘉的岳父。据全集甲乙编社员题名共41人，其中有陈世清。显然陈棻晚年有志于赓续这项事业。吴钟善曾经读过陈棻的诗数百篇，"状物类情，觇幽刺怪，多可喜可愕之作"（吴钟善《陈髯僧先生六十寿序》）。然而陈棻存世诗文极少。1933年正月，陈棻卒于家，享年65岁。吴钟善为之撰墓志铭，谓"昔先君尝赞训导公门下，钟善又与先生久客林氏，奉如师礼，谊不敢辞"（吴钟善《陈髯僧先生墓志铭》）。

1933年8月，宋应祥（1856—1939，晋江人，清光绪二十八年举人）、苏大山（1869—1957，晋江人，贡生）、林骚（1875—1953，晋江人，清光绪三十年贡士，未参加殿试）等感于泉州自晚清桐阴吟社后即无诗社，为使坛坫不寂，乃发起组织毁社。"毁"有"养晦"之意，诗社的创办宗旨和一批有着相似出身背景、时代经历的社员的心志不言而喻。吴钟善与友人吴增（1868—1945，南安人，清光绪三十年贡士，未参加殿试）、曾遒（1869—1954，晋江人，清光绪二十八年举人）、洪锡畴（1879—1966，南安人，清光绪二十九年举人）、苏镜潭（1883—1939，晋江人，清光绪二十八年举人）等入社为诗侣。起初，吴钟善虽然经常未能亲临现场参与，但其兴致颇高，诗友索和皆能回应且不为烦。后来他逐渐与毁社诗友游历泉州郡城及周边地区，访古采风，所至皆有诗纪游，结集为《毁社诗课》。苏大山评价称其作品"无题不作，衍波传笺；有句皆妍，飘空屑玉"（苏大山《守砚庵诗稿·序》）。

1935年8月，吴钟善以微疾卒于家，享年57岁。长子吴普霖能继其家学，自菲律宾归家举丧，并搜集吴钟善遗稿，皆藏之家。吴增为吴钟善撰墓志铭，评价曰："我泉自唐宋以迄于清，以古文名家、以诗词名家、以金石书画名家者往往而有，然率业有所专，优于此者或绌于彼，若兼各家之长为一家数，归老山海间，寂寂无所知名而不悔者，厥惟我友顽陀征君一人而已。"（吴增《清故征君顽陀吴君墓志铭》）苏大山为遗像题像赞。

吴钟善去世后，有着20多年交情的好友苏镜潭为之撰《家传》，亦提起两人共同的好朋友陈棨，可谓精辟透彻，可视为基于两人的家庭出身、性格、爱好以及人生阅历对其共性和个性的高度总结。苏氏论曰："君在台湾，与髯僧及余晦明过从，虽甚风疾雨无间也。髯僧慎择交，言不妄发，与君略相类，然遇人无贵贱，稍折节下之。君律己甚严，尤笃于义，义所当为，充其量而尽之，非其义者，望望然若将浼焉。视当世达官伟人，如凿枘之不相入，至其不谐于俗，则一也。髯僧终贫困，已前三年死矣。君善书画，精篆刻，人得之尤珍祕云。"

四

清末状元吴鲁出生于晋江南郭的一个农民家庭，祖父虽是一介平民，但行善积德，泽及枯骨，荫庇后代；父亲守信重义，从善向学。良好的家风潜移默化，深刻地影响着吴鲁的一生。其业师陈世清则出生于一个业儒世家，自幼神秀颖发，父祖期望他"绍家学致显扬"，可惜科举屡试不中。满腹经纶的吴鲁一开始科场也不顺畅，九试秋闱而始举，但最终在恩科殿试中独占鳌头、状元及第，荣宠优渥。吴、陈两家因师生关系且情投意合而终成世交。

台湾富商板桥林本源家族，起家于垦业，渐成"政商合一"的红顶商人，但几代人又都不失儒者本色，不乏"达则兼济天下"的情怀，与文人士大夫交往频繁亦在情理之中。据说吴鲁曾三度渡台，但关乎吴鲁和林本源家族的渊源尚未见确切的文献记载。而林家和陈家的交往则始见于陈世清次子陈棨失意于科场而前往厦门帮办之后产生的交集。鼎革之后，陈棨更加消极，绝意世务。后来陈棨长期跟随林家，尤其是三房的林鹤寿，在某种意义上林家决定着他后半生的命运、前途以及气数。

吴、陈、林三家的交往有个显著的时代背景，就是身处风雨飘摇的清廷，政府软弱无能，割地赔款无所不用其极，以致最终轰然倒塌，改朝换代。鼎革和变迁，也势必影响士大夫阶层的心态和选择。故土被迫割让，难免也会激发爱国情怀，他们力图用诗文唤起民众的故国之思和家国情怀。

1918年，吴钟善渡台授读于林家，其中原因除了上一辈的交情之外，更重要的是友人张羹甫的推荐，以及苏镜潭和陈蓁的推动，还有处于进退两难而另辟蹊径。"林氏兄弟雅重君，君顾未尝稍自贬。"（苏镜潭《家传》）吴钟善与林鹤寿均擅长书法，性耽文学和吟咏，有着忧国忧民的情怀，志趣相投，堪称难得的知己。吴钟善、陈蓁从寄鸿吟社的结社到跟随林鹤寿共赴上海，纵情于大陆山水风光，无疑加深三者之间的情谊，最后伴随着林鹤寿生意的彻底失败以及与林氏家族的失联乃至销声匿迹，也先后结束与吴、陈之间的往来。然而这段蹉跎岁月里的缘起缘灭、聚散离合，历经岁月沧桑，都有幸沉淀在彼此的字里行间，终成生命最美的底色。

（作者供职于中国建设银行晋江市分行）

状 元 帖

张冬青

儿时在老家闽北乡间，裹着小脚的外婆闲常时总会吟唱那首朗朗上口的童谣："三包糕哪四包糖，送涯个团团归学堂；团团读了七年书，考了个文武状元郎。"在我的少小懵懂梦幻里，状元这东西混混沌沌无以名状，那玩意似乎是盏高挂于悬崖绝顶金黄流蜜的蜂巢，其中的蜂王指挥千军万马威风八面。稍长才觉得里头或许该有男儿引以为傲的花翎顶戴，东床驸马荣归故里啥的，依稀感觉也有长辈光宗耀祖的殷殷期许。总之与悬梁刺股读书赶考金榜题名等有关。忆往昔峥嵘岁月稠哪，我出生在一个乡村教师家庭，自幼随小教的父亲辗转数地，还未读完小学就遇上了"文化大革命"，后在乡镇中学马虎高中毕业后便上山下乡插队数年，算是赶上恢复高考末班车，好歹考上个艺术院校的大专班，然后在省城一家文化单位从事与文学相关方面工作波澜不兴宠辱不惊到退休。要是按旧制的科举推演，或者勉强可为个秀才书生刀笔吏尔尔，也算是些许告慰外婆老人家的在天之灵。

科举制度是中国古代通过考试选拔官吏的制度。据相关资料考证，科举自隋朝大业元年（605）开创，其初衷是为了改变魏晋以来选官偏重门第，真才实学者难以入仕的弊端，于唐宋年间不断完善，至清光绪三十一年（1905）举行最后一科进士考试为止，前后历经1300多年。科举考试通常分为地方上的乡试、中央的省试与殿试。乡试第一名为解元，省试第一名为省元，殿试第一名为状元。唐末宋初，科考为每年举行一次，后改为两年至三年一次。科举考试被认为是封建时代所能采取最为公平的人才选拔机制，它使出身社会中下层的读书人能通过相对公平的考试脱颖而出进入官府参与政权，提升了官员的文化素质，加强稳固了中央集权的统治基础。据统计，我国自隋唐到清末，共产生592位状元，这其中有开盛唐山水田园诗派先河的王维；南宋铁骨铮铮的文天祥；历经四朝两度宰相，成功平定"安史之乱"，大破吐蕃，史称"中兴大唐第一臣"的郭子仪；清同治、光绪两朝担任国师的翁同龢等。这些状元不仅在当时的政治文化领域有着重要的影响，而且他们的人生际遇和成就业绩也成为后世研究对象与励志的样榜。中国历史上有多少底层读书人，通过自己的努力，以才华智慧抵达人生的巅峰。这些天之骄子人中龙凤的成长故事不仅是个人奋斗的传奇，也是中国古代文化和教育发展的一个缩影。

　　好些年来，因为工作关系，我多次走访晋江，这块西晋流水潮涨潮落推拥的土地，堪称"海滨邹鲁""文献名邦"，历史悠久文人辈出，诸如张瑞图、李贽、林外、蔡其矫等，有如花团锦簇众星拱月，都在不同时代不同领域丰富了这方土地的历史文化内涵。直到日前受邀参加首届吴鲁文化季启动仪式采风活动，我才了解到福建省最后一名科举状元吴鲁，竟然就在晋江钱头村产生，自觉孤陋寡闻慨叹不已。这位集书法家、教育家、诗人于一身的吴鲁大先生，在身处百年之未有之大变局的晚清官宦生涯中，身体力行，为官清正，力倡新学，悲悯苍生，他的高风亮节成为那个混沌动荡年代难能可贵的一脉清流。

　　这个初秋的晴暖上午，我们采风作家一行乘坐的大巴在市区东郊的主街旁停靠，一行人鱼贯穿行南北走向的钱头村小街，数个彩旗标语的大红充气拱门喜气盈盈，街路两旁随处可见的紫薇花、三角梅开得正旺。鞭炮锣鼓声中，首届吴鲁文化季启动仪式正在吴鲁故居门前埕场上闪亮登场。趁着会场上一群打扮成古代学子的小学生在列队表演拜师礼的尾声，晋江市文联主席黄华东引领我先睹为快谒访会场后向的吴鲁故居。

　　眼前临街的三座连排古厝坐东北朝西南，典型的闽南古建筑，砖木结构，红砖外墙，白硬墙裙，门楣上方悬挂的一方橙黄金匾"状元第"格外显眼。进门可见石板条的长方形天井，房屋地面则铺砌赭红的方块地砖，一些廊柱、窗栅雕饰看去朴素雅致。厅堂上下，左右回廊厢房，随处可见吴鲁的书法作品及陈列的先生生平事迹图片文字、物件等。我四处转悠认真观览并用手机拍照，随着一旁华东主席的讲述，一位末代科举状元的文人气派、卓然风骨在我眼前次第打开。

吴鲁于清光绪十六年（1890）以殿试第一名状元及第，其年46岁，授翰林院修撰。其后历任陕西典试，安徽、云南督学，吉林提学使等。吴鲁毕生以振兴文教为己任，把兴学育才当成施政的第一要务。督学安徽太平府时捐俸五千金倡导主修翠螺书院。任吉林提学使时，又捐俸五千金措办提督学政公署。督学云南时，他从当地实际出发，主张功课不能强求与其他地区一致，提出此地之要，务精其化学，冀开农矿之利源，当以中学为普通西学为专门。为了振兴教育，他特意上疏《请裁学政疏》，提出若干精当建议。督学吉林时，积极创办《吉林教育官报》，大力提倡教学研究与学术讨论，以促进教学改革。吴鲁因兴学育才成效卓著而诰封资政大夫。

吴鲁自幼坚持挥毫勤于习帖，出入欧颜之间，尤喜书写大字，开创"吴书"流派，坊间有"吴鲁好大字"之说。在泉山晋水之间，甚至海内外多地，都留下许多"吴书"碑刻墨宝。吴鲁书稿，则大多以行楷笔法为主，行文汪洋恣肆，走笔行云流水，潇洒中见严谨，活泼中有端庄；可谓字字到位笔笔笃定，没有丝毫敷衍之处。最让我唏嘘感叹的是，据说当年吴鲁的书法造诣已达到"名噪都下"的程度，甚至出现赶考举子们争相模仿吴鲁书法。吴鲁并没有因此趁势圈粉，将自个独创的"吴书"水涨船高扬名立万，加强品牌效应图个名利双收，而是从此改变其书法风格，再求新的突破。想到商品市场经济金钱至上的当下，盛传某位已过耄耋之年的老书画家自我吹嘘其"可和中国古今画家比权量力"，模式化流水线生产的人物画及书法看去平庸，但一平方尺竟卖到天价；更有已被判刑的中国书法家协会原副主席赵长青，常年利用职权，以字敛财，贪赃枉法，在艺术书法界造成极其恶劣影响。所有这些与急流勇退清正廉洁的吴鲁大先生相比，高下立见，有雪泥冰炭之别。

吴鲁的诗歌成就集中体现在《百哀诗》(上下卷)中，其间咏啸的是清光绪二十六年（1900），八国联军攻破津门，进逼京都，慈禧太后挟帝出逃西安，以及京畿破后，侵略军大肆烧杀抢掠，京城尸横遍野一片残破的悲惨场景。吴鲁以其亲身经历，愤时感事，用诗歌翔实记录"庚子事变"的始末，堪称"庚子信史"，有"警世之铎"之誉。

吴鲁不愧为清末秉性刚直的伟大爱国诗人。厅堂上方裱挂着吴鲁先生的大幅黑白头像照片，额头敞亮，鼻梁高挺，眼神清澈，雪髯飘拂，眉宇间透着儒雅凛然英气。我朝着先生默默颔首行注目礼，这位福建科举时代的最后一名状元，在其所处的改朝换代风雨飘摇一地鸡毛的动荡乱世之中，没有抱残守缺随波逐流，仍身体力行励精图治，有挽狂澜于既倒的英风壮概，也有明知不可为而为之的无奈与怅然，他的耿直刚强遗世独立的大家气象文人风范令世人扼腕慨叹膜拜景仰。

如今，"状元"似乎已演变为一种争赢好胜的民间习俗文化，如闽南中秋的"博状元饼"等。忽然就想到一则有关状元的民间传说。不久前受邀走访政和鹫峰山腹地的美丽乡村锦屏，在村口古廊桥旁见到那棵树高20多米，两人合抱不过，树龄千多年，被当地人称为"状元树"的古杉木王，该树为国内最高杉木之一，获评"全国最美杉木"。相传古时此地有一青年学子高中状元，朝廷派人送来御赐衣袍，使者久寻不见高中学子时，只见凭空掠起一阵疾风，手中花翎冠带迎风高扬，飘挂在巨杉的树冠之上，后人便将此树称之为"状元树"。树底下的状元亭里供奉着神像，盈满白灰的炉间香烟袅袅。陪访者告知，每逢中高考之前，十里八乡的青年学子都会前来参拜此树，以励学业上进得以题名深造。就在码字此文结尾稍歇的当口，随手翻看手机视频，就见到我所敬重并常在《百家讲坛》现身的著名文化学者鲍鹏山先生正在某地签名售书，他应读者要求在扉页写了"知识改变命运"之后，略一思索，又补写下"良知才是方向"的题签，学者情怀文人风度可见一斑。我这么想，晋江的吴鲁文化也可以是这么一棵枝繁叶茂历久弥新的"状元树"，朋友们如果走访晋江，你到访灵源山、摩尼草庵、五店市传统街区等之后，一定让导航一路向北，前头有良知的方向引导人性的光辉照耀。你来钱头村拜谒吴鲁故居，观摩一番新辟不久的吴鲁世家博物馆，你就不虚此行志得意满，你的为人处世、进取拼搏就更加如沐春风胸有成竹。

（作者系中国作家协会会员、福建省作家协会原秘书长、二级文学创作）

吴鲁品牌走笔

黄莱笙

我藏有一册《历代状元文章汇编》，时不时总爱翻一翻。此书收录中国科举历史 1300 多年间从唐代到清朝的状元文章，内中亦收录了吴鲁状元及第的答卷。我是带着"这位福建最后一位科举状元是以怎样的才学摘取状元桂冠"的好奇来阅读这篇试卷的。状元殿试体例大多是皇帝就治国思考的焦点问题提出策问，再由应试者逐一答出对策。光绪帝就自己登基十六载的临政实践提出四个问题，吴鲁相应回答四个见解，大体是相为表里的帝王心法治法、所谊究心的东三省国家根本重地、以养万民的茶税之征、边防为重的海疆问题等，果然精彩，既博学又深刻。泉州是茶乡，是"海丝"起点，作为泉州晋江人，吴鲁谈茶税和海防的精辟论述似乎比较顺理成章，而他对帝王之道和东三省的独到认识，却更加令人钦佩，有如诸葛亮不出茅庐而知三分天下，优秀才俊总能在偏安一隅中胸怀世界。可以说，吴鲁品牌的创立首先来自他的才学，一答而立品牌。我还注意到，吴鲁谨慎严密的应答，始终渗透着"求其保民之本务"的要义，字里行间流泻着昂扬作为精神，俨然一股以人为本治天下的梭哈气势。直至多年后，时值吴鲁 180 虚岁诞辰，我来到吴鲁故里晋江池店镇采风，才领悟到他从状元及第就喷发出来的这种志向梭哈，贯穿了一生，主导了吴鲁品牌风貌。

吴鲁特立独行，一辈子都很梭哈。无论是翰林院修撰，还是三任学政、三任主考，"六掌文衡"兴学育才，抑或军务处总办，他都竭尽全力求作为，无惧坎坷求奉献。这种不遗余力的人生态度和求索精神，是中国儒学文化母体的精髓，闽南人的传统主流秉性，构成了吴鲁品牌内核。

卓越的人物品牌总蕴含着不凡的终身人设。吴鲁的人设有很多故事，他生活于清末鸦片战争至辛亥革命时期，那种动荡的历史背景注定了他的故事离不开个人志向追求与社会悲剧的矛盾冲突，状元殿试的头牌之争，主考遭遇的乱象，学政期间的教育改革，御敌策略遭受搁置，战乱之中受困京都晋江会馆，绝望之下的弃官还乡……那些故事饱含挫折，更充满了克服挫折的精神和毅力，令人心疼吴鲁更崇敬吴鲁。这样的终身人设，跌宕起伏且意味深长，使吴鲁品牌鲜活、生动而独具魅力，光耀后世。

如今，晋江市池店镇位居全国综合竞争力百强镇第 50 位。采风中，年轻的镇长告诉我们，池店核心竞争力有"四脉"：商脉、侨脉、水脉、文脉。吴鲁品牌应当就是池店文脉的最大优势了。

如果说，"福建最后一位科举状元"的称号是不可复制的，那是殿试一举成名的殊胜，那么，吴鲁品牌蕴含的核心元素却是可以效仿能够传承应用的。

吴鲁品牌自带溢价，更是拉动了池店镇的区域溢价。溢价是品牌影响力的体现，人物品牌溢价绝不是价格现象，而是价值超越了人物自身范畴，具有感化和造就他人的能量。吴鲁是患有"灵魂洁癖"的中国知识分子形象，这种高贵的洁癖促使他告别昔年仕途重归故土，一纸辞呈洋溢气节，人物品牌随之而立，价值取向不言而喻，四方景仰纷至沓来。当下，吴鲁品牌的价值复活在民族复兴的诉求中，效应不断增强。我发现，在福建，在泉州，在晋江，在池店，在钱头，人们关注吴鲁，愿意"被吴鲁"，大多是关注吴鲁可以让自己成为什么样的人，被吴鲁的精神引领去成就什么。这样的愿景，是吴鲁品牌的灵魂光芒。

吴鲁品牌自带流量，造就了裂变发展的财富格局。吴鲁品牌吸引眼球，吸引的不仅仅是当地的热望，更是顺延晋江池店侨脉扩散在世界各地，形成一个又一个吴鲁精神引爆点，在许多社群产生互动。纵然，人们钟情于吴鲁的《百哀诗》和书法作品，但是，更愿意从他的诗歌文学中感悟现实主义精神和书法艺术透出的浑厚正气，从他的文化遗产中汲取成长与发展的养分。财富是思想与物质高度融合的创造物，没有文化灵魂的金钱不是财富，没有物质基础的思想也不是财富，吴鲁品牌的流量就在文化与经济之间裂变穿梭，引领高质量发展。我看见参加首届吴鲁文化季启动仪式的许多人，当地的，海外的，一个个眼里都闪着亮光，那种精气神折射着当地鼓鼓的发展后劲。

（作者系中国作家协会会员、福建省作家协会顾问）

如果我来拍吴鲁

贺　钢

人生没有脚本。

在全民都是导演的时代，如何拍好一个人物？

吴鲁，福建最后一位状元，在历史上是位值得记住的人物。

一

我开始从记忆中搜罗素材。

犹记得，我尚在晋江电视台任职期间，当时负责专题部，并担任一档周播每期15分钟的电视栏目《侨乡纪事》的制片人。这档节目以关注侨乡人、讲述侨乡事为宗旨，用纪录片方式呈现当地历史人文、经济产业、社会民生。曾经策划了一系列的专题片，就有一个叫"晋江历史文化名人"的系列。

翻阅电视文档，果不其然，2011年3月20日，《福建最后的状元——吴鲁》就在其中。"一位六掌文衡，科名至大魁的教育宗师；一位奋笔疾书，国难抒情怀的爱国诗人"，这是节目的导视，也就是节目的内容概括。本期编导是我带的第一批"徒弟"之一，也许是新手上路，也许是疲于完成任务，也许是我指导不到位，但这是一期很工整的节目，典型的"百科全书式"叙事手法，除了几位当地文化学者的采访，基本就是主人公影像版的生平履历，没有多余的细节，每一句旁白都是教科书式的评价。

二

电视永远是遗憾的艺术，尤其是当你回过头去看的节目。

如果我来拍吴鲁，不说大道理，要讲小故事。

屡掌文衡，科名至大魁，那是气势如虹、山河辽阔的壮举；以母亲做寿银两修建乡村学堂，用余钱打造墨盒奖励优秀学子，那才是街头巷陌、人间烟火的温情。

据资料，有一次吴鲁回晋江池店老家给母亲做寿，发现教书先生在村里的大榕树下给孩子上课。原来村里学堂年久失修，前些日又遭台风侵袭。吴鲁便与母亲商量，用做寿的银两建一座新学堂。朴素的母亲深明大义，高兴地说，自己的寿辰哪比得上孩子们的远大前程。

后来，吴鲁又用剩余的钱请工匠打造了一批铜质墨盒，盒面刻有"勤学"二字，下有吴鲁落款。学堂先生把墨盒作为最高荣誉奖给最优秀的学生，学生们为了赢得状元的墨盒，废寝忘食，学风鼎盛。

三

爱与哀愁，总是交织，这是一个福建末代状元的宿命。

如果我来拍吴鲁，哀愁太沉重，爱才有力量。

中国文人的"愁"与数千年中华传统文化紧密相关。吴鲁也不例外。吴鲁父亲原来于莆田经商，先被盗，继而房子被火烧，家道中落，吴鲁竟须授徒以资家用。家境贫寒，年岁渐高。自古学而优则仕，为了出人头地，吴鲁刻苦求学，终于拔得头筹。修身齐家治国平天下，本以为仕途大展的机会就在眼前，但理想很丰满，现实很骨感。许多事情都是猝不及防，目睹朝野现实和内忧外患，吴鲁只好哀叹世事艰难，悲愤壮志难酬。以诗言志，爱国之心溢于言表。

当哀怨与理想并存，我更愿意将镜头聚焦理想。

吴鲁的理想在字里行间。吴鲁"喜书法，好大字"，在当地流传甚广。

弘一法师曾经评价其"严肃端庄，能副其名"。在泉山晋水间，现存吴鲁的字，以楷书居多，方正有力。以书喻志，轻易不下笔，满腔是正气。这也可以从他与"岳飞砚"的夙缘中看出，一方小小的端砚关联了岳飞、谢枋得、文天祥这三位丹心报国气壮山河的大英雄，吴鲁甚至将自己的书斋命名为"正气砚斋"。肃堂之外，吴鲁也偶有狂草和行书，或是欣喜之至，或是抑郁难平。这是一位内敛的闽南人。

吴鲁的理想在高眉深目里。吴鲁，正如其字肃堂，虽表情严肃，不苟言笑，但眉宇间却写满了诚信与正义。据说其祖父因行义而在家乡享有盛誉，父亲经商讲究诚信，曾赈济军队和帮助乡民，受人称道，自幼深受正直家风影响。吴鲁又是一个颇有眼界的人。晋江是知名侨乡，爱拼敢赢闯四海八方。晋江人，在港澳台及东南亚亲友众多。吴鲁同台湾关系也密切，除了同台湾进士许南英、汪春源等相交甚善，他还有众多亲戚、友人在台湾。因此，他的视野是开阔的。但战乱时代，一个状元能做什么？吴鲁只能以先进的教育理念转向开启民智、提高国民素质，积极主张改革教育体制，推行新政。他对海外重视小学基础教育的观念深感认同，还提出要对出国留学归来的学子加以重用。这又是一位面朝大海的闽南人。

四

我继续在记忆中搜罗素材。

还是《侨乡纪事》栏目的晋江历史文化名人系列片，拍过池店另一位进士欧阳詹。有趣的是，泉州历史上第一位进士与最后一位状元同出晋江池店，成为科举史上的佳话。而同是池店的慈善家李五则出现在我策划的另一个"保护文化遗产，守护精神家园"的专门介绍晋江市非物质文化遗产的大型系列专题片中。何其有幸，在晋江电视台13年的创作经历瞬间重现眼前，不禁为当年的电视情怀而感动。

即使已离开电视台多年，但也还是有机会陆续拍过池店桥南宣传片和音乐短片，还有晋江市第一中学池店校区的宣传片，也拍过安踏等。数部电视专题片，几多人物，慢慢组合出一幅生动的池店人文画卷。

一方水土养一方人，如果我来拍吴鲁，不仅拍钱头村，更要拍池店镇。

池店，风水宝地。晋江母亲河九十九溪穿城流经，泉州母亲河晋江沿城而过。

池店，藏龙卧虎。无论是榜上有名的莘莘学子，还是乐善好施的慈善大家，或是讴歌时代的音乐巨匠，更是出江入海的商界精英。池店，从古到今未曾缺席。

池店水系发达，有很多座桥。古官道上的营边桥，御辇村的御赐桥，池店的每座桥都有它的故事和底蕴。古往今来，行走过辉煌的岁月，也见证着历史的沧桑。

池店，依山傍海。"泉南三塔"之一的江上塔，就屹立在晋江南岸的池店溜石村，凭风而立，看潮起潮落，寄托着池店百姓对文运昌盛的美好愿望。

池店既传统又现代。作为晋江北大门，泉州大桥之南的桥南社区，高楼林立，车水马龙，万家灯火。作为民族品牌的安踏，企业总部在池店，永不止步，走向世界。

镜头语言总是有限，关于池店，无法一一列举。

五

时值中秋，一场千人博饼大会在池店九十九溪田园风光里开得如火如荼。

共邀明月，漫步田园，在状元故里"博状元"，这是一场节日的狂欢，也是一种文化的纪念。

今人不见古时月，今月曾经照古人。

(作者系福建省作家协会会员、福建省电影家协会会员、福建省电视艺术家协会会员、福建省广播电视和网络视听协会理事、泉州市广播影视协会副会长、泉州时空文化传媒有限公司总经理)

文／教／兴／邦

吴鲁文化与晋江传统文化的传承与创新

蔡长兴

在晋江历史长河中，吴鲁是一个不可或缺的重要人物，对晋江文化的传承和发展有着深远的影响。2024年8月，首届吴鲁文化季活动，在池店镇钱头村吴鲁故居——状元第启动。这是晋江致力于保护弘扬中华优秀传统文化，延续城市历史文脉，保留中华文化基因的又一重要举措。

习近平总书记强调，中华优秀传统文化是中华文明的智慧结晶和精华所在，是中华民族的根和魂，是我们在世界文化激荡中站稳脚跟的根基。历史文化遗产铭刻着中华民族辉煌深沉、瑰丽隽永的文明密码，携带着中华民族从历史深处走来的丰富故事与记忆。从《晋江文化丛书》的编撰出版到五店市传统街区的保护与开发，不管是平面的书籍还是立体的建筑，在挖掘整理、传承弘扬前人留下的文化遗产方面，晋江努力做到创造性转化、创新性发展，倾注了一代代晋江文化人的感情与心血。洪辉煌先生在其自选集中评为"让乡村传统文化与时代精神对话融合，与时俱进赋予乡村记忆文化蓬勃生机与活力"。铁凝在《江山多胜迹 炳耀新文明》中说："文化是民族血脉里奔涌的长河，大河汤汤，沾溉着我们的心灵，把我们从根底上连接起来，凝聚为不可分离的共同体；文化是时代精神的火焰，辉映着我们共同的梦想，迸发着一个时代的光芒和力量。"在首届吴鲁文化季启动仪式的举办地——池店镇钱头村吴鲁故居，状元第刚刚修葺一新，按照"修旧如旧"的原则，我们仍可感受到吴鲁当时生活的气息。外面朗诵的教师、学生，与屋里木雕的花鸟虫鱼形成动静的对照。这些精美的木雕、砖雕已经近200年了，它们正穿透浩瀚烟云"迸发着一个时代的光芒和力量"。在保护传统文化上，晋江从来不会干"拆真古迹、建假古董"那样的蠢事，主要来源于对古、近代文献典籍的完整保护和革故鼎新。吴鲁的《百哀诗》就是一个明证。

我珍藏的这本《百哀诗》，是《晋江文库》系列古籍之一，2015 年整理校注出版。《晋江文库》前言中指出："在 2014 年 6 月，晋江市人民政府决定启动《晋江文库》整理编辑出版工程。成立《晋江文库》整理出版工作委员会。"其重视程度可见一斑。恩格斯讲过，一个不懂得历史的人永远是个小孩子。读书不在多，而在精。"欲成一代经纶手，须读数本紧要书。"王阳明也认为要把重要的几本书读对了。对晋江而言，《百哀诗》是值得一读再读的古籍。

明代大书法家张瑞图对读书有四个主张：一是读书贵在精熟，认为要深入理解书中的内容，把握其精髓，而不是仅仅停留在表面；二是读书要有选择，认为读书的目的是为了提升自己的修养和学问，而不是为了消遣或炫耀；三是读书需结合实践，认为只有通过实践才能真正理解和掌握所学的知识，也才能使学问发挥出应有的作用；四是读书应持之以恒，鼓励人们要养成读书的习惯，不断积累知识和经验，从而不断提升自己的素养和能力。

作为晋江历史文化名人，吴鲁与张瑞图有许多相似之处。从《百哀诗》可以看出，吴鲁在读书方面也有着独到的见解和体会。第一，读书要立志，在《梅花》一诗中，他说："戍鼓声残腊鼓催，纵横虏骑起氛埃。梅花不受胡尘厄，独自凌寒次第开。"他借梅花阐明读书首先要立志，只有立下了远大的志向，才能有动力去克服读书过程中的困难和挫折。第二，读书贵在勤奋，"勤学如春起之苗，不见其增，日有所长；辍学如磨刀之石，不见其损，日有所亏"。吴鲁强调读书需要勤奋刻苦的精神，要不断地努力和拼搏，才能取得优异的成绩和卓越的成就。第三，读书要注重方法，"学须有法，方得其要"。他主张读书要注重方法，要善于总结和归纳所学的知识点，形成自己的知识体系。第四，读书需博学多才，吴鲁提倡读书要广泛涉猎各个领域的知识，培养自己的综合素质和能力，才能更好地适应社会发展的需要。第五，读书应知行合一，强调只有通过实践才能真正理解和掌握所学的知识，也才能使学问发挥出应有的作用。

作为教育家的吴鲁，在多个省份担任学政，推行新学制，捐资助学，为教育事业做出了巨大贡献。他一生致力于教育改革，提倡因材施教，强调教育应适应时代需求，显示强大的时代感和生命力。作为书法家的吴鲁，他的书法风格独特，被称为"吴体"，对后世书法家产生了深远的影响。作为文学家的吴鲁，他的《百哀诗》记录了八国联军入侵时的国难，展现了深厚的爱国情怀，对学生具有深刻的激励作用。

我们相信，吴鲁文化季活动将打造成一个富有晋江地域特色的文化品牌，激发晋江文化发展的澎湃动能和文化创造的旺盛活力，有力提升池店乃至晋江市的精神标识和文化精髓，打通传统文化与晋江人民的"最后一公里"，推进晋江历史文化研究和人文精神传承。

（作者系中国作家协会会员、福建省文艺评论家协会理事、晋江市文艺评论家协会主席、晋江市第九实验小学副校长）

归来是故乡

林朝晖

夜色朦胧，风轻轻地吹。

吴鲁站在北京晋江会馆的窗口，目光飘向故乡福建晋江钱头村的方向。

故乡遥不可及，但在吴鲁心里近在咫尺。

如果说晋江是幅美妙的水墨画，钱头村则是画中一个色彩斑斓、层次分明、令人浮想联翩的精彩点。整个村落田陌清溪，山路蜿蜒，山野蓊郁，风景迷人。

吴鲁的童年就在这青山绿水间度过，他从小聪明伶俐、勤奋好学、志气非凡。清光绪十四年（1888）顺天府乡试中举，十六年庚寅（1890）恩科状元，诰封资政大夫，成为福建历史上最后一位科举状元。吴鲁走上了仕途之路，历任陕西典试（主考），安徽、云南督学，云南主考，吉林提学使。在各地任职期间，他以振兴文教为己任，不遗余力振兴教育事业，倡建或重修书院。他为官一任，造福一方，深得当地百姓的爱戴。

吴鲁在外为官多年，心里始终装着故乡。在他的生命基因里、血液中、潜意识里，无论他走到天涯海角，还是觉得故乡的民宅、麦苗、鸡鸭离他很近，他本来就是从这鸡鸭声中、从麦苗的纹理里走出，他属于它们，它们也属于他。故乡也以吴鲁为骄傲，晋江钱头村本为默默无闻的小村庄，因为吴鲁大魁天下，一时间冠盖满钱头，前来交结契阔的人一下子多了起来，乡村小道也变得车水马龙了。"吴鲁好大字"与"吴鲁中状元——成钱头"闽南歇后语也应运而生，并在泉州民间广为流传。

吴鲁想起故乡，心头便有了丝丝的暖意，但很快，他的周身便被寒风所缠绕，他禁不住打了个颤，痛苦的往事一幕幕在眼前闪现——

1900年北京"庚子之乱"，国难当头之际，他并没有退缩，而是勇挑重任，大声疾呼，但应和者寥寥无几。北京城兵荒马乱，生灵涂炭，他以书生之弱，临危受命，出任军务处总办，力主抗敌，坚守孤城。

令吴鲁失望的是北京城还是失守了，太后挟持皇帝仓皇出逃，吴鲁等只好徒步追随，行李、旅费被溃兵抢掠一空，且道路阻塞，只好滞留于北京晋江会馆。

颠沛流离期间，吴鲁开始深入民间，体察民情。那是个民怨鼎沸的年代，百姓饱受战火蹂躏之苦。清政府的无知和无能，使中国几乎沦落到被瓜分的亡国命运。当金銮殿里宫灯变得若明若暗，当奉天承运的泱泱帝国走进艰难屈辱的历程，吴鲁内心被深深地刺痛了……

吴鲁端坐在案前，秉笔凝思良久后，勇敢地提起笔，将自己的所见之事、所闻之声，写成了诗。

心灵的翅膀需要栖息，文学是最好的枝头。吴鲁极力用诗歌抚平内心的伤痛，他拼命地写，诗写累了，便向故乡的方向眺望。故乡虽然远在天边，遥不可及，却是他温暖的港湾、心灵的慰藉，驱使他把内心最真实的感受写出。

那段时间，吴鲁缀着泪水，挥笔疾书，赋诗156首。那一首首诗作是书生的一声声呐喊。尽管呐喊声很弱，但吴鲁觉得还是有力量的，他把这些诗命曰《百哀诗》。当他手捧《百哀诗》合集时，内心充满复杂的情感，泪水一滴滴滑落。

······

进入新时代，当我们轻轻地翻开《百哀诗》，发现作者用敏锐而满怀深情的笔触抚摸中国苦难历史的细节，用诗歌勾勒出一幅兵荒马乱的历史画卷。读《百哀诗》，犹如走进了那段凄风血雨的历史天空。

八国联军侵华那一年是农历庚子年，吴鲁在《百哀诗·自识》中写道："庚子拳匪之变，余困处都城，闻见之间，有足哀者。愤时感事，成诗百余首，命曰《百哀诗》。岁甲辰……汇为一帙，盖以志当日艰窘情形，犹是不忘在莒之意焉。"《百哀诗》开篇的《义和团》一诗，道出了百姓参加义和团的缘由。事实上，义和团的"扶清灭洋"也是一个逐渐演变的过程。"民怨相沸腾，凡事有缘起。昏蒙涞水令，虐民等犬豕""沿途皆饿殍，凄怆不忍瞩""煜煜树旌麾，灭洋标宗旨""蔓延偏京畿，皆迷入骨髓。尊为师父兄，道途肃拜跪。须臾举国狂，无分遐与迩"……愚民的思想加上官府的诱导，抗击帝国主义成了义和团和官府妥协的结果。在《毁铁路》《毁教堂》《杀教民》《毁正阳门城楼》等诗作中，诗人如实记录当时的社会形态。对于义和团的这种行为，诗人极为客观地描写。一方面，他痛斥八国联军暴行的残虐；另一方面，他对义和团这支队伍发展方向，充满了担忧。

《百哀诗》上卷 45 首，主要记录义和团抗击帝国主义者；下卷 111 首，写和议后个人出都城沿途见闻观感、八国联军暴行，并描绘清廷君臣丑态。反映其爱国主义思想和对清廷腐败、将官无能的鞭挞。对官吏趁火打劫、鱼肉百姓有着细致的描述，比方《百哀诗》卷下《西征一百二十韵》："官吏酷而贪，道路多怨言，穷檐皆饥躯，官厨宿粱肉，村村绝烟炊，乃复租税促。"读完此诗，让人不禁想起杜甫的名句"朱门酒肉臭，路有冻死骨"。可以肯定的是，不是苦难生活的亲历者，便不会有杜甫的诗歌。吴鲁也一样，他亲身经历义和团运动和八国联军入侵北京。在孱弱悲怆的年代，吴鲁虽然有"驱除外侮之志"、"欲张国势"之心，可是"当路执迷，言者辄拒不纳"到此地步，他只有借诗发愤，并在某些诗中寄托着期盼。比方说当他眼见"垂髫弱女年小少"也参加这一反帝斗争行列，则表以嘉许，《百哀诗》卷上《红灯照》中有这么一句诗："红灯照，闪烁空中一星曜，腾云驾雾高复低，睁睁万目齐瞻眺。"一位反抗侵略者的少女形象便栩栩如生地勾勒出来，就像黑沉沉的夜空中闪出一道亮光，这条亮光尽管很微弱，但温暖人心。《百哀诗》卷下《元日》中有这么一句："一泄真阳煦群物，迅雷霹雳扫天骄！"诗中隐藏着浓烈的爱国情怀，暗示中华民族未来必将出现一场大革命。

细读吴鲁的诗作，你能发现他总是在忧虑，也总是在渴望；总是在寻求，也总是在失望。因为他的心中装着国家，内心才会痛；因为他的心中装着黎民百姓，心里才会哀。

历史是被讲述的，你不讲就没有，就会被遗忘与忽略，但是历史却又是不能被遗忘与忽略的，我们必须叙述它。《百哀诗》的价值就在于发现了历史，寻找到了真实的历史，诗句里凝结着忧国忧民与悲天悯人，讲出了历史的真相，记录了那些灰暗的、阴鸷的、不堪回首的过往。

在史学界，《百哀诗》对于历史学家研究历史显得弥足珍贵，被历史学家称为"庚子之乱"的"第一手史料"，堪称"庚子信史"。《百哀诗》是吴鲁留给后人的珍贵遗产，最直接体现他高尚的情操、朴实的心灵。从那些诗篇中，我们可以感受到历史的余温和个人跌宕的情感，充盈着正气，看到诗人性情的一面、义愤的一面、普通人真实的一面。透过这些诗作，吴鲁忧国忧民的形象跃然纸上。

在吴鲁 180 虚岁诞辰之际，我带着对吴鲁的崇敬之情，来到了位于晋江钱头村的吴鲁故居，只见白墙红瓦、木门雕窗，尽显闽南民居的雅隽清逸。我的手轻轻地抚摸一堵厚墙，似乎在抚摸一个朝代的背影。状元已去，门楣上"状元第"三个金字依旧苍劲有力、熠熠生辉。我的目光透过状元第，历史的天空向我打开了一扇窗，恍惚之中，我看到仙风道骨的吴鲁手捋花白的胡子，穿着历史的铠甲，手握《百哀诗》卷本，从遥远的天边向着故乡钱头村款款走来……

（作者系中国作家协会会员、福建省作家协会主席团委员、福州市文联党组成员、四级调研员）

浩然正气状元第

王常婷

　　闽南海边，雷雨过后，世纪大道的烟尘落定，高速公路上的喧嚣渐渐远去，海边吹来带着咸味的凉风。夜已经深了，晋江繁忙的池店钱头村终于安静下来。月亮升上古厝檐头，薄薄的雾气在青瓦上氤氲着，述说着状元府第曾经的辉煌与落寞。

　　吴鲁故居——钱头状元第在晋江市池店镇钱头村，有两处。

　　一处是一座砖木混构的大厝，为祖上所建。厝坐东北朝西南，红砖墙面，二进五开间布局，占地面积约500平方米。房屋正前面大石埕，埕左右两侧树立花岗岩石旗杆夹，左旗杆夹现已毁。门前悬挂有一方木匾，镌有"状元第"鎏金大字，两旁硕大的木柱上有一对楹联曰："瑞腾天马峰前至，人蹑金鳌顶上来。"走进大门为厅堂，最醒目的仍然是堂前这副对联："富贵无常处世勿忘贫贱，圣贤可学立身谨记读书。"继而为天井，再进则为大厅堂，厅堂高敞富丽、气派非凡。厅中两副联句曰："积德最当先不愧大名垂宇宙，造福亦难缓何须果报问儿孙。""不由慈孝谦恭安得随时造福，只此文章庆典云便到处皆春。"是中国典型的诗书传家济世的家庭。

　　另一处为吴鲁高中状元后所构筑。坐东北朝西南，砖木混构，红墙门面，三座大五间并排呈一字形，屋前有一大石埕，占地面积约5000平方米。石埕右前方，有当年树立的花岗岩石旗杆夹。大门顶上悬挂"状元"金字木匾，落款书"光绪庚辰殿试第一甲第一名进士及第"。三座大厝从外观上看无甚差别：一色红面砖外墙，下截是一米高的白石墙裙，墙上留着小小的石窗；屋顶的红瓦布满苍苔，屋脊两端高高翘起如同燕尾；深凹的大门斗，门前安着长长的踏脚石。这三座大厝除了墙裙角牌石及粉墙下的虎脚座雕刻简单的线条外，基本不见雕饰，显得十分古朴。或许，这就是当年的主人公风格的体现吧。

大厝内部按不同功用分别设计不同格局。

中间一座原本作为吴鲁五个儿子的居所。大门楣上挂着一方朱漆金字匾额，大书"状元第"三字。入门看，上下厅堂铺的是特制的尺四方砖，条石铺砌的天井分外宽敞。厅堂横楣上悬挂着"状元""学政""历任安徽云南学政陕西云南主考吉林提学使学部丞参翰林院修撰、主考"三方匾额。下厅也挂着"光绪癸卯廷试二等授广东州判、经济特科""副魁"等匾，显示着大厝的主人吴鲁和他的四子吴钟善昔时的荣耀。

左侧一座大厝本为吴鲁居所，也在这里接待客人，大门内安一堵木隔扇，用以遮隔内外视线，隔扇中间有门，有尊贵客人到来才开，平常关着，人从两旁角门出入。这座房屋"文革"时被占作"造反司令部"，遭到很大破坏。后来经过整修，但与传统建筑尺寸不符。

状元第右侧是书房，前后两落，中间建一间单檐歇山顶的学堂厅，供塾师讲学用的；后落、左右厢房和下落的房间作为学生读书的处所。整座格局如一"回"字形。在大三落吴鲁故居的左排护厝，门额上镶嵌一方石匾，上书"东壁图书"字样。据说这里亦为吴鲁第四子、清进士吴钟善读书之处。

由于吴家后裔多搬出另建新居，所以一座偌大的房屋显得空荡荡的，一边厢房也因年久失修塌落了。1980年，吴鲁海内外族裔集资对故居进行修缮。2001年，吴鲁故居被列为晋江市级文物保护单位；2013年，被列为福建省级文物保护单位。

然而，这处气派的状元宅第吴鲁从未以之显示荣耀，最让吴状元自鸣得意的地方，在于他自命名的"正气研斋"。

清光绪十七年（1891），吴鲁出任安徽学政。在这次安徽文教官员及科举主考任职内，最让他慰藉平生的，是收得一方岳飞、谢枋得、文天祥用过的端砚，在其《正气研斋汇稿》中，吴鲁自叙："余家藏正气砚，为岳忠武故物，背镌忠武'持坚守白，不磷不缁'八字，旁镌文信国之跋，上镌谢叠山先生之记。三公皆宋室孤忠，得乾坤之正气者也……"此砚由吴鲁珍藏至死，其逝后交由四子吴钟善保存，吴钟善又将存砚的书斋命名为"守砚庵"，可见其重视珍惜的程度。20世纪30年代，"正气砚"传给吴钟善的第二个儿子吴旭霖收藏。

一代旧封建知识分子，不以官阶大小自矜，也不以宅第堂皇煊赫为傲，而以一方旧砚为珍，由此可见其德操品行之高尚。正如吴鲁在其祖厝木柱上所刻之楹联立意："天赋清高绝流俗，老垂著作贻子孙。"

一介书生，一卷诗书，一种情怀，一腔正气。透过历史的烟尘，有时候，状元第的寂寞是这样的叫人心动，也只有此刻，世事才会如此波澜不惊。凉风吹起书页，这烟雾让尘封在书卷里的辞章和故事弥漫着潮湿的气息。打马而来，达达的马蹄声里，或是过客？看转角处的青石小巷，一个少年梳着长辫，光着脚丫，从古厝冲出，朝那声音绝尘而去，青石板上遗落下脆脆的噼啪声……

时光无情，状元的荣耀被春水浸泡，秋风吹拂，早已洗去铅华，清绝明净。以为历经人生匆匆聚散，尝过尘世种种烟火，应该承担岁月带给我们的沧桑。可流年分明安然无恙，而山石草木是这样毫发无伤。只是曾经那样的豪情满怀，在海风中越发地清瘦单薄，青梅煮好的茶水，还是当年的味道，再读《百哀诗》，却再品不出当年的恸伤。

从闽南的僻壤到繁华的京城，瘦瘦的吴鲁让众多的达官贵人知道了晋江池店的钱头村；独到的见解、刚健的笔势、雄浑的气势、犀利的文风，也让京城感受到来自南方温和又不失苍凉雄劲的海风。身为学政，从东北到西南，在乱世里，他为莘莘学子摆下一张张安静的课桌。把心气放平，眼光放长远，家国社稷，读书作文，纵是天南地北单飞，老翅几番寒暑，回首向来萧瑟处，亦能做到也无风雨也无晴！

一杆狼毫，悬笔一绝，岸边浪千叠；摹本易写，墨香不退，凛然百年风云。众生学得吴鲁体，却学不来其中风骨。挥斥方遒，一腔热血，落得个饮尽百哀。醉里挑灯看剑，横戈跃马只在梦境。有心报国，无力回天；壮士断腕，只能长歌当哭；水墨写春秋，滴不尽忠臣血泪。渺万里层云，千山暮雪，只影向谁去？

"严肃端庄，能副其名。"弘一法师跋文犹在耳畔。一代宗师手书无愧无惧人间是非，弹指岁月倾城顷刻间烟灭。小酒一杯饮尽家国百哀。尘世浮华你心落寞有谁能懂，而后人对你一生的了解还是太少！摊开"庚子信史"，透过历史的烟尘，洗去沧桑，未曾触摸，却已是山重水复。

故乡的冷月下，钱头状元第已经洗去浮华。伊人已逝，闽南的海风里传说的还是他对家国不舍的爱与哀伤。尘埃落定，千古功过是非任人评说；世易时移，还有多少豪情多少惆怅可以重来？唯有把酒临风，点一炷香，遥祭那不屈的忠魂。

身既死兮神以灵，魂魄毅兮为鬼雄。100年后，水墨中国，孤鸿声断；惊涛拍岸，壮怀激烈。晋江海岸，风流总被雨打风吹去。而先贤的人格魅力，如一方宝光内蕴的古玉，端坐磐石之上，看惯浮世清欢，懂得蓄积内力，寂静安然，细水长流……

（作者系中国作家协会会员、晋江市作家协会副主席兼秘书长、晋江市平山中学高级教师）

风骨吴鲁　生生不息

蔡燕卿

　　吴鲁状元第坐落于泉州南大门、晋江北大门的池店镇钱头村，建于清光绪年间，取坐东北朝西南格局。

　　我在秋日暮色里偶然驻足：典型的皇宫起闽南建筑，并排而建的三座五开间两落红砖厝，自东向西分别是书房、宅院、学堂。厝与厝之间隔有巷道，青石板平整铺就，为古建筑中常见的用于防止火势蔓延或作疏散通道，若在南宋，称之"火巷"。据称，此面貌得益于修旧如旧的修缮工程，最大限度地保留了吴鲁故居的原始风貌。与其他官员府邸相论，它不做繁丽的雕饰，无朱门高第的官派，红色砖瓦还能捕捉到青苔踪迹，静置于染遍金辉的村庄，更显古朴典雅、幽静深远。存在皆故事，即便陵谷变迁，建筑本身的语言仍更为持久生动。

　　步入埕院，我不由得把目光放在花岗岩石旗杆夹上：那该是怎样的时刻？年过不惑，当数十年的勤学苦练、博闻强识在现实中达成具象的抱负，状元及第的报喜书在锣鼓喧天中快马加鞭送达族亲手中，状元旌旗在晴空中猎猎招展时，那必是吴鲁生平极大满足岁月，是族亲同乐共傲的增光时刻，是故居车马盈门的盛大日子……但凡想象如此盛事曾热烈过这片土地、这座古厝，心神不免激荡。

　　作为福建省科举时代最后一位状元，吴鲁的科举成就是对古代科举制度的正面描写，具有考究价值。其孜孜不倦的求学精神，沉潜于大门顶悬挂的"状元"金字木匾，传为家风、族风，世人趋之若鹜。而"学政""主考"分立于"状元"牌匾两侧，彰显吴鲁振兴文教、为国育才的功德。

入朝为官后，吴鲁曾任安徽、云南督学，云南主考，吉林提学使等，多为教育行政管理部门，对任职的地方教育做出可圈可点的贡献。彼时朝廷变革、时局动荡，心怀国运的他坚信"战地不如战人"，以培育人才为己任，曾疾呼"以兴学育才为第一要义"，始终身体力行热心教育。《请裁学政疏》中，他提出振兴学校四条纲领，先后慷慨捐献数十千金俸禄用于修复安徽翠螺书院、吉林提督学政公署及文庙，且走遍吉林各地广筹办学经费，营造捐廉助学、共襄教育风气。他教育思想超前，主张因材施教，创办新学，敢用重用海外留学人才。在职吉林提学使仅一年半，小学、师范学校、政法学校，甚至中学、女校，在他的推动下如雨后春笋一一出土，满足不同的求学需求，为社会培养多元化人才。且其在倡办的《吉林教育官报》中，大力推崇教育研究与学术讨论并驾齐驱，全新的创举助推精研学术以资育人，树一方学风，功不可没。

历史执笔赤子情，兴教忧国心昭然，任谁捧读都动容，"六掌文衡"得其所。如今，在首届吴鲁文化季启动仪式上，一群着古装的小学生，对着吴鲁画像恭敬地揖古礼，仿若进行着一场跨越千年的承诺：先生，您的遗志，我们必将继承。是以，小小少年以先贤为范，为学立志，胸怀家国，终将翱翔于九州大地；是以，我想起状元第厅堂前最醒目的对联"富贵无常处世勿忘贫贱，圣贤可学立身谨记读书"，这就是吴鲁的理念。

倘若立身求学为报国的所有作为都能即时生效，该抚平多少遗憾与不甘。纵使有吴鲁等无数有志之士的奋进拼搏，企图为岌岌可危的国运力挽狂澜，但在腐败愚昧的统治下，清末朝廷早已千疮百孔，终是不敌四面八方的豺狼虎豹。无法想象历经甲午战争、戊戌政变、庚子国变的吴鲁，内心遭受何其强烈的愤恨与愁肠百结，才会迫使他在 56 岁的年纪以笔为器，将八国联军侵华攻陷北京时的见闻，刻成《百哀诗》以寄愤。

> 强胡十国联军来，阵云黑压黄金台。
> 赤檿一扫成灰尘，千家万家火坑死。
>
> 武力十万军，闻风悸战云。

狂飚扫秋箨，京营弃矛戟。

……

字里行间无不哀痛当下清廷君臣无能的丑态，哀痛侵略者的残暴，哀痛百姓的水深火热，哀痛清王朝的丧权辱国……他作此百般哀呼，试图唤醒统治者，试图谋划军民协作、共同对敌，却万般无奈地目睹"烧杀掠夺"一寸寸侵蚀着他热爱的土地，郁结悲切。而今再阅"庚子信史"，只觉史实历历在目，看先生泣血稽首，我辈亦沉重难忍，定当赓续民族血性，以承大志。

笔落至此，我心绪剧烈起伏，不免再想进一步探究：祖上三代皆平民的家族，如何走出这么璀璨史海的政治人物、教育家、诗人，还是位书法家。根据其留存的作品，可窥见吴鲁特别工于小楷，书法沉雄峻拔，遂享有"福建馆阁体最后一笔"美誉。可见，吴鲁是当之无愧的集大成者。一路走来，他年富力强时的求知、抱负和坚守，功成名就后的魄力、格局和血性，似乎诠释着《礼记·大学》中的"物格而后知至，知至而后意诚，意诚而后心正，心正而后身修，身修而后家齐，家齐而后国治，国治而后天下平"。

可惜，像部未完整放映的电影，昔时吴鲁未能等到国治天下平，便在辞官返乡后不久溘然病逝。幸而民族的，是不朽的。在吴鲁180岁诞辰即将到来之际，首届吴鲁文化季顺应盛世而生，吴鲁文化IP得以全力打造，积淀成地方传承的文脉，可触可摸可追逐。

又一个新秋朗朗晴日，我在状元故里寻状元，望尽史路叹真情；你在状元故里"博状元"，抬眸眼前皆风光。先生风骨，必定生生不息。

（作者供职于晋江市龙湖镇教育中心）

家乡，有棵哀思的龙眼树

合 一

月是故乡明，有月皆家乡，突然发现家乡比故乡可亲，家人是有着血液里的牵挂和情感的牵绊。走出去的人，离开是为了回来看一个同样的月亮……

每个人的心里都有一个月亮的故事。

"窗边虎爷宫请回的瓷像，／有了家乡门后龙眼树的味道／中秋，南洋，寄回了一枚清甜的月亮。"

闽南，龙眼树，仿佛也是沉淀在时光里的月光，越来越亮，亮成了带着家乡味道的思念。

在晋江，还有一棵与状元郎有关的龙眼树。今年8月，是吴鲁180虚岁诞辰，首届吴鲁文化季活动在池店镇钱头村吴鲁故居——状元第启动。我有幸参加了这次活动，了解了清末政治家、教育家、爱国诗人、书法家，有"福建最后一位状元""福建馆阁体最后一笔"之称的吴鲁。

我站在状元郎故居前，这棵深深扎根在层叠的红壤赤土中的龙眼树，树干直力，枝叶茂盛，宛如绿色华盖，勃勃生机。那是生命的血液，安静地流淌在闽南淳厚文化渊源长河中，并为历史名人古迹历经风霜撑伞陪护……

吴鲁故居三座大厝素朴无华，与泉州其他地方的红墙外墙、白石墙裙闽南古建筑无二致。其中间一座，原为吴鲁五个儿子的居所，显眼的是其大门楣上悬挂着的一方朱漆金匾"状元第"。入门后，可见厅堂横楣上悬挂着的"状元""学政""历任安徽云南学政陕西云南主考吉林提学使学部丞参翰林院修撰、主考"等。左侧另一座大厝，本为吴鲁居所，也是他接待访客的客厅。而右侧另一座大厝是吴家书房，分前后两落，后落为学生读书处所，体现吴鲁"老垂著作贻子孙"的心愿。

红墙旁，屋顶两端微翘的燕尾脊，微风吹来，本就出片的场景，有了龙眼树的绿意，更显得幽静与清新。

这个季节，正是龙眼成熟之时。传说，自汉代起，泉州便有栽种龙眼树的记录，到了宋代，更是鼎盛。南宋也有一名状元郎王十朋偏爱此物，写下了"绝品轻红扫地无，纷纷万木以龙呼"的佳句，以"绝品"形容龙眼，强调其珍贵。

阳光从叶间投影下来，龙眼树打开了枝枝叶叶，椭圆的叶子一片挨着一片，层层叠叠，如在绿海中泛舟，在斑驳的光亮中雀跃，与这建于清光绪年间的三座五开间大厝相映成趣。踏着同样红色，有着历史沧桑感的地砖，我走进了这栋颇具闽南特色的红砖厝，里面是穿斗式木构架，还有屏隔、漏窗、窗花及斗拱，大多雕有团鹤、螭虎、蝙蝠、夔龙、万字锦、卷草、麋鹿或戏剧人物等传统吉祥木雕图案，古朴大方。

吴鲁故居是闽南"皇宫起"传统建筑，是中原文化与闽南地域文化完美结合的典型，它吸收了中原文化中帝王宫殿的建筑形式和建筑思想，融入闽南地方"祈福、求禄、添寿、招财"等民俗习惯的象征性元素。建筑格局沿中轴线左右对称，体现了中华民族传统文化中帝王宫殿"天人合一"的理念。其"燕尾归脊""双燕归垂"的设计意念寓意燕子（子女）不管飞出多远总要回归故里的深刻内涵。这座位于晋江市池店镇钱头村的状元第闽南红古厝，与之一起走过了风风雨雨的百年龙眼树，见证、陪伴了状元郎吴鲁读书成长，因母丧"丁内忧"回乡守孝，庚子之乱，深感国破山河碎，悲愤作《百哀诗》，并于清宣统三年（1911）闰六月辞职返乡，直至生命最后一刻。我也愿意相信，"庭前有龙眼树，不知何年何人手植，今已亭亭如盖矣"，也如弯月翘起的屋顶，清静无为的月光在人间细细诉说着哀思，诉说着这位爱国诗人浓烈的忧国忧民情怀，在历史的天空留下不绝的回响。

秋天，总是在一场雨又一场雨后来临。雨后，在瘠瘦的红壤赤土上遍地生根的龙眼树越发绿意风姿，悄无声息地濡染着家乡的颜色和记忆，泛滥成思乡的情绪，就让这思绪带着我们穿越历史文化长河，翻阅一下吴鲁《百哀诗》的内容。

《百哀诗》上卷45首，主要记义和团抗击帝国主义者事；下卷111首，写和议后个人出都城沿途见闻观感、八国联军暴行，并描绘清廷君臣丑态，反映其爱国主义思想和对清廷腐败、将领无能的鞭挞。写《义和团》诗云："……民怨相沸腾，凡事有缘起。昏蒙涞水令，虐民等犬豕""始念在仇官，鼠窜伏闾里""煜煜树旌麾，灭洋标宗旨"，说明官逼民反，由仇官到灭洋的过程。写《义和团攻东交民巷各国使馆》诗云："甘军劲旅三十营，貔貅列队鸣铙钲。外人鼠窜困都城，使馆孤立无援兵。无数雄狮扑孤兔，夷炮一轰死无数……前锋歼尽尸隐人，后队狂奔如飞鹊……街谈巷议多咨嗟，默颐沈沈饰聋聩。"反映义和团的英勇壮烈。写《杨村失守》诗云："北仓扼要筹固守，日兵悍捷惯抄后。后军摧陷前军逃，文臣殉难武臣走。死如密窠焚聚蜂，生若狭巷逸疯狗。畿疆倚此为长城，猿鹤虫沙化乌有。"写官军的溃败和感慨。除以上所写义和团的英勇、将领的溃逃外，还撰写了一些官员的行为。如写"争传献策和戎魏，无复捐躯骂贼颜"（有求和的魏绛之流，没有捐躯骂贼的颜真卿），"诡随巧作全身计，蚊脚夷符贴相门"（相门贴夷文以保命）。如果说杜甫经历离乱所写的史篇称为史诗，那么吴鲁所写义和团的活动和八国联军入北京的情况，写得更为具体，更称得上史诗中的史诗。当时清廷君臣兔走獐奔，走不掉的也已六神无主，几乎没有留下记述这一段时间内人民遭受的苦难，侵略者爪牙的凶残以及清廷官绅的丑态等的文献，有之大多是追述，没有具体事例。吴鲁的《百哀诗》不仅是文学作品，而且是填补了这一段历史时期的空白的宝贵资料。《百哀诗》被史学家称为"庚子事变"的"第一手史料"，堪称"庚子信史"。

庚子那一年的龙眼树历经风霜，却是清晰可见的昂然不屈，挺拔在眼前。在房前，山坡上，放眼满目绿叶婆娑的龙眼树，累累坠坠的龙眼挂满枝头，就像翡翠屏上缀满了诗人悲愤哀愁的泪珠。情，最是故乡情；树，最是故乡树。离家再远，所有的细节已然模糊。当看到龙眼树，就像听到那融入心意的乡音，就像看到那暖人心扉的故人。1912年回归故里，年迈的吴鲁，目光一遍遍落在门前这棵龙眼树上，沧桑的枝干，随着时间的流逝，棕褐色老枝的表面已形成明显的皱纹，树如其人，这些皱纹记录了经历的风雨，见证了岁月的痕迹、离家多年的愁苦、哀国哀民的悲愤之情。

如今，在晋江钱头状元第，高大的龙眼树依然以其独特的厚重感和顽强生命力告知世人："先天下之忧而忧，后天下之乐而乐。"身为当下的我们应当有着和吴鲁一样的家国情怀，把国家、民族的利益摆在首位，为祖国的前途、命运担忧分愁，为天底下的人民幸福出力。庭前屋后，许多龙眼古木绿树成荫，庇荫了一代又一代朴素的爱国灵魂，也在岁月的流转中熠熠生辉。

（作者系福建省作家协会会员、晋江市审计局干部）

状元府第读吴鲁

王金表

状元，科举王朝殿试第一名，卓尔不群。府第，贵族官僚大地主的住宅。为此，没有遇见它时，总觉得状元府第应该是：大门高耸，石狮矗立，楼群富丽堂皇、雕梁画栋、繁华气派，曲径通幽、小桥流水、鸟语花香，游廊、亭台、小榭、假山，红木家具，尽彰显主人的身份与品位。

"状元第，在这里。"顺着一位银发老伯的指引，一排红砖古厝像是从四周楼房群里钻出来，一字排开，有着岁月长远的印记与风尘仆仆的沧桑，平实、朴素，其闽南建筑规模与风格很难与印象里状元府第对接起来。整座状元第的墙身上砖下石，没有雕刻，不见鸟兽，红亮白洁。直到抬头望见大门牌匾鎏金大字"状元第"，我才敢确认它就是此行寻找的晋江市池店镇钱头村状元第——吴鲁故居。

状元第的大门有着岁月的磨砺留下的斑驳苍老。正中柱子雕刻对联"瑞腾天马峰前至，人蹑金鳌顶上来"，为吴鲁亲笔所书。两侧各有小门，堵墙镶嵌两块方形石匾，左刻字"前虎岫，后清源，间气钟灵，让掇巍科登甲第"传颂着家庭的荣光，右刻字"祖钱塘，晋水兴，居立鼎建，闶开学海起文澜"印记钱头村的来历，是吴鲁的老师陈冰若所书。整座大门端庄典雅、简约朴素，如"抗志柴门"，彰显了吴鲁的朴素生活。

据史载，吴鲁，政治人物、诗人、书法家、教育家，生于清道光二十五年（1845），光绪十六年（1890）庚寅科状元，福建历史上最后一个状元，字肃堂，号且园，晚号老迟，又号白华庵主，历任陕西典试、安徽督学、云南督学、云南主考、吉林提学使等职，"六掌文衡"，清廉勤敏留下了很多传奇故事。

　　"这是家乡里一座老房子！中为正屋，左侧是宅院，右侧是书房。"据了解，这一位老人为吴鲁第五代裔孙。进入府第，五开间院落，狭小简陋，端庄肃穆。大门背后檐下镌有"紫薇高照"四字。擘窠大字，笔力雄健，麻姑仙坛风范，颜鲁公（真卿）遗风。这印证了沪上"吴鲁好大字"之说。老人在微信群里给我看了许多吴鲁书法作品，笔墨沉雄峻拔，自成一体。我知道这就是被御史江春霖称为"书法精绝，名噪都下"的"吴体"。一代高僧弘一法师为其书卷跋后如此评价："书法严肃端庄，能副其名，可宝也。"古人云，"字如其心，肃堂端正，见字如人"，这是我凝神端详时心里最想说的话。

　　驻足，凝视，一屋古老、冷清、寂寥，"画楼朱户玉人家"，只能留在诗词里。木柱呓语，俘虏了我的眼睛。下厅堂的房柱对联"富贵无常处世勿忘贫贱，圣贤可学立身谨记读书"；大厅堂两副联名，一副"积德最当先不愧大名垂宇宙，造福亦难缓何须果报问儿孙"，另一副"不由慈孝谦恭安得随时造福，只此文章庆典云便到处皆春"。每一副对联都记忆着吴鲁人生智慧，无不警示后人："状元也是常人，浩然正气，不能鱼肉乡邻。"此时，进入的是"谨遵父训，笃之于行"的故事。据老伯介绍，在吴鲁众多子女中，以吴钟善最为突出，是清末登经济特科，一生守护岳忠武砚，泉州名士尝谓"父子登科"。

　　抬头，端详，瓦筒屋顶正当家，燕脊双燕向远方，梁挺槽直水如帘。"知君何事泪纵横"，抚摸，怀想，追寻隐入时光的背影，心里静默听他痛心疾呼：

　　"炮弹开花恣焚毁，千家万家火坑死"；

　　"日酉八宫遍搜求"；

　　"搜仓掘窖倾盎缶"；

　　"富室寒门一扫空"；

　　……

　　"纷纷世变乱如麻，百首哀诗托浣花。"八国联军入侵北京，吴鲁困居于北京南柳巷晋江会馆七个月，目睹八国联军烧杀抢掠、京城千疮百孔的景象，悲愤至极，成诗百余首，汇集成册，命曰《百哀诗》。

　　怀古幽思，自古英雄多壮烈：屈原不愿随波逐流，毅然决然跳入汨罗江，

《天问》被誉为"千古万古至奇之作";"宋末三杰"中的文天祥誓死不屈，从容就义，"人生自古谁无死，留取丹心照汗青"成为千古名句。勤学登天梯，入仕朝堂，抱负未展，山河破碎，有谁不悲哀。以诗鸣哀，再现了入仕朝堂的初心，"生当作人杰，死亦为鬼雄"。状元府第，肃堂吴鲁，后人景仰。

空间里生痛感，时光里起忧伤，挥之不去的是赞叹。见第如见人，我想，这是一个堂堂的状元第为何如此寒酸的缘由吧。老伯还介绍，由于当年吴鲁家族兄弟较多，吴鲁中状元后就把出生时的古厝让给弟兄，并在不远处买地依旧厝风格建筑新厝，供后代居住、读书、生活。于是，位于晋江市池店镇钱头村的吴鲁故居有两处，旧宅和新宅。

"弟子规，圣人训……兄道友，弟道恭；兄弟睦，孝在中……"天籁之音，传递着兄弟之间的情谊。因为这故事更具有平民生活的烟火味，所以老伯骄傲地诉说着好几遍，眉宇之间，隐现着吴鲁儒雅的英姿。状元没有霉变，一屋清香，是吴鲁的风骨。

新宅是三座五开间大厝，内部构造与旧宅相似，内有"状元""主考""学政"牌匾及吴鲁画像，供后人祭祀。新宅左侧为书房，右侧为学堂。老伯指着刚修葺好的学堂说："吴鲁及后人曾在这里设堂讲学。"门锁紧闭，无法进入。凝望门额"学堂"，遥想当年：堂上，高瘦老人，胡须发白，慈眉善目；堂下，莘莘学子，正襟危坐，侧耳聆听。有教无类，这是典藏在乡土里吴鲁一生最提倡最真实的"废科举，兴学堂"例证。我想，这也是吴鲁为官近四十年，四次出任学政，"六掌文衡"的初心吧。这颗心隐蔽、伟大、烫心！

"天赋清高绝流俗，老垂著作贻子孙。"这是吴鲁画像里的一副对联。望联追忆，著作一身，或是《蒙学初编》，或是《正气研斋类稿》，或是《正气研斋遗诗》，或是《百哀诗》，或是《纸谈》等。每一部著作都是秉笔直书，集文学、历史、书法等成就于一身，深深影响着后人。书房无典籍，只因为了更好地保护与传承吴鲁文化，吴鲁裔孙在钱头村择地建设了吴鲁世家博物馆。这一工程现已竣工，大楼、广场、展厅等别有一番景象，正以生命存在的另一种形式链接着更宽广的世界，满足人们品质生活的需求。钱头村的吴鲁世家，人民的吴鲁世家。

"随风潜入夜，润物细无声。"一位状元郎，一座状元第，一部鲜活的教材，涵养了一片土地。如今，钱头村车水马龙，楼群矗立，一派生机。紧挨着新宅有一处小公园，石椅、红墙、木雕，处处氤氲着"吴鲁故居，魅力乡村"的气息。"这原本是一块菜地，捐地建公园，纪念祖先……"这位老人的话语，飞扬着吴鲁后代子孙的神采。

　　于国，于家，于亲，吴鲁都是幸福而伟大的人。"冰壶玉衡朗无私"，一生如书，丰盈厚重，韵味深长！

（作者供职于晋江市东石镇郭岑中心小学）

穿越时空，深嗅一室墨香

——吴鲁故居参观记

蔡冬菊

今年 8 月 24 日，农历七月二十一日，是吴鲁 180 虚年诞辰。为了庆祝这个特别的日子，就连天公都很作美。天比往日要蓝得多，云也集中在一块，一眼看过去，就叫人心旷神怡。在晋江市文联等单位的联合组织下，我们一行坐上了前往钱头村的汽车，参加首届吴鲁文化季启动仪式。

晚清著名爱国诗人、教育家、书法家吴鲁的故居位于晋江市池店镇钱头村，这是一个承载深厚文化底蕴与历史沧桑的地方。早就耳闻吴鲁的卓越成就和传奇人生，今天终于有机会亲自探访这座承载着历史记忆的古宅。

随着车辆缓缓驶入钱头村，一股宁静与古朴的气息迎面扑来。村间小道两旁绿树成荫，仿佛时间在这里放慢了脚步。随着脚步的深入，我仿佛穿越了时空，回到了那个文人墨客辈出的年代。沿着一路喜气的红拱门，穿过几条狭窄的巷弄，在一片绿树掩映之中，终于来到了吴鲁故居门前。

吴鲁故居共有两处；一处为高中状元前居住的地方，另一处则为高中状元后所建。我们先参观了第一处状元第。这是三座一字排开的五开间砖木混构的闽南红砖古大厝，它坐东北朝西南，静静地伫立在村中一隅。房子的正前方有一个平整的大石埕，本次活动就在这个地方举行。走上几步台阶，再走下天井，可以看到地上摆放着一排排的花盆。红花怒放，香气四溢，仿佛每一片叶子、每一朵花都在诉说着过去的故事。

踏入左侧的偏厅，便可看到吴紫栋书画陈列室，旁边有两句话介绍了这个陈列室的内容。右边写着：百哀诗纪念厅是家训馆，弘扬状元公光荣爱国精神；左边写着：曾孙辈书画陈列室是家风馆，延续状元公正大书法文化。由此可以看到吴鲁的子孙后代在书法方面也颇有造诣。厅内布置十分简洁，中央摆放着一张古老的红木眠床，床边放着一张小桌子和两把椅子，桌子上放着一张照片。这个陈列厅展示着风格迥异的书画作品，从它们可以看出吴紫栋先生的高超艺术水平。

从这里迈进后厅，可以看到这里的房间保持着原有的布局和装饰，让人仿佛能够穿越时空，与吴鲁进行一场跨越百年的对话。在这里，我们看到了墙上挂着一排吴紫栋先生参加各种活动的珍贵照片，以及他书写的书法作品。在后厅的红砖墙上，有一块青色石匾，上面刻着"光明磊落"四个大字，这也是吴紫栋先生的书法作品。长在高墙上的狗尾草如同一束燃烧的火把，将这四个字照得亮堂堂的，也把我的心照得亮堂堂的。

从书房与主屋的火巷中来到正屋的大厅堂处。只见厅中挂有两副寓意深刻的对联："不由慈孝谦恭安得随时造福，只此文章庆典云便到处皆春。"看到这里，我深感吴氏家族的家风甚是严谨清廉。走出正屋，抬头一看，大门上方悬挂着一块朱红色的匾额，上面题写着"状元第"三个镏金大字，笔力遒劲，气势非凡。

主屋右侧还有一座学堂，是当年供后辈读书的地方。此处共有前后两落，中间建有砖木结构的学堂厅。厅中挂有吴鲁的画像，以供子孙后代竞相效尤。这里的窗户都是青石竹节枳的，除了用来通风采光外，还寄寓着清高气节。可惜，如今这里早已变成一座冷清的院落，再也听不见过去的琅琅读书声了。

参观完这里，听说不远处还有另一座状元第，我们便跟着工作人员的脚步继续寻访。抵达后，我边听介绍，边留心观察这里的一景一物。此处的大门上雕刻着精美的图案，虽历经风雨侵蚀，但仍能感受到昔日的辉煌与气派。门楣上方悬有一方青石板刻有"状元第"三个大字的门匾，大门两旁写着一副对联："瑞腾天马峰前至，人蹑金鳌顶上来。"

步入大门，一股浓厚的历史气息扑面而来，走到厅堂处，又看到了两根高大的木柱上写着一副别有深意的对联："富贵无常处世勿忘贫贱，圣贤可学立身但愿读书。"听工作人员介绍，这是吴鲁亲笔所写的书法作品。厅堂上方挂着"状元""文魁"两块牌匾，厅堂中央则是南极仙翁的瓷画。走在吴鲁故居的每一个角落，我都能感受到那份深厚的文化底蕴和历史积淀。

本次采风的第二站——吴鲁裔孙吴志绥先生新建的吴鲁世家博物馆。这是闽南第一家状元博物馆，里面装修得很漂亮。这里不仅展示了吴鲁的许多著作及书法作品，还详细介绍了他的生平经历。除此之外，还收藏了很多珍贵物品：一个茶壶，一方砚台，几枚印章，几册孤本……漫步在展厅中，我细细阅读着每一幅作品，试图从字里行间捕捉到那份跨越时空的情感共鸣。我被他的卓越才华和爱国情怀深深打动，也更加坚定了自己对文化传承的责任感和使命感。

离开钱头村时，我回头望了望那座规模宏大的博物馆，心中充满了不舍和感慨。这次参观不仅让我领略了古宅的韵味和美丽，更让我对吴鲁有了更深的认识和敬意。他的一生充满了传奇色彩和卓越成就，他的爱国精神将永远激励着后人不断前行。

我相信在未来的日子里，这座承载着历史记忆的博物馆将继续守护着那些珍贵的故事和记忆，钱头村这片土地上的文化之花将会开得更加灿烂夺目，让更多的人能够感受到中华文化的博大精深和源远流长。而我作为一名教育工作者，也将继续努力学习、积极传播吴鲁的"因材施教，培养人才"等先进教育理念，为振兴教育事业，培养优秀学生贡献自己的一分力量。

（作者系福建省作家协会会员、晋江市金井镇锦东华侨学校教师）

访吴鲁故居有感

林奕新

那天，池店镇的地表气温至少高达 35℃。我们到达钱头村，通过逼仄的村道，两旁有穿着红色喜庆 T 恤衫的吴鲁后人在指引，来到首届吴鲁文化季启动仪式现场，参加吴鲁文化采风活动。

吴鲁，何许人也？吴鲁，字肃堂，号且园，晚号老迟，又号白华庵主，晋江钱塘乡（今池店镇钱头村）人。他是福建历史上最后一位科举状元。

活动现场设在吴鲁故居的前埕。埕不大，埕角立着的那对一米多高的旗杆石却鲜明可见。由于启动仪式时间未到，我便跟随一部分人先行参观了吴鲁故居。

吴鲁故居建于清光绪年间，共三座五开间大厝。两侧为书房和学堂，中间一座为正屋，门楣匾书"状元第"三字，彰显着吴家曾经的辉煌与荣耀。厅中挂有吴鲁画像，是吴家祭祀的地方。参观完吴鲁故居，我再次回到吴鲁画像前。吴鲁顶戴花翎，身着官服，胡须发白，神情庄重，正端坐在椅子上。面对吴鲁，我深感"悲欣交集"。

"悲"的是"最后"二字，"最后"代表着即将结束。吴鲁是在辛亥革命爆发后的次年二月回到故乡晋江，八月便病逝于家中。据介绍，辛亥革命爆发后吴鲁辞官准备回来晋江，中途曾在天津作了短暂的停留，便是为了审度时宜，虑定而动。而后该是看到清朝大势已去，便决定回到故乡晋江。我不知道，当授予他状元荣誉的清朝倾覆时，他作何想法。

提及与"最后"二字相关的人事，无不充满着悲味。如达·芬奇画作《最后的晚餐》，看似普通的一次逾越节会餐，却预示着背叛与牺牲——耶稣即将面对门徒的出卖而被逮捕，这一画面超越了时间，成为永恒的悲剧。如法国作家都德写的《最后一课》，描绘了家园沦丧前夕的沉重，乡村小学即将被普鲁士占领，普鲁士禁止沦陷区学校再教授法语。小学生小弗郎士和他的同学们迎来了最后一堂法语课。还有梁静茹的那首歌《最后》，"最后，我们都错过"，"最后，走不到最后"。简单的几个字，承载了无数情感的失落。

欣喜的是，吴鲁作为一代状元，当过云南督学、吉林提学使、诰授资政大夫等官职，著有《蒙学初编》《兵学经学史学讲义》《教育宗旨》《正气研斋遗诗》《百哀诗》《纸谈》等大量作品。吴鲁一生以振兴文教、兴学育才为己任，主张改革传统的教育体制，推行新政，引进新学，他在亲眼所见八国联军侵华、清廷无能及官吏辱国之事，以十分悲伤的心情写成《百哀诗》，"百哀诗者，其人心之救药也"。

吴鲁悲悯的情怀和卓越的教育眼光，在那个时代可谓是世所罕见的。吴鲁并不十分关注自己的个人得失，而是心系社会的疾苦与民众的福祉。他在教育资源有限、教育观念相对滞后的那个时代，能够洞察教育的本质，吸收西学，提出因材施教等前瞻性的教育理念和措施。这不仅需要对教育事业的热爱和执着追求，更需要深厚的学术功底和敏锐的洞察力。吴鲁的卓越教育眼光为当时的教育事业注入了一股新的活力，即使未能广泛传播，却在历史上留下深刻印记。

吴鲁故居整体显得古朴简约，并未有过多同时代那种雕梁画栋的装饰。在安徽督学之际，面对太平府翠螺书院亟待修复的需求，吴鲁慷慨解囊，毅然捐出俸禄五千金，并亲笔撰写碑记，字里行间洋溢着对士子学子的殷切期望，鼓励他们勤勉向学、追求卓越。由此可见，吴鲁在生活中秉持着的是一种相对节俭的态度，他淡泊名利、崇尚自然，不追求过度的奢华与繁复；在培养国家栋梁之材却是满腔热血，甘愿为之倾尽心力，乃至肝脑涂地。吴鲁的高风亮节，成为后世敬仰的楷模。其精神之光，穿越时空，依然熠熠生辉。

我从故居大门出来，会议很快开始了，"吴鲁杯"海内外诗词大赛启动仪式、吴鲁文化采风创作和征文活动发布仪式和吟唱吴鲁诗作、学生拜状元活动，按照既定方案有条不紊、按部就班地进行着。

会议结束后，大家继续漫步吴鲁故居及周围，我发现吴鲁故居的邻居们，其宅邸皆紧密相依，彼此间仅留出一条狭窄人行巷道作为分界。按理说吴鲁作为显赫人士，应该会追求宅邸空间的扩张与排场的彰显，而事实上并没有，可见吴鲁及后人在居住规划上的谦逊与低调。了解到政府将打造吴鲁文化 IP，大力推进文体旅融合发展，那么如何与当地村民和民居和谐相处，成了避不开的问题。

返程时，我带着以上感触，早已忘记地表温度之高带来的燥热，仿佛逼仄的村道也显得不那么局促了。

（作者供职于晋江市图书馆）

吴鲁的教育思想和情怀

张百隐

第一次鸦片战争爆发，历史的惩罚与尴尬昭然若揭。当晚清雕栏玉砌的国门被洋人的坚船利炮轰开之后，我们才发现，自诩天朝之国的蒙昧与工业世界的鸿沟巨壑，如此遥不可及，自大而孱弱的清国被迫用挨打的方式认识世界。

清道光二十五年（1845），吴鲁出生。这位呼吸着半封建半殖民地空气成长的闽南读书人，注定用自己的方式，面对他所理解的国度，为这个摇摇欲坠的王朝，参一本，扶一把，给时代以积极的回馈。

吴鲁，来自遥远的泉州，从崇山峻岭、千沟万壑的八闽大地出发，跨过满目疮痍的中华大地，抵达紫禁城的保和殿，然后脱颖而出，蟾宫折桂，终于寒窗苦读无人问，一朝成名天下知，成为光绪皇帝钦点的恩科状元，任翰林院修撰，那年吴鲁46岁。这位科举末期出位的状元，赫然出现在世纪之交、国难关头，准确地嗅到科举教育的局限。

吴鲁深知清政府正处在变局之中，内忧外患，国运积弱不强，强敌环绕。他在清同治十二年（1873）入国子监，看到国家综合竞争力像风吹芦苇，不堪重负，万千生民齐暗，他认为要提振精神，正本清源，夯实国之根基，就要科举改革、振兴文教，培养治世人才，所以兴学育才是施政的第一要义。当时的清朝大地，遍地吹拂着变革维新新风，光绪帝锐意求变，李中堂开启洋务运动，张之洞创办新学。在革旧布新、探寻民族出路的大背景下，兴教育才，成了不可辩驳的选择。吴鲁历任陕西典试（主考），安徽、云南督学，云南主考，吉林提学使，所到之处，所任之职，全都和教育相关。我在想，当光绪皇帝的朱红批圈下吴鲁的时候，落笔的还有对一个当世英才的拳拳寄望。这或许是君臣之间的某种暗合，也是这个时代最和谐的共鸣。

为了振兴教育，他特上《请裁学政疏》，提出建议："一在广筹经费，遍立学堂；二在严督各府厅州县，实力奉行；三在遴委道府精于学务者，认真考察；四在鼓励本籍绅士协力相助。凡此四端，皆宜统归督抚经理，方能确著成效。"大清的萎靡，就是教育的守旧、交流的梗塞。吴鲁针对要害，一针见血，此疏一出，乾清宫、军机处、总理各国衙门无一不准，于是广开学堂、增设算章、西学中用，如雨后春笋在中华大地迸发出来。吴鲁力推要因材施教，有的放矢，提倡两"尊重"，即尊重教育客观规律、尊重个人兴趣意愿。将教育的范畴和格局打开，教育是众生的教育，是为每个行业的发展培养人才的渠道。他知道，国家和社会需要的是各类型的人才而不是单一的，不是千军万马过独木桥的生拉硬拽。

督学安徽时，为规复翠螺书院，让更多学子走进学堂，他亲力亲为，奔走相告，率先垂范，捐俸五千金倡导，并为书院作记，勉励后学力求上进。任吉林提学使时，又捐俸五千金措办提督学政公署，并在各个县乡兴办教学点，继又捐资一千六百金改建文庙，使之文风蔚然，在当地营造浓厚的学术氛围。督学云南时，这是离京畿重地最遥远的西南，云贵高原的局限性，天堑绝壁，几乎与世隔绝。吴鲁根据民族文化多元、云南地形地貌复杂、物产矿业丰富的特点，从云南实际情况出发，提出"此地之要，务精其化学，冀开农矿之利源。应兼者兼之、应分者分之"。学以致用，人尽其才，吴鲁的育才思路，超前了上百年。

虽然吴鲁自己走的是一条传统的儒学科考之路，府试、院试、乡试、会试、殿试，直至进士及第、高中状元。循规蹈矩，大浪淘沙的遴选机制，既残酷又公平。但科举取士，是台运行1000多年的机器，如没与时俱进，也会有水土不服的时候。吴鲁是当局者，又能站在体制之外，打破常规，看清当时教学育才的短板和局限，这是一个动荡不安的时代里最清醒的认知。

可以说，吴鲁所处的时代是中国传统科举制度向新式教育妥协接轨的时代。吴鲁深谙道理，尽管宦海浮沉，尽管为官一任，涉及领域很多，但教育始终是搁在他心头的头等大事。于是他捐资助学，几乎散尽俸禄，在任职的地方广开学堂；他推行新学制，为中国近代教育奠定诸多可能性；他编写新教材，让西方的科学逐渐扎根中华土地；他办报纸办刊物，构建与世界交流的新方式。

清光绪三十一年（1905）九月二日，袁世凯、张之洞奏请立停科举，推广新学。即日，朝廷上谕宣布自丙午年（1906）起，所有乡会试一律停止，各省岁科考试即停。自此中国历史上延续 1300 年的科举制度宣告结束。这个曾经将多个封建王朝拱向世界之巅的治国安邦之策、取士任能之道，在工业化变革和时代脚步前黯然退出历史舞台。鸦片战争、甲午海战、庚子国难，经济与国防的全线溃败，尊严一败涂地，我们才发现教育才是最致命的塌方。求学、变法、维新、改制，终究得有新式的人才，新式人才就必须有新式的教育。于是兴办学堂、新设科目、主张科学，构建人才培育机制，成了晚清乃至近代中国教育的发展趋势。

吴鲁是中国传统的士大夫，儒学集大成者，传统科举教育的执牛耳者。正因如此，他才能看到旧科举的弊端，推进新学的必要性。当光绪皇帝宣告停止科举的时候，他是否会想起，光绪十六年（1890）的恩科状元吴鲁？他会不会觉得，这是他最成功的新政之一？

此时的我，站在晋江市池店镇钱头村吴鲁故居前，面对正楷挥毫的"状元第"。五开间大厝，坐东北朝西南，红砖面墙，窗棂石雕，细雕白石墙裙，硬山式屋顶红色瓦片，屋脊两端高高翘起如同燕尾。当年荣归故里、弹冠相庆的热闹景象清晰可见，皇帝恩宠的荣光，在 100 多年后还依然光彩逼人。当然，他对教育的研究和情怀，依然是吴鲁文化研究的重要部分。这位福建最后一位状元，已经为后世构建一处绵延不断、正气丰盈的精神家园。

（作者系中国作家协会会员、晋江市第十实验小学副校长）

坐在吴鲁故居

蔡芳本

这是一座闽南大厝，五间张，从外表看没有什么奇特的地方，比较普通，从里面看，就不太一样。厅堂和房间前面特地设计了疏朗的雕花木枳笼扇和可以上下开启的疏枳窗户，这大概是因为采光的缘故。这种笼扇和窗户，给房屋带来了亮光，更给读书人带来了光明。此刻，骤雨初歇，我正坐在厢房的八仙桌前，望着天井上的屋檐滴落的雨滴，有些许的凉意，已是秋天的节气了。

这是吴鲁的故居。外面埕上，正在举行纪念吴鲁的典礼。一群小学生正在三拜吴鲁画像，一个年轻的女教师正在朗诵吴鲁的诗歌。场面热闹，群情激动。

我没出去加入热闹，我在静静地思考。闭上眼睛，吴鲁衣冠博带向我走来。

吴鲁活在 19 世纪末、20 世纪初。中国的多事之秋，帝国主义入侵，不平等的条约频频，中国向何处去，成了许多有良心的知识分子最为关心的问题。教育兴国，教育革命，知识分子努力实践、躬身劳作，打开了教育的世界大门，许多新思想新观念新作为纷纷在教育的舞台上亮相。科举制度废除后，中国的教育出现了一个崭新的时代。

一面是帝国主义侵略炮声隆隆，一面是各地新学的书声琅琅。血与火、书与剑在时代的漩涡中交杂混争。积贫积弱，老大不前，破败衰微，那时中国的现状，叫人不堪回首。中国要不要救、要怎么救？我听到，民主革命家、教育家、科学家蔡元培喊出"读书不忘救国，救国不忘读书"的呼声。

读书为了救国！救国需要读书！家事国事天下事，事事关心；风声雨声读书声，声声入耳。

1900 年，八国联军攻陷北京，生灵涂炭。一方面，吴鲁怒发冲冠，用他的《百哀诗》控诉帝国主义的罪行，唤起国人的警醒；另一方面，他极力倡办新学，用教育来拯救国家，为中国近代教育改革劳心尽力。与一代教育大师蔡元培先生无异，他当年所倡导的一些教育理念及措施，在当时的中国落地生根、开花结果。吴鲁考中状元后，基本都在教育行政管理部门任职，直至官居二品，但他其实不只是一位官员，更是一位教育家，对各地的教育事业都有独到的研究和贡献。在《请裁学政疏》中，他开宗明义疾呼"以兴学育才为第一要义"，并提出振兴学校四条纲领。这四条纲领首先是"广筹经费，遍立学堂"，充实教育资源；二是严格监督各府、厅、州、县实力奉行；三是认真考察，遴选精于学务者，选拔教师；四是鼓励本籍绅士协力相助。这就是今人所说的"社会力量办学"。吴鲁这么早就提出来，不能不说是先见之明。这一主张无疑在教育的沙滩上奠定了坚实基础。

应该说当时的清政府对于新教育的兴起还是有一定的重视的，吴鲁有幸奉命与各省提学一起，赴日本横滨、神户等地考察学务及宪政长达两年，为振兴学堂做准备。

通过考察，吴鲁认识到小学基础教育的重要性，吴鲁在《小学校管理法序》中指出："日本兴学，由小学而大学，循序渐臻"，教育要自下而上，夯实基础，但我国教育自上而下，先建空中楼阁，所以"杂乱无章，学生程度，参差不一，故多窒碍难行"。教育要一级一级从小学起，要先办好小学，再办高一级的学校。因此兴学要由浅入深，如果过分要求学生"兼修博览，终恐一艺无成"，培养学生学习不能杂而不精，如果过分地要求学生兼修博览，杂而不精就会一事无成，不能打开大视野，不能成就大事业。兴学要注意因材施教，术业有专攻。教育不仅因人，也要因地。吴鲁到云南督学时，从云南实际情况出发，主张功课不能强求与其他地区一致，提出此地之要，务精其化学，冀开农矿之利源。这种主张，跟我们现在实行的校本教材何其相似。

教育务实，教育要先进，教育要改革。

吴鲁的教育思想与蔡元培也有异曲同工之妙。同样身在19世纪末、20世纪初的蔡元培也明确提出要废止忠君、尊孔、尚公、尚武、尚实的封建教育宗旨，要建立以国民教育、实利主义教育为急务，以道德教育为中心，以世界观教育为终极目的，以美育为桥梁，要进行体、智、德、美四育和谐发展的教育体系。

后来，蔡元培在北京大学首次招收女大学生，这无疑是石破天惊的创举。思想自由、兼容并包的方针，蔡元培终使北大成为新文化运动的发源地，新思潮的发展从此在中国汹涌蓬勃。

想着想着，我还在八仙桌边坐着，天气渐渐放晴，屋檐的雨滴还在滴。透过雨滴，我似乎看到另一个教育家陶行知在向我走来。陶行知也积极从事平民教育运动，率先关注乡村教育问题，极力主张"一定要教育与农业携手"，建立适合乡村实际生活的教育制度等。若干年后，他在南京郊外晓庄创办了一所与旧教育分庭抗礼的新型学校——晓庄师范学校。他那"生活即教育""社会即学校""教学做合一"等主张，也得以实践验证和发展。陶行知也是从吴鲁年代过来的人，他们的教育主张如此相似，不能不说是时代的要求、强国的要求。

外面庆典的锣鼓还在敲，屋里屋檐的雨滴还在滴。

透过清晰的雨滴，我似乎还看到康有为、梁启超、胡适、梁实秋、林语堂等一批新文化大家，一个个向我走来。整个19世纪到20世纪初，无疑是中国教育思想大传播大实践的时代，方兴未艾，整个中国的教育发生了翻天覆地的变化。这些生为人杰者，正用他们新思想的暴风骤雨，猛烈地冲刷着旧世界的污泥浊水。

也就在这个时代，实用主义教育思想杜威也被传到中国。杜威对旧中国的教育有深刻影响。杜威主张"学校课程中相关的真正中心，是儿童本身的社会活动"。他要学生"从做中学"，就是要根据实际，从实践中来，到实践中去，把获取主观经验作为确定教材、教法和教学过程的基本原则。西方的思想与中国的思想有机嫁接融合，开创了一条新的教育之路，锣鼓声响，金光灿灿。

对于人才的使用，吴鲁也有自己的理论。当时，"废科举，兴学堂"新风兴起，许多学子纷纷走出国门，学成之后又回归国门。吴鲁认为，这些"海归"需要加以重用，考试及格，要破格起用，根据实际才华让他们做相应的事业。也可以分至各省学堂以为人师，或进入官场，用他们的学问管理新政。即使卓越非凡，学成之后，一人身兼数职也是要不得的事，做事不能专一，同样不能出息。吴鲁的这种人才观，放到现在也还是先进的。

对于教育，吴鲁不光嘴上说说、纸上写写，有一套自己的教育理论，对于教育事业，他一定是个亲力亲为的人。兴办教育事业，是吴鲁的另一大业绩。督学安徽时，我似乎看到他，提着钱袋子捐修书院，一座漂亮的翠螺书院立在我的眼前。他还为书院作记，勉励后学力求上进。任吉林提学使时，我似乎看到，他提着刚发薪俸的钱袋子，捐建措办提督学政公署。就连吉林文庙也是他出钱修葺的。

出资兴学，吉林各式各样的新学，如小学、师范学校、政法学校，甚至中学、女校，都在吴鲁的推动下悉数成立。在吉林，吴鲁还倡办《吉林教育官报》，让教育研究与学术讨论从此有了一个展现的平台。人家说，在媒体还相当落后的当时，这无疑是一个全新的创举。

我还看到资料，吴鲁每天亲自到一所学校为学生谆谆讲学。他看到因"初变新章，文风不竞"，所以为学校添设新课，自己还"捐廉奖赏"。当小学缺乏教材时，他亲自编写《蒙学初编》二卷。这是更加不容易的事了。一个学政、一个教育思想家的风范，由此可见一斑。

吴鲁历任过陕西典试（主考），安徽、云南督学，云南主考。可以看出，他任官都与教育有关，振兴文教为己任，把兴学育才当作施政的第一要义，是他的使命。

"捧着一颗心来，不带半根草去。"整个19世纪直至20世纪初年，似乎都是教育家的天下。没有这样一个时代的教育革命，怎会有后来的教育兴旺发达？怎会有新思想、新文化的蓬勃兴起？怎会强国兴国？吴鲁们功高盖世，功不可没。

秋风秋雨愁煞人。坐在吴鲁故居的厢房，我感觉到的不是愁，而是一股气。这股气是一股热气、一股正气，一直在中华大地上腾升腾生！

吴鲁180周年诞辰，为中华大地留下的财宝是吴鲁文化。芳草无数，发为绿叶繁花，摇曳如波浪起伏。

（作者系中国作家协会会员、泉州市作家协会顾问）

状元吴鲁与"岳飞砚"

何　况

一

纪念福建科举时代最后一位状元吴鲁180周年诞辰系列活动日前在晋江市池店镇钱头村启幕。我应邀出席启动仪式，顺便参观了保存完好的状元第、故居与书房，最后走进吴鲁后裔筹资兴建的吴鲁世家博物馆，一窥状元一生的"学业、事业、术业、德业"。

引领我们参观的业余讲解员是当地一位身材壮实的中学老师，自称是吴鲁文化的爱好者。据他声情并茂介绍，吴鲁（1845—1912），字肃堂，号且园、老迟、白华庵主，福建泉州南门外钱头（今晋江市池店镇钱头村）人，5岁起从师学习，大器晚成，清光绪十六年（1890）46岁时高中庚寅恩科状元，是继明代庄际昌之后近300年晋江腾空而起的又一位状元，也是科举时代福建最后一位状元。吴鲁大魁天下后，历任翰林院修撰、典试陕西、安徽学政、代办江南乡试监临、云南正考官、云南学政、吉林提学使、图书馆总校等，是清末著名的教育家、书法家、诗人，诰授资政大夫花翎正二品衔。

馆内参观的人很多，声音嘈杂，嗡嗡回响，以至中学老师的讲解传到我耳里时，有些仿佛半途被截留过，显得高高低低、断断续续。突然，他指着一个玻璃展柜，提高声调说：

"岳飞的'正气砚'！"

我大吃一惊，以为下落不明久矣的"正气砚"重现人间，于是不管不顾地拨开人群，急切地挤到玻璃柜前想看个究竟，结果却大失所望：仿的！

二

岳飞的"正气砚"与我老家婺源有关，也与吴鲁有关。

话说当年岳飞追讨叛将李成到婺源，留下许多故事，新编《婺源县志》对此有记："宋绍兴元年（1131），岳鄂王讨李成经过婺源。路过江湾时，村人江致恭随军任幕僚，并捐家财助军饷；经过鹤溪，驻兵在万贯洲；到甲路，题咏花桥诗和齐山翠微亭诗；并经灵岩洞一游，留有'岳飞过此'刻墨和'观山'石刻。"

李成原是宋朝试弓手，以勇悍闻名，像岳飞一样能挽300斤弓，累次迁升至淮南招讨使。因嫌宋朝封官小，他聚众当了土匪，被朝廷击败后，他投降了金国控制的伪齐刘豫。这个叛将作战非常勇敢，临阵身先诸将，士卒未食不先食，有病者亲视之。正因如此，他常打胜仗。

岳飞与李成多次交手，胜多败少。宋建炎四年（1130），岳飞全军大战金兵后，刚奉旨退到江阴休整，李成乘乱骚扰，接连占据了江淮十余州，连兵数十万，有席卷东南之意，并派遣他的副头领马进往攻洪州（今南昌）。

宋绍兴元年（1131）正月，朝廷任命张俊为江淮招讨使，讨伐叛将李成。张俊因李成兵多势盛，心中畏惧，知道眼前诸将，只有岳飞智勇双全，敢与李成较量，便向高宗赵构要求让岳飞做他的招讨副使。赵构当下准了。二月，岳飞受命前往鄱阳与张俊会合，三月初三打到洪州。敌兵连营西山，宋军无法渡江。张俊及手下诸将一时无计可施。

岳飞想了一夜，第二天对张俊说："贼兵多贪，不知虑后，岳飞不才，愿当前锋。"张俊见岳飞主动请战，满心欢喜。

岳飞早将木筏快船备好，自带骑兵三千，远远绕往上游，悄悄横渡大江。马进拥兵十余万，自以为守江万无一失，却不料岳飞冷不丁由上游渡江，出其不意攻打他的右侧。无防备则阵乱，阵乱则气泄，整个队伍就散了。岳飞的部队趁乱抢渡大江，强攻敌营，大获全胜。马进带着残余四五千人逃到了几十里外的筠州（今江西高安），岳飞随后追到。这是李成重兵布防的地方，陈兵十余万。马进将城内贼兵引出，布下十多里长的战阵。

对峙几日，双方交战。岳飞早将诸将埋伏停当，自带 200 轻骑兵向前挑战，敌人欺他人少，拼命往前围攻，埋伏着的岳家军突然跃起，杀他个人仰马翻。这时岳飞让人挥动事先准备好的一面上绣白"岳"字的大红旗，众人齐呼："只要坐地投降，一律免死！"史料记载，这一仗有 8 万余兵投降，所得枪刀衣甲马匹之类，岳家军连着收拾了 3 天才妥当。马进准备逃到建昌去向李成求救，又被岳飞紧追不放，其随从连杀伤带投降的又是 5000 多，但马进最终还是逃脱了。

李成得到马进的报告，心下大怒，亲自带兵十余万来战。岳飞在楼子庄和他对阵，又将李成杀得大败。紧接着一路追杀，先后杀伤了贼兵两三万人，收降了七八万人，并砍掉了马进等几十名敌方头目的脑袋，得到战马 5000 多匹。

遗憾的是，让李成逃脱了。岳飞知道他是一员猛将，留着他是国家大患，于是不肯轻易放弃，一路追踪到了婺源境内。岳飞手下有问："大哥平日常说，这些盗贼都由内忧外患交迫而来，不应全当他们仇敌看待。李成、马进都十分勇猛，何不收降过来为我所用？"岳飞说："这班盗贼多是叛将，与各地民变不同。为首诸贼，乘着国家丧乱之时，到处烧杀掠夺，无恶不作。他们带着好几十万人马，对于金兵从无一矢之投，却在我军将要收复失地之时，到处骚扰作梗，使我军有后顾之忧，即此已该万死。马进出身是个恶霸，又与叛将李成勾结，焚掠州郡，欺压良民，非将他们除去不可。"

史载岳飞进入婺源带了七八千人的部队。

岳家军曾在江湾停留。江湾是婺源地区的东大门，也是婺源通往皖、浙、赣三省水陆交通的要道。有一水湾，环村而过，村名"云湾"。后因这里江姓繁盛，于是改名"江湾"。江湾不仅风光旖旎，而且物产非常丰富，"江湾雪梨"久负盛名，是婺源"红绿黑白"四"色"中的白色。善良的江湾人看到岳家军纪律严明，秋毫无犯，感佩之余，主动捐资助饷，报名参军。村中富户江致恭知道岳飞爱砚台，不仅捐钱捐粮，还把家藏的一方歙砚、一方端砚送给岳飞。

岳飞生前常用江致恭送的那方端砚，并在其背镌刻八字砚铭："持坚守白，不磷不缁。"岳飞遇害百年后，南宋末年著名诗人谢枋得收藏了"岳飞砚"，并在其铭文上刻一小记："枋得家藏岳忠武墨迹，与铭字相若，此盖忠武故物也。"

宋咸淳九年（1273）十二月，谢枋得把"岳飞砚"寄赠因得罪宦官董宋臣、权相贾似道而遭贬斥的文天祥，鼓励好友勇毅前行，匡扶宋室。文天祥得砚后，运刀镌跋于铭文之侧："砚虽非铁，难磨穿心；虽非石，如其坚。守而勿失，道自全。"后来谢枋得坚不仕元，在今北京法源寺绝食而亡；而"宋末四杰"之一的文天祥写下《正气歌》，以"人生自古谁无死，留取丹心照汗青"的豪迈从容就义。

此后，这方"岳飞砚"不知流落何方，直到清康熙间重又现身，被吏部尚书宋漫堂所得。宋尚书做江苏巡抚时曾被康熙帝誉为"清廉为天下巡抚第一"，他深知此砚价值所在，特以"正气砚"名之。

这方"岳飞砚"从此被称为"正气砚"。

三

宋漫堂谢世100多年后的1894年9月某日，安徽学政吴鲁偶逛古玩店，眼睛被一块黑乎乎的石头所吸引。出于文人的习惯，看到石头上有模糊的小字，便用衣服擦了擦。这一擦不要紧，吴鲁当场"扑通"一声跪在地上，不停朝那块石头行大礼，把店里的人吓了一跳！

原来这就是岳飞的"正气砚"。

吴鲁幸得此砚，欣然以"正气研斋"名书室，并作《正气砚题记》：

> 余家藏正气砚，为岳忠武故物。背镌忠武"持坚守白，不磷不缁"八字之铭，旁镌文信之跋，上镌谢叠山先生记。三公皆宋室孤忠，得乾坤之正气者也。旧藏漫堂先生家，因名之曰"正气砚"。甲午秋，余得之皖南，如获至宝。

上文所记"岳忠武"是岳飞的谥号，"文信"是文天祥的别名，"谢叠山"是谢枋得的号。从此，"正气砚"与这位愤而写下《百哀诗》的吴状元朝夕相伴。吴鲁病重弥留之际，将砚传给儿子吴钟善保管，并嘱其秘不示人，代代相传。

吴鲁之所以嘱咐儿子秘不示人，是因为他有过这方面的教训。当年吴鲁的母亲去世，吴鲁回家行孝。吴鲁的学生许世英当时是驻日大使，得知恩师母亲去世，特地从日本赶回来看望，与许世英同来的还有另外两个日本人。由于得意门生前来探访，因此吴鲁为他们大开方便之门，让他们看了家中的珍藏，其中就有"正气砚"。没想到待他们走后，吴鲁发现那方古砚离奇失踪。

吴状元闭眼一想就猜到怎么回事，于是让小儿子吴钟善火速赶到东京寻找许世英。吴钟善的到来让许世英感到十分突然，后来他询问两个同去的日本人，才深知其中有诈。吴钟善在日本经过一个多月的追寻，在许世英的通力配合下，才将那方被盗的古砚从东京追回国。当时日本人对自己的行为感到不好意思，先将砚台放到东京一家华人开的商务印书馆的书架下，让吴钟善到那儿将砚台取回。

现在，"正气砚"郑重传至吴钟善手上，他谨遵父命，将自己的书室更名为"守砚庵"，并在砚面镌上"守砚斋"三字，以示虔敬和守砚的决心。他在《守砚庵记》一文中写道：

> 古之君子几席余闲，偶然适兴，假宠于日所尝御之物，而大书深刻，以寓其孤尚之所存，爱及后之贤者，递相传授，侈为当代神宝，惟其人之足重也。其人之不足重，而其物之或出于古，过而存之，无讥焉可矣。其人之足重而手泽之留贻，不必其古而始足尚也。出于古矣，残缺而不完，渝敝而仅存，将以全物而视之也。古矣，完矣，而名一人以传，斯难得矣。而一二名于其上者，又皆有磊落轩天地之奇节，卓然相抗，莫可后先，海内之大，若是之物者，吾知其不可一二数。斯虽琳琅球璧，世尝以为希世珍者，诚不足喻其

为宝也。其或遇之，必再拜而后敢仰视，盥沐而后敢抚摩，钦迟之情，固有不可造次者矣。彼主而有之者，又当何如哉？

昔者，先君尝得岳忠武公遗砚于皖南，其铭曰："持坚守白，不磷不缁。"叠山谢公尝得之，以为与所藏忠武墨迹相类，定为忠武故物，以咸淳九年十二月寄赠文山文公。文公复铭之曰："砚虽非铁，难磨穿心；虽非石，如其坚。守而勿失，道自全。"旧藏商邱宋氏，以"正气"名其砚，先君因以名其斋。钟善编次先君遗文，又以"正气研斋"名其集，亦先君遗志也。其石则端州产也，纵九寸有奇，形圆而椭，下广而上略狭，莹然而泽，其背渥然而焦，望而知其出乎数百年以前也。

夫物之块然而无知也，必托于人焉以传，而其人往矣，独惟其物之存。顾为吾什袭而珍藏，忻慕而无已，有若进退揖让于其间，宁非幸与？虽然，古人传世之物，彼主而有之者方自以为幸，而识者或为之鸣其冤而吊其辱，则人固有不如物之足重者矣。钟善之不肖，于先君之志之学未能绍述一二，而独守斯砚以老，兹幸也，祗益以为愧也与？爰命儿子普霖拓而装之，并书之为记，既以自警且以谢斯砚之辱焉。

又吟成《岳忠武公砚》长诗一首，诗云：

岳忠武公有遗砚，泽肤焦背颀而圆。
有沟如弓池如月，日退毛颖短陈玄。
草檄余闲偶铭底，亦复衷圣标真铨。
龙跳虎卧绍义献，假宠或出公亲镌。
咫尺不到黄龙府，大书露布驰甘泉。
不碎风波亭下石，随公骑箕归九天。
石华松楳化为碧，坐阅代谢今犹全。
谢公卖卜岂尚在，文公玉带知几传。

公之斯砚有谢跋，信为公物征其缘。

其旁文铭廿一字，君直寄赠咸淳年。

蕞尔块石九鼎重，中有大宋三名贤。

乃令小子守勿坠，先公付与何其虔。

出自西陂落谁手，归我皖南非偶然。

纫锦藉棉秘重箧，常有光怪明奎躔。

双胜环解大旗折，三字狱成国本颠。

虏骑渡江日南牧，天子入海臣北迁。

柴市阴风惨鬼哭，悯忠古寺沉朝烟。

留取丹心照两曜，归来灵气栖一拳。

墨浪淋漓血和泪，大节相辉谁后前？

摩挲手泽耿遗训，庶谢缁磷完白坚。

上述所引诗文见于福建教育出版社 2017 年版《台湾古籍丛编》第十辑所收吴钟善《守砚庵诗文集》。今大读来，岂不为占人情怀所折服？

吴钟善信守对父亲的承诺，把"正气砚"完整传给了下一代。但"时势比人强"，1966 年，吴氏一家被扫地出门，家中文物被查抄，岳飞"正气砚"从此下落不明，至今杳无踪影。

时代呼唤"正气砚"！

（作者系中国作家协会会员、中国文艺评论家协会理事、厦门市文艺评论家协会主席）

在字里聆听历史的声音

杨娅娜

我相信，古人是可以和我们对话的。当我直面吴鲁的状元卷时，我真切地感受到仿佛吴鲁正以平和的语音向我们娓娓而谈呢。从状元卷册页展露的笔墨点画来看，似乎也提供着这种佐证。状元卷的字迹，字形端穆，结体严谨，通篇匀整妥帖，给人以实实在在的美感。我不由地联想起当代人对这种"馆阁体"的认知，是多么的武断和片面性。试想，一个学富五车独占鳌头的人，当他出任各种官职并在其位上发挥重要作用时，你能说他的字刻板吗？相反，你看到的是他治学和治政的严谨。"庚子之变"时，他史诗般的《百哀诗》的问世，每一首极富家国情怀的喟叹诗言，对外房的强横，对民众的积弱无知，对政局的腐污的担忧，无不显示出敢为担当却报国无门的无奈，诗中表达的个性颇具感染力。从这一点再反观他的馆阁书体，你能说它缺失个性吗？

在吴鲁故居，这座位于晋江池店镇钱头村的古厝，我看着门楣篆有"状元第"三个鎏金大字的匾额时，一种崇仰的心情油然而生。状元公的五世孙吴绶树铿锵有力地为我们诵读大门对联："瑞腾天马峰前至，人踢金鳌顶上来。"那种自豪感是从家族的血液里继承而来的。老吴又为我们介绍吴鲁的老师陈世卿为当年状元学生写的一副对联，左墙"前虎岫，后清源，间气钟灵，让掇巍科登甲第"，右墙对应的是"祖钱塘，籍晋水，兴居鼎建，闳开学海起文澜"。另外，古厝大厅左右柱子还镌刻一副对联："富贵无常处事勿忘贫贱，圣贤可学立身但愿读书。"再抬头仰望匾额"紫薇高照"四个大字，和门口的"状元第"书法皆出自吴鲁之手。民间有句俗语："吴鲁好大字。"就算是 100 多年后的我们，在品赏吴鲁的书法时仍能感受其气魄雄伟、功力非凡的气息，以及笔画中透露出的厚重与温雅。

撇开吴鲁的状元身份，吴鲁也是妥妥的清代著名书法家和书画鉴赏家。在书法方面，吴鲁除了专心研习隶书之外，还遍临唐柳公权、欧阳询诸家，尤其对颜真卿楷书用功最多、体会最深。此外，遇有名碑名帖，也喜临摹抄写。其中于《麻姑仙坛记》致力尤勤，从他散见于泉山晋水间的碑刻墨宝大字里足见其胎息的痕迹，影响一方书风。因此，可以说吴鲁的大字，开创了"吴书"的流派。弘一法师曾为吴鲁法书做跋，跋曰："严肃端庄，能副其名。"看似在讨论书法，其实评价的是他的人品。根据丰子恺先生的回忆，弘一法师每对人有评论，必遵守"先器识而后文艺"的原则，轻易不下一笔，其对吴鲁的评价也足见真情与允肯。

说到吴鲁的书法，不由得不提及他珍藏的"正气砚"。这方石砚本为岳飞所用，后流转于谢枋得、文天祥书斋，砚铭也铭刻着三家的箴言而名扬于世。吴鲁得此砚后如获至宝，以此砚深濡三位民族英雄的凛然大义，因用"得乾坤之正气"作为器识，以"正气砚"名其砚，又将"正气砚斋"取作书斋号。这块紫砚背镌"持坚守白，不磷不缁"八字，不仅浓缩了岳飞的高洁品性，也蕴涵着文天祥"天地有正气，杂然赋流形""时穷节乃现，一一垂丹青"的正气。吴鲁正是将此铭文视为座右铭而珍视如此，时时引为自励。一种精神的确立，就这样如种子播种在状元第里，经春风雨露的滋胤，逐渐成才，衍为信理，植入家族的血液延续着，一个、两个、一代、两代……其子吴钟善把自己的书房名改成了"守砚庵"，自称"守砚庵主"，正是这一精神得以传承的写照。

吴鲁（1845—1912），字肃堂，号且园，晚号老迟，又号白华庵主。自幼天资聪颖、勤奋好学、博闻强识，清光绪十二年（1886）考军机章京，十四年（1888）应顺天乡试中举，十六年（1890年）参加庚寅科会试，该科是为庆祝光绪帝亲政而特开的恩科。经过会试，吴鲁进士及第，并取得参加殿试资格，继而参加殿试列第一甲第一名，为福建科举时代最后一位状元。在殿试环节，当时吴鲁与文廷式不分伯仲，吴鲁能高中状元，和他能写一手好的书法是息息相关的，甚至占据了非常重要的地位。唐柳公权有言："笔正则心正。"常言道字如其人，正是吴鲁状元卷端庄守静的书法特点赋予的人品魅力，最终赢得主考官的青睐而折桂当下。

当然会试的考题也非常难，为《四书义》："子贡曰：夫子之文章，可得而闻也；夫子之言性与天道，不可得而闻也。子路有闻，未之能行，惟恐有闻。知所以治人，则知所以治天下国家矣。凡为天下国家，有九经。霸者之民，欢虞如也；王者之民，皞皞如也。"就这段话，足够让考生以八股文格式写一篇长篇大论。殿试的考题更不简单了，涉及四个问题：治国方略、东三省地理考证、茶税征收、边防巩固。吴鲁凭着广博的经史知识和对时政的关注，在有限的时间里敏锐、高效地条分缕析论点论据，以史为鉴，斟酌对策，提出治政方略而完成试卷。而高明的是，答卷全程，吴鲁的那杆笔自始至终，洋洋洒洒数千字，提按分明、结构匀当、气息平和，字正体完无一改动，卷面墨光照人。这种临场的书法功力既得自他平时的临池不辍，也来自他厚重的积学和为人处世的稳健，状元之属舍其为谁？

清光绪二十六年（1900），八国联军借口清政府支持义和团排外，大举进犯烧杀抢掠，连陷天津、北京。吴鲁因参办军机被困京城，耳闻目睹，不免感慨万千，愤而命笔，成诗百余首，命曰《百哀诗》。上卷45首，主要记义和团抗击帝国主义者事；下卷111首，写和议后个人出都城沿途见闻观感、八国联军暴行，并描绘清廷君臣丑态，体现了吴鲁的爱国主义思想和对清廷腐败、将领无能的鞭挞。时人评价《百哀诗》："百哀诗者，其人心之救药也。"在内忧外患的清末，《百哀诗》确是醒世之良药，也是有识之士寻觅救国新途的冲天号角，如今我们读到《百哀诗》的诗句仍然血脉偾张。

吴鲁是教育家，他历任陕西典试，安徽、云南督学，云南主考，其在任上重用从海外留学归来的人才等。吴鲁为了振兴教育，他特上《请裁学政疏》，提出建议："一在广筹经费，遍立学堂；二在严督各府厅州县，实力奉行；三在遴委道府精于学务者，认真考察；四在鼓励本籍绅士协力相助。凡此四端，皆宜统归督抚经理，方能确著成效。"他督学吉林时，倡办《吉林教育官报》，大力提倡教学研究与学术讨论，以促进教育改革。同时身体力行，积极推行。

人事代谢，100多年前的风云变幻，早已沉淀成历史。尽管时过境迁，许多往事或许很少被提及，一任默然地在故纸堆里泛黄，然而，福建最后一位状元的书法却一直受到追捧而被热衷收藏，每每付之木槌。人们喜爱他的字迹并非仅仅限定于书法技艺，字里行间所附带的人文与人品，其实才是最重要的。今天所见陈列的吴鲁墨宝，让无数学子瞻仰之后所产生的对家国情怀的思考，才不啻为具有现实意义的从一种精神层面上的继承。

（作者系福建省作家协会会员、中国金融作家协会会员、中国银行泉州分行干部）

翰墨千古状元第

王忠智

时值处暑，艳阳高照，盛夏激情依然不减。赤日炎炎，不知是否有意，将一块大红鎏金横匾"状元第"，直照得熊熊欲燃。

我已是第二次到此瞻仰吴鲁故居。上次为参加纪念吴鲁状元逝世 100 周年征文赛前来采访，远隔 100 多年的时空，静静地心灵对话。解读了状元的爱国情怀，以及他的博学、多才，深被震撼，感动了我的笔尖，一篇小文《倾听吴鲁》竟得散文一等奖。"门前的燕子飞来飞去，锣鼓喧天，鞭炮齐鸣，大红烛流下激动的眼泪"，祖上三代均为平民，出了个状元郎，怎不激动万分呢？

历史注定晋江池店镇钱头村如此幸运，傍着状元吴鲁一起流芳千古，她养育爱国状元功不可没。闽南地区流行着这样一句歇后语："吴鲁中状元——成钱头。"吴鲁中了状元，本不显山露水的钱头村，一夜出了名。想当年钱头村"宝马雕车香满路"，状元府邸门庭若市。如今这座挂着吴鲁遒劲挺拔笔法的"状元第"匾额，在五开间的红砖大厝煌煌火火，依然叙说当年的荣耀，流泻光华。

吴鲁的书法是状元中的佼佼者。首先夺人眼球的是大厝厅堂屋檐下悬挂着的一方红色木匾，上书"状元第"三个镏金大字，刻有一副楹联"瑞腾天马峰前至，人蹑金鳌顶上来"分立两边木柱。门后檐下悬挂"紫薇高照"四字。下厅堂的房柱上又是一副对联"富贵无常处世勿忘贫贱，圣贤可学立身谨记读书"。精湛的书法、豪气干云的楹联、警醒后世的家风家训，状元第到处弥散着精气神，恍若当年的状元郎雄姿英发、激扬文字。

书法与吴鲁有缘，书法成就吴鲁的状元梦。古代的进士、状元，其书法自然是不会差的。衡量一个人的才气，不仅在文章质量层面，书法水平的高低也是评分标准之一，有时甚至决定其终身命运。据传吴鲁的"状元帽"差点花落他家。吴鲁殿试时，军机大臣孙毓汶为读卷大臣（八人之一），原来就对吴鲁书法倍加赞赏，欲将其卷置之第一进呈。进呈御览即是取前十卷由下累至上层进呈，居上一卷者最有可能被皇帝钦点为状元。江西人文廷式亦应殿试，其座师同在读卷官之列，亦必欲置之第一。两人相持不让，一侍郎提议将两卷评阅，多数人票定，发现文廷式卷有用刀痕迹为白璧微瑕，只好屈居第二，众人附和。晋江学子吴鲁殿试夺魁，成为清立国以来第 108 位状元。可见吴鲁是否获状元，其高超书法艺术是"关键一票"。

书法书之有法，师承古法，这是根基。习书者一般先习楷，后行、草，须下童子功。吴鲁工小楷，尤以行楷见长，为士林所珍视。其书出欧颜入虞赵，直逼晋唐，气韵清新。大楷兼有麻姑仙坛风范；擘窠大字，笔力雄健，有颜鲁公（真卿）遗风，故有"吴鲁好大字"之说。又别于颜柳，与苏米相近，其个人风格鲜明，温和雅致，沉稳雄健，足见功力之厚。对联榜书也皆称善，吴鲁行楷七言对联"五更露结桃花实，二月春深燕了窠"（红色蜡笺）及书安顺太守瞿鸿锡重刻《禹碑志》，字体严正开阔，线条凝练，于软弱中凸见筋骨，于无意中到见真意，有浑然天成之慨。南安雪峰寺吴鲁所书"大雄宝殿"匾额，高僧弘一法师赞叹不已，并在《吴肃堂临董华亭龙神感应记》中对其作出"书法严肃端庄，能副其名，可宝也"的甚高评价。

《百哀诗》是吴鲁的爱国主义精神的突出体现。当我们赏析吴鲁书法作品时，眼前会浮现天下第二行书《祭侄文稿》。当年八国联军铁蹄公然践踏长安大街，轰隆隆的炮声，紫禁城为之震颤。"危城未破降幡树，大帅先奔众志违"，津门守备弃城而走，慈禧太后闻风丧胆，带着光绪帝等人惶惶然如丧家之犬般匆忙西逃，古都陷入一片火海。撤退不及而困居京城的吴鲁见此情状，满怀忧戚，以诗的形式逐日记下"庚子之变"全过程，发出了"以诗鸣哀"的悲声，激愤之情诉诸笔端，充满节气、骨气、民族气，堪与第二行书媲美。《百哀诗》振聋发聩，至今传世不衰，是融书法艺术与爱国情怀为一体的典范。

吴鲁行书的用笔取之有法，笔画的长短、粗细以及体势欹正多变。用笔挺拔有力，时或也用露锋和侧锋，更见跌宕错落，行间则顾盼生姿，使整幅章法浑然天成。个性的率真与艺术的活泼，妙趣的线条语言，溢于纸上。同时，书中又不乏严谨，想是状元自身带有的"馆阁"味儿时或表露，名家眼中难得的瑰宝。

因而收藏家趋之若鹜，150×37厘米市值约可达7万元。但书法是一种高尚的精神产品，它产生的价值是不能用金钱衡量的。从精神层面有民族文化认同与自信价值、历史价值、文化艺术价值，从现实价值看有审美欣赏价值、智慧创新价值、交流学习价值、自我修养价值、投资收藏价值等。吴鲁书法作品可以说是综合价值的体现，收藏家总是千方百计猎取。

吴鲁热爱家乡，也备受家乡人尊敬，尤其爱他的书法。继承传统书风，丰润圆通，雅俗共赏，纷纷追风，洛阳纸贵。时至今日，多处存有其墨宝。晋江市博物馆收藏吴鲁手稿《国朝先正事略》4册8卷、《蒙学初编》2册，吴鲁遗墨手稿4张，家书30封及其书法作品52幅，吴鲁读书手札20篇，策答15份等。泉州市区的东观西台吴氏宗祠，吴鲁在这里撰写了《温陵合族吴氏祠堂记》。鲤城区江南街道杨阿苗故居，大厅挡壁的板堵上也有吴鲁的题字。泉港区峰尾诚平打银村林氏大宗祠，吴鲁为这里题写了"峰香堂"匾额。惠安县档案馆馆藏民国档案中的三件吴鲁墨迹，其中一件是完整的一幅楹联，另两件均不完整，分别为半幅楹联、一幅条屏。完整的一幅楹联："雪聪宗仁兄雅正，残石临丞相李斯字，名山续子长司马文，肃堂吴鲁赏。"南安市奎霞村有两处建筑留下吴鲁的题字。南安市眉山观山村产乾头新厝，大门上有吴鲁的题字及对联。泉州关圣帝君觉世真经石刻上有吴鲁所写的经文……这些题字不仅展现了吴鲁的书法艺术，也反映了他在当地文化和社会中的重要地位，同时也蕴含斯时泉州的书风文风。

迄今存留的吴鲁书法珍品谅必只是冰山一角，由此也衍生许多逸史趣闻。著名的蔡氏古民居梳妆楼壁上镶嵌吴鲁亲笔题书"积健为雄"，落款"弟吴鲁书"，述说一场千古爱情悲剧。蔡资深的侄子蔡世添与晋江状元吴鲁的千金吴明珠有婚约，蔡家特地为状元家的千金赶建一座梳妆楼，吴鲁也特地亲笔题写。可在大婚前夕，吴明珠意外身亡，临终前要自己年方17的妹妹吴宝珠代替自己完成婚礼。婚后不久，蔡世添不幸染病暴亡，吴宝珠从此没有离开这座小姐楼，成就一桩爱情逸事。

来到泉港区峰尾诚平打银村。打银人杰地灵，曾有"一门三都督"的门望。林氏大宗祠，亦称"肃在堂"，始建于清嘉庆年间。中堂上悬挂"忠孝世家"匾额，下有一对白额红底楹联，写着"继祖宗一脉真传，克勤克俭；教子孙两行正路，惟读惟耕"，落款"吴鲁书"，并有两枚钤印。

吴鲁是书法行家，自然对文房四宝情有独钟。喜得"正气砚"，系岳飞、谢枋得、文天祥用过的端砚。在其《正气研斋汇稿》中，吴鲁自叙："余家藏正气砚……三公皆宋室孤忠，得乾坤之正气者也……"此砚由吴鲁珍藏至死，其逝后交由四子吴钟善保存，吴钟善又将存砚的书斋命名为"守砚庵"，可见其重视珍惜的程度。后传给吴钟善的第二个儿子吴旭霖收藏。足见吴鲁对胸怀正气的三公的敬畏，从中折射出他的高尚情操。

千古状元第，几多翰墨香。吴鲁的书法为世上珍品，润泽于后世。让你百看不厌，字字浑厚，圆润挺拔。就像一个个爱国爱乡的子弟兵，精气神十足。又如中华书法百花园里的一朵朵娇艳奇葩，永不凋谢，千古留香。

（作者系中国作家协会会员、中国散文诗学会理事、泉州市作家协会副秘书长）

吴鲁与陈紫峰的异代书缘

陈金土　陈芳盈

　　吴鲁（1845—1912），字肃堂，号且园，晚号老迟，又号白华庵主，清光绪十六年（1890）庚寅恩科状元，晋江县二十九都钱塘乡（今晋江市池店镇钱头村）人，历任翰林院修撰、典试陕西、安徽学政、代办江南乡试监临、云南正考官、云南学政、吉林提学使、学部候补丞参、图书馆总校等，诰授资政大夫花翎正二品衔，爱国政治人物、教育家、书法家、诗人，"科名至大魁，仕宦至文衡"，一生中多次担任教育职务，是我国唯一终身致力于教育的爱国状元，科举时代福建最后一位科举状元，清代泉州唯一一位文状元，在闽南区域内与晋江池店潘湖人欧阳詹首尾呼应，实属晋江科举史上的佳话。

　　陈琛（1477—1545），字思献，明代理学名儒，晋江县二十九都涵江村（今晋江市陈埭镇涵口村）人。他尤其偏爱钟灵毓秀、美丽独特的紫帽山，干脆自号"紫峰"，世人一直都称他为"陈紫峰先生"，知道陈琛名字的人反而越来越少了。陈紫峰从小聪颖好学，先后拜大儒李聪、蔡清等为老师。他与另外两位同时代的泉州名人张岳（泉州府惠安县人）、林希元（泉州府同安县人）谈论理学的时候，一时汪洋恣肆旁若无人，被称为"泉州三狂"。另外，他在明代"温陵十子"和"温陵四杰"中都榜上有名。张岳评论陈紫峰："有避世之深心，而非玩世；无道学为门户，而有实学，世称确论。"但在泉州民间，陈紫峰先生却被冠以"智慧型人物"的历史形象，素有"第一通，陈紫峰"的说法。陈紫峰为官清正廉洁，执政有方，辞官后归隐泉州，著书育人且不忘为民办实事，有《四书浅说》《易经通典》《正学编》《紫峰陈先生文集》等著作。他还曾规划晋江水利枢纽工程六里陂，倡修晋江南路，去世后葬在紫帽秀林山，其生平载于《明史·儒林》。

在泉州各地尚留有多处陈紫峰读书的地方，如泉州百源古庙、水陆禅寺、紫帽山金粟洞等。在泉州三大丛林之一的承天寺内，现在还竖立着一方"陈紫峰读书处"的石刻。泉州西街古榕巷东端南向的古榕巷5号，民间俗称"火烧衙"，后为陈紫峰小宗祠。今晋江市陈埭镇涵口村的陈紫峰故居被改为"紫峰先生祠"，泉州市区原有陈紫峰先生乡贤祠等。陈紫峰的祖母和父母去世后，都葬在紫帽山中的秀林山。陈太夫人吴氏，得到孝子陈紫峰的悉心奉养，活到91岁的高龄后去世，陈紫峰在秀林庵为母亲守孝多年。陈紫峰逝世后，儿子们遵从遗愿，将他葬在祖父陈质斋公墓圹前，体现了骨肉生死团聚的深情和陈紫峰对佳山丽水的至爱，这正如好友张岳为陈紫峰所写的志铭："涵江紫帽，流峙高深。英爽飞沉，千古来今。体魄所归，山曰秀林。父母在兹，式慰孝心。"泉州府官方还为陈紫峰建了墓祠，中塑先生遗像。可惜，墓祠与秀林庵一样，早已泯然无迹。

清末民初的泉州文人苏镜潭就曾将"涵口之陈""紫溪之苏"与"钱塘之吴"相提并论，认为是明清以来泉州、晋江一代的望族。"涵口之陈"指的当然是陈紫峰一族。"紫溪之苏"则指明代苏浚（号紫溪），是与蔡清、陈紫峰并列的明代著名理学家。"钱塘之吴"即为吴鲁状元，民间有"吴鲁中状元——成钱头"的歇后语。可见苏镜潭先生将吴状元家族与明代先贤并列，并非"无故之举"。吴状元与陈紫峰先生虽然相距300多年，故宅却相隔不远，说起来两位前贤虽然异代不同时，却有一段文字渊源。

清光绪二十三年（1897）二月，吴鲁此时已经高中状元，饱含着对同邑理学大师陈紫峰的无限敬仰，应请为晋江涵口陈紫峰家宅典当行题撰"清芬世挹"四字匾额，并题上款"光绪丁酉二月"，下款"肃堂吴鲁"，钤印。这四个大字表达了这样的意思：高洁的品德就如花草的芬芳，为人叹为观止，可以世世代代传之久远。古人常用"清芬"表达向高洁德行、端正品格的学习之心。晋代文学家陆机在《文赋》里就写道："咏世德之骏烈，诵先人之清芬。"此匾下笔时用藏锋，收笔时用回锋，横起笔处尖而收笔，竖笔起处略顿收笔，撇笔则起笔肥而收笔瘦，捺笔则起笔瘦而收笔肥，并向两边略作弧形，笔画生动而有情致，点欲尖而圆，挑欲尖而锐，弯则内方而外圆，点画精到，布白精当，疏密相宜而气魄宏阔，运笔灵活多变而字形端庄厚重。

泉州理学名儒首推明代蔡清，再下来的就是蔡清先生的高徒陈紫峰了。清康熙皇帝御纂、李光地编写的《周易折中》，多次参考蔡、陈二先生的著作。清雍正皇帝通令天下，以蔡清从祀孔子庙庭，也就是将蔡清先生的牌位请入全国各地的文庙，接受天下读书人的景仰。

明嘉靖三十八年（1559），泉州知府熊汝达请为陈紫峰先生建专祠于泉州府学东（今华侨大厦新楼中段偏西一带），匾额为明代泉州唯一探花、当时被誉为"南张北董"之一的书法家张瑞图所题写。

清光绪二十五年（1899），吴鲁为母亲守孝期满，返回京城。他为了彰显故乡先贤，将陈先生的著作整理成盒，准备邀约在京为官的泉州乡贤，一起奏请朝廷，让陈紫峰先生也入祀孔子门庭。由于发生八国联军侵华的"庚子事变"，事情搁浅下来。两年后，紫峰先生的裔孙陈淑锦先生重修紫峰祠，竣工时特地写信到北京，请吴鲁撰书碑记。吴鲁应请撰写了《重修府黉紫峰陈先生祠记》，嵌于祠内天井西侧墙壁上。1979 年，神州大地的改革春风一样吹遍了刺桐城，泉州响应号召，为适应时代的发展，建造一批新时代的酒店，接待国内外游客，泉州华侨大厦应运而生。建造新楼时，紫峰陈先生祠被拆掉，碑石也失去踪迹。值得庆幸的是，泉州传拓专家辜恩来先生出于学习的习惯，曾在碑石遗失前，用较为廉价（限于当年的经济条件）的毛边纸将碑记拓下来。根据拓片推测，碑石为黑页岩，碑长约 126 厘米、高约 75 厘米，碑文分上下两栏竖写，上栏 44 行，下栏 43 行，每栏 12 字，字径 2 厘米见方。近年，据称碑石又在民间出现。

从书法与文章的角度来看，位于晋江陈埭涵口陈紫峰古建筑群典当行大门上的"清芬世挹"与这篇碑记，大有异曲同工之妙。兹录全文如下：

吾泉理学恪守程朱家法者，以虚斋先生为称首，继之者为紫峰陈先生。虚斋先生之《蒙引》、先生之《通典羽翼注疏》，并峙一时。宋元以后，言讲义者多宗之。我圣祖仁皇帝御纂《周易折中》，于二家《易说》多所采录。世宗雍正二年，以虚斋先生从祠两庑。先生则仍前明之旧建特祠而祀于黉官焉。

鲁己亥入都，携先生著述，汇为一函，拟援虚斋先生之例，邀吾乡之宦于京师者，请旨从祀。会中外启衅，都城失守事不果行，然私心犹耿耿也。

先生姿禀明迈，精诣绝伦，虚斋先生一见，屈行辈与为礼。先生辞焉，遂以师礼事之。始入仕，授刑部主事，以母老，改南都，旋乞归养。嘉靖戊子，起贵州按察佥事，调江西佥事，皆督学，并辞不赴。先生恂恂儒者，或谓簿书、钱谷、吏治非其所长，然其在户部也，督淮安船税，严革私弊，为漕院所挠，先生力辩曰："革弊贵严，而算课欲宽，但不敢过宽耳，若论王道之纯，则钞关可以无设涔池数罟，亦岂仁者所忍为。今正额不亏，而取盈余以为功，吾不忍焉也。"于戏，先生甫登仕，版本经术以润饰吏治，其卓卓可传者已。如此迨乎投劾归田，尽心色养，未尝以私事干有司，而政教之得失，民生之利病，则直陈无隐，不稍瞻徇。鲁乡居在郡治之南，与先生涵江故第里闬相望，中隔一溪，直达溜江之六里陂，上承九十九溪之水，下溉数万余亩之田，水旱荒歉、民之饥饱、官之征科胥系焉。先生请于有司，立定章程，以时蓄泄，至今赖之。净峰张公谓：先生设不退而为亲，必进而有为于世，其事功可胜述哉！论者以为真知先生者也。当先生抗疏将母，时人莫解其意，独于净峰张公祖道赠行微动以北风雨雪之诗。迨张公以谏南巡被杖诏狱，乃叹先生之知，几为不可及。方今时局艰难，都城残破，乘舆西狩，九庙震惊，雪虐风饕，气象愁惨。鲁困处都城八阅月矣。款议未成，跋胡疐尾，追念先生诵诗之意，不觉拊膺而长叹也。虽然今日之时势与前明迥不相同，考先生服官之时，其始武宗四出，阉寺弄权，其后嘉靖议礼，言官罹祸。今则圣明在上，内政修明，特以怯将骄兵漫无纪律，一临前敌，相率溃逃，遂使强邻逼处，鹗瞬鹰瞵，中原二十余行省几乎沦于异域。又况异学蜂起，数千百年之道统不绝如线，假使起孔孟之徒，与夫两庑先贤先儒于今日当亦目击时艰轮蹄憔悴，思以挽回而补救之，固无暇赋闲而优游于林下也。唐马周谓：每读前史，见贤者忠孝事，未尝不废卷长想，思履其迹，不幸已失父母犬马之养，既无所施，顾来事可为者，惟忠义而已。然则生今之世，蕴义愤之抱，移孝作忠，支撑残局，其与先生之道，盖亦并行不悖也。

岁庚子，先生裔孙涵江陈君淑锦重修先生祠，告成。邮书来都，属鲁述其事以记之。窃惟虚斋先生之学，得先生而益尊，倘异日得旨而并祀于两庑，莘莘俎豆，岂特吾党之光也哉。

光绪二十七年二月　翰林院修撰、国史馆、方略馆纂修，教习庶吉士、安徽提督学政、同里后学吴鲁谨撰并书。

吴鲁在这篇碑记里较为详细地记述陈紫峰的生平事迹：

陈紫峰先生少年聪慧，连名闻天下的大儒蔡清见到陈紫峰后，都愿意降低辈分，与他结为朋友。陈紫峰再三推辞，只敢以学生的身份来拜见、侍候蔡清。

人们普遍认为紫峰先生是学识渊博、著作等身的儒雅学者，却不知道他担任簿册、财税方面的工作，照样处理得井井有条，忠于职守，廉洁方正，管理得法，只是为了奉养老母，最后坚决辞去官职，卸任后仍然关心家乡泉州的各项建设事业，不时为民请命，向地方官提出切实可行的建议。理学家、惠安人张岳高度评价紫峰先生，为先生的过早归隐感到可惜，等到自己身经百战后，因为劝谏朝廷而含冤入狱时，才感叹紫峰先生的先见之明。

吴鲁在"庚子之变"时，困守都城。这时候形势莫测，民族危急，追忆缅怀紫峰先生，不由得感慨万端。吴鲁与陈紫峰所处时代不同，但国家都处在危难困顿之中，如果孔子孟子以及其他先贤能够起死回生，也会想要挽回时局拯救苍生，而不会隐居山林。唐代马周曾经说过，每当读到史书上写的那些忠于国家、孝顺亲长的先进事迹，就有奋起直追学习先贤的心情，现在父母不在了，只剩下移孝作忠这件事了。这样的认识，与紫峰先生是不谋而合的，也是吴鲁终生的追求。

吴鲁在文章末尾再次强调，蔡清的学说因为陈紫峰而得以发扬光大，希望陈紫峰能够像他老师一样，从祀孔子庙庭，得到天下的景仰，这才是学界的真正光荣。

碑文为阴刻小楷，字正笔方，端雅眹丽，笔墨匀美，润泽饱满，循规蹈矩，多以中锋运笔，一板一眼，分毫不爽，恭肃而秀润多姿，有非常明显的欧褚风格，线条质感坚实丰富，一笔一画都是前贤吴鲁景仰其先贤陈紫峰先生的虔诚体现，也是地方人文历史的一段值得称颂的异代书缘。

（作者陈金土系福建省作家协会会员、晋江市第二中学副校长，陈芳盈系福建省作家协会会员、上海大学文学院在读研究生）

唯石不朽

王燕婷

这个秋天，我重访曾祖父的故居。

当我的眼睛再次与房子塌寿堵石上刻的那几行字对视时，"吴鲁"这个名字掉进我的眼眸，我便淌入了一条条思想的河。

一栋建于 1896 年的房子

在晋江市新塘街道沙塘社区的洋厝，有一栋五开间三落的闽南大厝，是曾祖父王若察和曾祖母柯银娘的纪念堂。

房子的护厝门楣上有镶着一方石头，"1896 年元春"，记录了这栋房子的"出生"年月，写着房子的名字——谷贻小筑。闽南人就是举行了乔迁仪式，闽南语中所说的"立厝"的时间，开始视为房子的"出生"年月。

而闽南人还有个风俗，会将建造者的名字，拟一对藏头联，镌刻在大门上。房子的正大门，就有这样的一副对联："源远流长崇祖德，发扬光大报宗功。"横批："风华正茂。""源发"并不是初建者的名字，而是曾祖父的曾祖父王光论的锡行商号，后代人尊称王光论为"源发公"。"源发"这一支繁衍至今，于海内外已有几万后裔。

王光论原是一位富庶家庭出生的公子，父亲经营着一家规模不小的锡箔行。沙塘自明代起从石狮学了打锡技术（一种将锡块打至薄薄一张贴在祭祀的金纸之上的技术），沙塘家家户户除农耕外，都兼起打锡的营生。闽南人宗教活动特别多，金纸销量很好。一时，村里叮叮当当，锡箔间林立，出现了"顺利""春记""永顺""振源""怀利"等众多有名的锡箔商号，其中"永顺"为源发公家族经营的商号。

无奈源发公乃庶出，受到兄弟排挤。源发公励志图强，决定另立门户，靠着自己的勤劳，苦心经营，另外创立了一个商号——源发。

传说源发公特别会做生意，做锡做茶叶。跟大多数闽南人一样，信奉多子多福，人生目标："趁"大钱，"起"大厝。他先盖了一栋闽南大厝，但是随着四个儿子娶妻生子而后孙子们又成家立业，家里人丁日益兴旺，房子开始变得挤迫。源发公就在这栋闽南大厝后面，开始盖房子。现在这两栋房子，一栋为"源发"的祖厅，另一栋就是曾祖父的故居。

然而，这栋房子落成的1896年，距离他去世已经有12年了。这栋房子前前后后修建了十几年的时间。这十几年的时间里，王家家道中落，源发公在世的时候，将珍藏福建最后一位状元、晋江池店的吴鲁的几幅字交与后人，叮嘱后人，等房子建好，把字临摹在大门的门堵上，这也是闽南人的传统。他们的房子不仅仅是用来住的，他们还将所有的叮咛、所有的期待都化成文字，和房子一起留给了后代。

闽南古厝上长出的字

信不信，闽南的古大厝是会长出字来的。这栋闽南大厝，到处长满了字。

比如"1896年元春"，那是"出生"年月；"谷贻小筑"，写就对五谷丰登的期盼。镶在木质窗扇上，"鹊鹿封侯"及"金马玉堂"，喻示着对富裕生活的向往。在房子的大门门楣上"太原衍派"，对联"三省名宦商，八闽才子家"，告示着姓氏血脉，先祖迁徙的轨迹。

就在大门两侧的墙上，左右的青草石刻着"富贵福寿之应，不必当时知之，早于其居家行事之合理决之"，教导着人们如何立身处世，谨言慎行。"严以律己，不是痛自刻责；宽以待人，人有不是无庸刻求"，强调修身养性，自我反省，保持宽容。

大门塌寿两侧，左侧小门，青草石上方刻有"勤而不俭，譬如漏卮，难满积而亦无所存；俭而不勤，譬如石田，虽谨守而亦无所获"，强调勤俭节约的重要性。右侧相应位置的青草石刻有"子弟须知礼法，冠昏丧祭无失其仪，子弟须习事业，士农工商，各循其职"，嘱咐后人要知礼守法、踏实肯干。

一句句格言，一座座成己成人之宝箴，希圣希贤之阶梯；一句句格言，写满房屋初建者源发公对于子孙立身处世、持家治业的教诲；一句句格言，是一声声的叮嘱，是一声声期盼，是精神重续的呼唤；一句句格言，是一簇簇中华民族传统文化薪火传递的星星之火。每个造屋之人想镌刻于世的，岂止是几行格言、几行文字，那是一股股中华民族的精神河流，流淌在八闽大地。

当每个人仰起头跟这些言语对视的时候，当他们默默念出这些深情的语句的时候，仿佛间，便是淌进了一条条思想的河。

而在上下追溯的时候，有个名字横空而来。在"子弟须知礼法……"这一行格言的末尾，写着四个字"吴鲁偶录"。

吴鲁，晋江池店人，福建最后一名状元。

思想的泉源

5000多年来，中华文明犹如一条波澜壮阔的长河，一路奔涌、浩荡向前，历经风雨绵延不绝，饱经沧桑历久弥新，在人类文明史册上写下浓墨重彩的篇章。闽南文化是中华文化大家庭中的一员，而泉州又是闽南文化的发源地。"此地古称佛国，满街都是圣人。"在这片热土上，涌现出一大批优秀的思想引领者。他们为闽南族群提供了生活与习俗规范、心灵与精神归属、生存与价值取向。他们是闽南文化的脊梁、思想的泉源。

吴鲁就是其中一个。池店，地处晋江下游南岸。千百年来，晋江水滋养着这里的百姓，也孕育了许多历史名人。清光绪十六年（1890），46岁的池店钱头村人吴鲁高中状元。这位清代最后一位泉州籍文状元，他的教育理念、书法艺术和爱国情怀成为泉州文化的重要组成部分，对泉州产生了重要的影响。

1900年，中国农历庚子年。这一年，八国联军入侵北京、天津，国家处于危急关头，吴鲁挺身而出，提出要军民协作，共同对敌，无所畏惧，加强水陆联防。他目睹八国联军侵华及清廷之无能，以十分愤慨的心情写成《百哀诗》。《百哀诗》咏发的全是 1900 年前后的国难景象，鞭挞媚外辱国的奸佞之臣，因此也被称为"庚子信史"。

吴鲁考中状元后，基本都在教育行政管理部门任职，对各地的教育事业皆有贡献。在《请裁学政疏》中，他开宗明义疾呼"以兴学育才为第一要义"，并提出振兴学校四条纲领。督学安徽时，他捐修书院。任吉林提学使时，吴鲁捐建办公场所，捐修文庙。在职仅一年半，吉林各式各样的新学，如小学、师范学校、政法学校，甚至中学、女校，在他的推动下悉数成立。吴鲁倡办《吉林教育官报》，大力提倡教育研究与学术讨论并行，这在当时是一个全新的创举。

他一生关心国家命运，以振兴文教为己任，吴鲁通过广筹经费建立学堂，主张因材施教，重视从海外留学归来的人才，这些举措对泉州的教育发展起到了积极的推动作用。他的教育理念和实践，不仅提高了当地的教育水平，也为泉州培养了大量的人才。

吴鲁的书法艺术也达到了很高的水平，他的字体沉雄峻拔，堪称大家。他的书法艺术不仅在文化层面上丰富了泉州的文化内涵，也为后人学习书法提供了宝贵的参考。吴鲁在泉州留下了许多墨宝，晋江钱头村状元第故居、晋江钱头村妈祖庙等地方，他也为民居题字，比如南安蔡浅古民居。许多泉州本地村民，也多有向吴鲁讨要一两幅或做收藏或干脆镌刻于房子的门堵之上。沾沾状元的灵气和福气。这其中便有曾祖父的故居。

唯石不朽

一场 1896 年的遇见。

1896 年，春，吴鲁 52 岁，他莅临泉州东观西台吴氏宗祠，大会族亲。而与此同时，在离池店 20 多千米的沙塘，一栋房子也在这个春天竣工了。他们之间的链接点不仅仅在于时间，而在于这栋房子门堵上的字，正是出自这位状元吴鲁。更重要的是，房子里的一位小男孩，从此遇见了影响他一生的偶像。

这栋房子里有很多的男孩，但是当时只有八九岁光景的他，就已经开始显示出与众不同的秉性。这位男孩便是我的曾祖父王若察。他是源发公的玄孙，生于1889年。人们常说"富不过三代"。1881年源发公去世后，"源发"这一支开始迅速走下坡路。传言，曾祖父的父亲平生爱看戏，常追着喜欢的戏子，到处游赏。钱花完了，就瞒着妻子卖家里的田产。只可惜了曾祖父王若察，原本是个资质相当聪慧的孩子，跟着私塾老师，刚学了几个月，家里就再没钱给他上学了。

那天，房子修好，大家在新的房子里嬉闹，而他的眼光却停留在门堵上的那些句子，他看着半生不熟的句子，努力地去揣测它们的含义。他也应该会缠着大人，把这些字的意思讲给他听，毕竟，他是一个非常好学的孩子。大人也一定会把题字的吴鲁的身份告诉他，以此来作为一种激励。

我想我的猜测应该没有什么问题。当我再重新去梳理我曾祖父的生平时，我发现他的许多精神竟然与吴鲁的思想一脉相承。

曾祖父一生，也如吴鲁般，把家国之情深深埋在心中。

先生曰：吁！吾人生今之世，内忧外患，接踵而至，未能披坚执锐，为国家除害，为民族争光，对于地方上些少纠纷之事，自当力为排解，以补政治之不及，尽国民之天职，如望报酬，是以此为职业也，吾甚鄙之。

这一段话援引王氏太原堂为曾祖父写的传记。这位普通的闽南汉子，漫长的46年的时间，帮助泉州南门外解决了多起大宗的民间纠纷。有时，甚至自己垫付巨资求得调解的圆满。

他也如吴鲁一般，极为重视学校教育。

这位从小因家境差未能读书的孩子，长大后自己首捐巨款，另外找乡人募捐，在村里的大宗祠复办了于清宣统年间开办的小学，村里100多个孩子开始在村里上了学。十几年的时间，为了学校的经费多方筹谋，仍然不够的情况下，就独自垫补。后来，在他的多方努力之下，一栋崭新的带着花园的两层崭新校舍，建在村里的东南处。如今，这座百年老校沙塘中心小学，培养了本村及临近村落无数优秀人才。

这个秋天，当我走过曾祖父的故居，当我与门堵上的文字对视，我便是淌进了一条思想的河。我的心里一直存有的一个疑问，关于曾祖父，那个出生在1889年的闽南汉子，何以自带一腔豪迈的家国情怀，何以始终自觉挺膺担责，这一方方石刻的文字，给我清晰的答案。我仿佛穿越百年，我读懂了一方土地深藏的血脉泉源。这方土地始终激荡着这样的清流。

岁月失语，唯石不朽。

（作者系中国作家协会会员、香港作家联会会员）

百／哀／留／韵

拳拳赤子心，殷殷爱国情

——读吴鲁诗集《百哀诗》

叶逢平

　　提及吴鲁，宛如遥望一颗夜空中的星辰，闪烁着令人钦佩的正气之光。作为福建历史上最后一位状元，吴鲁用他非凡的人格魅力和忧国忧民的思想，在晚清中国的政治舞台上，贡献着自己的光和热。尤其是《百哀诗》的传世，让我们得以透过文字，一窥那个纷繁复杂而又哀伤遍野的乱世。一个爱国诗人，目睹了八国联军攻占京城、义和团抗击外国军队及至清政府腐败无能的外交，悲愤与苦闷之余，诗人拿起笔写下的诗，字字带血，句句含泪。他的内心深爱着自己的国土和人民，尽管国土之上铁蹄践踏、人民蒙苦、穷困之极。这个时候，唯有文字是一种情绪的宣泄，唯有诗行能把内心的哀和痛呈现出来。

　　诗集取名《百哀诗》，分上下两卷，上卷存诗 45 首，下卷存诗 111 首。百哀之意，每一首诗皆在哀叹八国联军的暴行，皆在哀叹清廷腐败无能丧权辱国的丑相。吴鲁是积极入世的，从这一点上，可以看出，他是一个浩然正气存胸的诗人，他不逃避、不隐居，直面现实，直击现场。

　　《百哀诗》从另一个角度去看，它不仅仅是一本诗集，更是一本记录当时社会现状的笔记，用诗歌的形式，记录了晚清中国落后而贫败的社会图卷。也难怪《百哀诗》会被史学家称为"庚子事变"的"第一手史料"，那直面现实的勇气是当时的文人中少有的，那针砭时弊的态度更是极为难能可贵。他是晋江池店钱头村人走出去的杰出代表，考上状元，说明他才气过人，而写下《百哀诗》传世，他让才气化为傲气、傲骨、爱国之情，绵延在文字中，就是一个中国人，顶天立地的明证。

　　开篇的《义和团》一诗，道尽了当时百姓走投无路的状态，参加义和团被逼无奈之举。义和团的"扶清灭洋"也是一个逐渐演变的过程。"民怨相沸腾，凡事有缘起。昏蒙涞水令，虐民等犬豕""始念在仇官，鼠窜伏闾里""煜煜树旌麾，灭洋标宗旨""蔓延偏京畿，皆迷入骨髓。尊为师父兄，道途肃拜跪。须臾举国狂，无分遐与迩"……民怨沸腾，官逼民反，义和团认为这都是洋人惹的祸，于是，愚民的思想加上官府的诱导，抗击帝国主义成了义和团和官府妥协的结果。在《毁铁路》《毁教堂》《杀教民》《毁正阳门城楼》等诗作中，我们可以看到，诗人秉着一颗真心，如实记录当时的社会形态。对于义和团的这种行为，诗人极为客观地描写，一方面，他也痛斥八国联军暴行的残虐；另一方面，他对义和团这支队伍将会发展到何种方向，充满了担忧。从吴鲁的诗歌中，我们可以看到，当时的义和团运动，是一个革命的运动，是清廷和帝国主义侵略者议和的一个筹码。

一方面，义和团拼命杀敌，以血肉之躯对抗洋枪洋炮，战斗惨烈；另一方面，清政府从上到下人心混乱，有的成了汉奸，有的成了假洋鬼子，有的观望。即便投入战斗抗击外国军队的，战斗力也很薄弱，一溃即散。

整个上卷的45首诗，诗人详述了义和团斗争、壮人、发展、溃败的过程。上卷义和团抗击外国联军有多悲壮，后面八国联军侵略者的报复就有多残忍。下卷的111首诗，写清廷和洋人议和后的社会状态。这个时候，国无尊严，民无保障。一首首诗读完，顿觉诗人在前文所写："庚子拳匪之变，余困处都城，闻见之间，有足哀者。愤时感事，成诗百余首，命曰《百哀诗》。"这段话，可谓是悲怆愤慨难过而无言。

《拉炮车》一诗，诗人记录："内阁某被洋兵捉去，勒令由彰仪门外拉炮车赴琉璃厂。"让一个堂堂的内阁大臣去给洋人拉炮车，可见当时的皇朝已经名存实亡。诗人慨叹："以人代马纣为虐，况乃堂堂中朝官。"不仅当官的受侮辱，普通老百姓更是难逃一劫。洋人四处抓苦役，让百姓做苦工，或挑水，或洗衣，或擦炮，根本不把国人当人。《无米行》，写城中断粮，诗人无可聊生。即便如此，诗人仍旧"杜陵诗编手一卷，再历饿乡入睡乡"，饿过头了，读着杜甫的诗睡觉去。想当年，杜甫写"三吏三别"，写的是一种诗人的悲悯情怀，而吴鲁留《百哀诗》传世，则把一个积贫积弱的国度，写出了更悲的世道，乃至哀痛到骨髓。诗人就像一粒尘埃，在乱世之中翻滚、飘荡。其实这个时候，诗人的内心已经很少顾及个人的感受了，他更多的是关心政治的异化，关心百姓的生存，忧国忧民的心态跃然纸上。

所谓"愤怒出诗人"。此时的吴鲁，已经出离了愤怒，他以诗歌为刀、为枪，刀砍那些割地赔款、丧权辱国之人，枪中的子弹射向的也是昏暗的政治。慈禧西行，那狼狈的丑态也被诗人一一奚落。因为心中装着整个国家，他的内心才会痛；因为心中装着黎民百姓，他的心中才会哀。有评论家说："从吴鲁留给后人的遗产中，《百哀诗》最直接体现着他高尚的情操、朴实的心灵。从那些诗篇中，我们可以感受到历史的余温和个人跌宕的情感，充盈着正气，看到诗人性情的一面、义愤的一面、普通人真实的一面。他站在大众之中，痛斥侵略者的残忍兽行，鞭挞当权者的昏聩无能，警醒着一代又一代中国人。"我觉得这段话，评论得恰如其分。作为一个诗人，在吴鲁的诗歌中，我能够找到共情的一面，那就是，站在正义正气的立场上，不图流芳百世，但求无愧我心。

(作者系福建省作家协会会员、《泉州文学》编委、惠安县文联副主席)

何以扬正气，在清肃堂哀

——读吴鲁《百哀诗》有感

王东雄

1839 年，48 岁的诗人龚自珍挥笔写下"谁分苍凉归棹后，万千哀乐集今朝"。人到中年更容易感受哀伤，且往往连续数日难以自拔。这一年，他带着对清廷的失望，辞官南归，将一路的所见所感诉诸笔端，写下著名的《己亥杂诗》315 首。令他想不到是，次年鸦片战争爆发了，外夷的坚兵利甲紧随着鸦片的攻心蚀骨，横行肆虐着华夏大地。

直至 1900 年，恰好时跨一个甲子，"庚子事变"。正值中年的诗人吴鲁因此困居京城，他愤时感事，将一声声悲叹定格在《百哀诗》（上卷 45 首、下卷 111 首）中，于乱世中凭着一腔正气，痛斥八国联军的野蛮行径，抨击义和团的始乱终祸，哀叹清政府的腐败无能，也让后人得以看到封建历史即将终结前夜的那一场群魔乱舞的京都浩劫。

"古来妖孽由人兴，家国祸机皆自召。"（《红灯照》）义和团伊始，诗人看到"昏蒙涞水令，虐民等犬豕"（《义和团》）。涞水事件初起时，直隶总督裕禄昏聩，轻信营弁之言，引兵剿办，激发民变，而后义和团之风日炽。诗人洞察一切，转而告诫"手绾军中符，凡事慎诸始"（《戒官》）。当"团匪惧官兵进剿"而毁铁路，"大帅闻风唤奈何"时，诗人悲愤"始何勇锐终何怯，防营官军尽庸劣"（《毁铁路》）。当甘军将领董福祥纵兵杀死日本书记时，诗人怒斥"为问妖氛谁首祸，甘军偏袒义和团"。当团匪毁教堂、杀教民时，诗人斥责"堂皇大官饰聋聩，坐视未能展一筹"（《毁教堂》）。当慈禧太后派遣重臣察看，偏偏"权奸罔上行其私"，诗人谴责"揭竿草寇古有之，胡为亲藩祖妖孽。刚赵皆身任封疆，入告宜伸大义折"（《特旨命军机大臣刚毅、赵舒翘驰赴畿辅一

162

带察看义和团情形》)。一如浏阳李运祺在《百哀诗序》中所写的"虽然多难足以兴邦，而讳耻亦所以亡国"。外邦来犯时，这个末代封建王朝当权者的所作所为，桩桩件件无一不是在自掘坟墓。

赵翼有诗"国家不幸诗家幸，赋到沧桑句便工"。显然诗人吴鲁并没有将这位前辈的诗句当作历史循环论的武器。在《百哀诗》中诗人更多是"哀其不幸，怒其不争"的愤激，以及积压在内心最深处、呼之欲出的"盗贼本王臣"的呐喊！

"《百哀诗》者，其人心之救药也哉。"诗人之哀，其哀在于国家之不幸诗人何以幸。"皮之不存，毛将焉附。"京城沦陷后，当御史某被洋兵勒令扫地时，诗人痛诉"衣冠罹奇阨，扫地慨斯文"（《扫地》）。当内阁某被捉去拉炮车时，诗人愤恨"以人代马纣为虐，况乃堂堂中朝官"。当洋兵到处捉人当苦工，诗人每闻敲门声即避匿时，诗人长叹"未遭杀戮亦云幸"（《藏身》）。当城中断粮时，诗人自嘲"一瓯清沁如琼浆"（《无米行》）。

诗人之哀，其哀在于民心之尽失家国何以存。当义和团"设团奉拳神"，泛滥成祸时，诗人警觉"须臾举国狂，无分遐与迩。来势日益横，贻害伊胡底"（《义和团》）。当美国占据骡马市大街以南，圈地而治，其带兵官即将归国前，有华官集千人之众献媚乞留时，诗人痛祷"愚民无知强解事，胡为败类来衣冠。愿叩九阍诉真宰，整饬薄俗锄汉奸"（《留美国带兵官》）。听闻京外重臣在八国联军入侵，仍各存私心，鲜有实心为国者，诗人慨叹"重臣意气空争执，谁抱忠忱任巨艰"（《名帖》）。目睹天津失守，官兵逃窜的惨状后，诗人悲痛"十万官兵无守心，羯胡未到军先墨"（《哀析津》）。

《百哀诗》是"庚子事变"的历史见证，亦是封建王朝衰亡的预言。衰世中的诗人观照历史，自觉地透视历史的深处，却因觉察到祸国殃民的根源而百哀交集。艾青说："为什么我的眼里常含泪水？因为我对这土地爱得深沉……"

读史诗如同解构历史，不同于鉴赏古玩，在关注其历史背景的同时，不能纠结于表象。面对腐败无能、丧权辱国的清政府，疏狂如"箫心剑气"的龚自珍，只是吹奏出"万马齐喑"的哀歌。诗人吴鲁遭此巨变，再难掩失望的悲怆。值得称道的是，他在《百哀诗》中所展现的敢于直言不讳的坦然，更加彰显诗人大无畏的爱国情怀，这便是浩然正气。要知道，曾经大兴文字狱的清政府在当时虽已走向末路，但即便杀个状元也不过是手起刀落。

说到正气，不得不提及陪伴诗人吴鲁18个春秋，直至终老的"正气砚"。诗人多才多艺，在鉴赏古董方面造诣颇深。缘于他慧眼独具，抑或宝砚认主，诗人有幸获得南宋岳飞、谢枋得、文天祥三位民族英雄用过的端砚。他爱不释手，并取文天祥《正气歌》之意将其命名为"正气砚"。"天赋清高绝流俗，老垂著作贻子孙"（吴鲁故居楹联），诗人逝后，此砚成了吴家的传家宝，由其四子吴钟善保存，吴钟善亦自称"守砚庵主"。

诗人吴鲁（1845—1912），字肃堂，号且园，晚号老迟，又号白华庵主。他是福建科举时代最后一位状元，且文武兼备。他虽痛恨清廷腐败，但始终以振兴文教为己任，有着"六掌文衡"的美誉，是中国新学制改革的先驱者。他"书法精绝"，独树一帜。在"馆阁体"盛行的年代，他不被时风所染，以"吴体"传世，自成一家。

"孔曰成仁，孟曰取义，唯其义尽，所以仁至。读圣贤书，所学何事？而今而后，庶几无愧。"（文天祥《绝命词》）我想，倘若文天祥地下有知，知道自己用过的端砚得以传承，谅必会深感欣慰。"时穷节乃见，一一垂丹青。"文天祥在其《正气歌》中歌颂了12位忠烈。倘若他能读到《百哀诗》，应该会为《正气歌》续上一句"在清肃堂哀"吧！

（作者系中国民间文艺家协会会员、福建省作家协会会员、晋江市文艺评论家协会副主席）

时光流转中的纯银闪耀：吴鲁故居初印象

叶燕兰

作为工作和生活在晋江的"新晋江人"，我住在池店镇华洲村某小区已近十年，较吴鲁故居钱头状元第所在的钱头村仅七千米路程。"十年"与"七千米"，时间的漫长历程与空间的短距离位移，如阳光下孩童手中抛出的一枚镍币旋转闪光的两面。一面是"力尽不知热，但惜夏日长"那样默默扎根成长的投入与向往；一面是如童谣所唱"天顶一粒星，地下一个丁"，感叹寻常经验之上，亦常有日常的诗意奇迹震荡生发。于我，知道朝夕站立奔忙的土地曾出过这么一位富有家国情怀的诗人，第一次走进街巷深处这座承载着厚重历史与文化底蕴的闽南传统古建筑，正是日常生活与诗歌生活相互交织形成的这一份纯银闪耀。

那天天气晴朗，阳光很好，我循着地图导航拐进偏离主街区的石板小巷，一幅充满生活气息且诗意盎然的场景就映入眼帘。天空湛蓝，大朵白云沉甸甸地悬浮在半空，红砖房旁围聚着一群笑意盈盈对谈的人，他们或站或坐，目光朝一个方向看去，脸上写满了期待与喜悦，似乎在等待某件值得自豪的热闹大事开场。我从来方向感不强，认路识人写诗大多凭直觉指引，看到这画面的瞬间就想首届吴鲁文化季启动仪式应该就在附近了，也想到了真正具有生机活力的文化活动或许就该是这样的，既有仪式编排的庄重与正式，更有不拒斥寻常百姓的联结与传承。由此叫我产生了对吴鲁其人其诗魅力所在的好奇。

吴鲁是福建科举时代最后一位状元，因抚时感事，"以诗鸣哀"，诗歌艺术成就不仅仅在于他作品的写实，更在于他诗里行间对艰难民生的深刻洞察和对家国情怀的真挚表达。他的《百哀诗》，被史学家称为"庚子事变"的"第一手史料"，展现了那个动荡年代的苦难与沧桑。"强胡十国联军来，阵云黑压黄金台。"在那个国破家亡的年代，他以诗为史，记录下了八国联军侵华的暴行、百姓的苦难，以及自己内心的悲愤与无奈。从那些诗篇中，后来人可以感受到历史的剧烈心跳和身处其中的民众跌宕复杂的情感，看到他作为一名诗人充盈着真性情正义呼告的一面，也看到他作为历史滚滚洪流下一个普通生存者真实脆弱的一面。创作主题方面，《百哀诗》以国难、民苦为主题，以亲身经历及见闻翔实地反映了面对国破家亡时个体人物内心的悲愤与无奈，体现出他对国家民族命运的关注与担忧，所展现出来的不仅是个人的哀伤，更是对于时代变迁下人们共同经历的一种反映。艺术风格方面，《百哀诗》笔调沉郁，具有强烈的现实感和感染力，注重以写实的手法来直击人心，让人能够感受到一种扑面而来的现实感与共鸣。思想情感方面，《百哀诗》流露出深沉的历史感慨和人生思考，不仅是对大环境变迁的记录，更是对自我内在正义和良知的坚守。

穿行在状元第故居的厅堂院落之间，夏日阳光透过龙眼树浓密的枝叶洒在地面，形成一片片无言晃动的光斑，不时与一两个也跟在人群中参观的本地村民目光碰上，相视一笑。这一笑，让我看见了一个地方的文化与一方居民相知相融后产生的美妙反应。

（作者系中国作家协会会员、晋江市蔡其矫诗歌研究会副主席、泉州海事局干部）

之美一人

——吴鲁《百哀诗》及其他

李相华

　　"之美一人，乐亦过人，哀亦过人。美人沈沈，山川满心。吁嗟幽离，无人可思。"这是龚自珍的诗。龚自珍，清代思想家、诗人、文学家和改良主义的先驱者，被柳亚子誉为"三百年来第一流"。少时背过一些他的诗句，后来大多忘了，唯独这首还时时想起，尤其前三句"之美一人，乐亦过人，哀亦过人"，常常拿来自励，甚至自炫、自美。及长，渐至老境，才悟到自己是多么肤浅。"美人沈沈，山川满心"，这种乐，哪是我等凡夫俗子所能领略？"吁嗟幽离，无人可思"，自是哀之至境，不可言说。

　　不知何故，我读吴鲁的《百哀诗》，很自然地就联想到龚自珍这首诗，觉得吴鲁才担当得起"之美一人"这样的称谓。

　　作为读书人又生活在晋江，如果不知道吴鲁是谁，恐怕有些说不过去。我应该很早就知道吴鲁，但仅仅停留在"知道"的层面上，知道他是晋江池店钱头人，是福建历史上最后一位科举状元，与闽南第一进士、晋江池店潘湖人欧阳詹首尾呼应。池店钱头有吴鲁故居，相距又不太远，来去很是方便，一直想去看看，但一直都没有去。人有时候就是这么奇怪，想做又能做的事就是没做。机会还真是等来了，因首届吴鲁文化季启动，省内包括晋江本地部分作家组团前往钱头采风，我也有幸"冒充"在内。真是不看不知道，一看吓一跳，没想到吴鲁具有这么大的影响力，直怪自己为啥没有早来。因为是组团，人多从众，难免走马观花，上午的观摩意犹未尽。当天下午，三两好友相邀，驾车前往，再访钱头，得到吴鲁故居管理者也是吴鲁后人的热情接待，逐一为我们做了详细的介绍，受益良多。在观摩《百哀诗》首刊100周年纪念厅时，辨认那一幅幅《百哀诗》书法作品，似懂非懂之际，萌生了要读一读《百哀诗》的强烈兴趣和愿望。

网上搜寻，零零碎碎，这种阅读难以完整，实不足取，最好还是读纸质书。这类书书店大概率是没有，而且现在晋江什么地方有书店已经不熟悉了。最快捷的方式有两种，到图书馆借阅，上网邮购。当然，邮购需要一定的时间。在晋江图书馆查阅的结果有三种：一是泉州志编纂委员会1985年整理出版的影印本，二是北京古籍出版社1990年整理出版的《百哀诗》和《驴背集》合集影印本，三是《晋江文库》整理出版工作委员会2015年整理出版的简体校注本。前两种不外借，显然已成馆藏文物，而我在观摩吴鲁《百哀诗》首刊100周年纪念厅时想读想购买的正是后一种，无他，因为简体校注本容易读些。

关于《百哀诗》版本流传，有一种比较权威的说法：从手稿誊正稿，到台湾版铅印本、泉州志编纂委员会影印本、北京古籍出版社出版的《百哀诗》和《驴背集》合集影印本，71年三个版本，再到《晋江文库》简体校注本。由此不难看出《百哀诗》的影响，从文化到民间，仍在逐步扩大。据说当年正是在《百哀诗》首刊100周年纪念厅里一个橱柜里，吴鲁后人找到《百哀诗》手稿誊正稿，最早的台湾版本应该根源于此。在《吴鲁的思想与艺术》这本书里我还翻阅到这样一则故事："1964年秋，彼（张立）于泉州街头小摊，遇一以古旧书籍瓷器求售之农民，视之其中有吴鲁《百哀诗》原稿一册，因购之珍藏于家，此稿幸逃毁灭之劫。"这里的"《百哀诗》原稿一册"应该是最初的台湾版本还是另有所指？所谓"礼失求诸野"，于此可见一斑。

虽然有"书非借不能读"这样一种说法，但我更想自己收藏一本《百哀诗》。没想到各大相关网站都有出售，尤其孔夫子旧书网，除100多年前的台湾版外，其他版本应有尽有。当然，有的价格也让人咋舌，如泉州志编纂委员会影印本标价990元，北京古籍出版社出版的《百哀诗》和《驴背集》合集影印本标价300元，当然也有很便宜的。发现《百哀诗》的版本似乎不止以上4种，如1980年台湾新文丰出版公司印行本，标价60元；民国白纸排版本福建晋江《吴且园先生百哀诗注》本，标价5800元，是不是孤本很难说，但肯定是比较珍贵的文物。我有一个想法，曾几何时众所周知的原因，文化遭劫文物遭殃，有关吴鲁的文物也在所难免，如果将各种《百哀诗》版本包括有关吴鲁的其他文物收集起来集中陈列，会不会起到亡羊补牢的作用？

《百哀诗》从义和团写起，仿佛时空穿越，让人一下子回到那个风雨飘摇、动荡不安的年代：

> 圣王御宸极，太岁次庚子。
> 邪教倡山东，妖氛遍涞水。
> 巨祸谁酿成？大官夫氏己。
> ……

这里的"大官"有具体指认，但我更倾向是泛指。

> 咒语喃喃传，神兵阴符佟。
> ……
> 煜煜树旌麾，灭洋标宗旨。
> ……
> 须臾举国狂，无分遐与迩。
> 来势日益横，贻害伊胡底。
> 搔首问穹苍，世运丁极否。

应该说，在当时的历史环境下，作为见证人，吴鲁对义和团的认识比同代人要清醒，难能可贵。

关于义和团与清廷的关系，张鸣在《历史的坏脾气》一书中有所叙述，当时"宫里宫外已经把义和团大师兄的超人功夫传得跟真事一样，西太后还是派了两个她认为信得过的军机大臣，刚毅和赵舒翘，前往驻扎在涿州的义和团，看一看团民刀枪不入法术的真假"。结果两人回来汇报，居然言之凿凿地认为，刀枪不入确有其事。西太后遂决心向西方列强宣战，想借义和团之手灭了洋人。吴鲁亦有诗为证，《特旨命军机大臣刚毅、赵舒翘驰赴畿辅一带察看义和团情形》：

> 吁嗟乎！揭竿草寇古有之，胡为亲藩袒妖孽。
> 刚赴皆身任封疆，入告宜伸大义折。
> ……

只怪贪官，不怪皇帝，也是没办法的事。

清廷昏聩如此，后果可想而知。

《百哀诗》诗前有《自识》云："庚子拳匪之变，余困处都城，闻见之间，有足哀者。愤时感事，成诗百余首，命曰《百哀诗》。"上卷45首，主要记庚子拳匪之变；下卷111首，写和议后个人出都城沿途见闻观感，共156首一万多字。别小看这一万多字，字数不多承载的信息量却巨大。《百哀诗》被史学家称为"庚子事变"的"第一手史料"，堪称"庚子信史"。

所谓"信史"，就是值得相信的历史。我国诗歌传统，言志与述事兼容，如《诗经》，就有学者认为："三百篇的每一个字、每一句诗、每个地名、每个人名、每件史实都是实录，没有一点虚假。不仅是一本千古不朽的文学伟著，也是一部活生生的宣王复兴史与幽王亡国史。"有一本书干脆就叫《诗经里的中国史》，其实也应该有一本书叫《百哀诗里的中国史》。

通读全诗，我也很想总结概括出《百哀诗》为何而哀哀什么？结果陡然。因为《百哀诗》一诗一哀，皆有具体史实为依据，并非空发感慨，这从诗的题目就可见一斑，如《义和团》《红灯照》《毁铁路》《毁教堂》《杀教民》《义和团攻东交民巷各国使馆》《天津失守》《汉奸自首》《都城失守》《劫数》《哀析津》等。概而言之，就是哀家国多艰难，哀民心已尽失。"长太息以掩涕兮，哀民生之多艰。"吴鲁的哀和屈原的哀一脉相承。

（作者系中国作家协会会员、晋江市蔡其矫诗歌研究会主席）

170

吴鲁的《百哀诗》

尹继雄

吴鲁是一名爱国诗人，他的《百哀诗》是清朝末年的一部重要诗集。在晚清风雨飘摇中，这位福建历史上最后一位科举状元，用手中真实的笔触，翔实记录下 1900 年八国联军入侵北京时期的耳闻目睹和切身体会。《百哀诗》在文学、文献、家族文化传承等方面均颇具价值。

《百哀诗》是一部长篇组诗

《百哀诗》以其宏大的篇幅，跨越了时空的界限，将我们带回那个动荡不安的年代。全书共有 156 首，总字数超过万字，是庚子吟咏最长、最深刻的一部诗。《百哀诗》是长篇组诗的典范，其结构严谨、内容丰富、情感深沉，展现了吴鲁作为一位爱国诗人的卓越才华。这部诗集中的每一首都独立成章，但又相互关联，共同构成了一个完整的艺术整体。

诗歌主要记述义和团抗击帝国主义的事迹，揭露和抨击八国联军的暴行及清廷的误国丑态，表达了吴鲁对国家命运的忧虑和对列强侵凌、清廷腐败的愤慨。诗歌倾注满腔的爱国热情，"领袖名经千家佛，填膺忧愤百哀诗"，字字泣血含悲，忧国忧民之情溢于言表；抒发难掩的悲愤之情，"争传献策和戎魏，无复捐躯骂贼颜"，既写求和之流丑态，也赞忠勇之士壮举；记录侵略者的残暴行径，"强胡十国联军来，阵云黑压黄金台"，描述侵略者的嚣张气焰，抒发内心的强烈情感；痛斥当权者的昏聩无能，"都人厚颜不知耻，通衢摇曳夷服夸"，痛斥一些投靠洋人的无耻之态……这些真实的记录，让我们更加深刻地认识到那段历史的残酷与悲壮。

《百哀诗》是一部具有深刻文学意义的作品。它以诗歌的形式记录了历史的沧桑巨变和民族的苦难历程，展现了吴鲁作为一位爱国诗人的高尚情操和深邃思想。同时，吴鲁娴熟运用比喻、夸张、对比等修辞手法和表达方式，既给人以信手拈来、一气呵成之感，又饱含铿锵节奏、沉郁悲悯情怀，使得这些诗歌具有强烈的感染力和深刻的艺术性。

《百哀诗》是一部重要文献

《百哀诗》被史学家称为"庚子事变"的"第一手史料"，它详细记录了八国联军侵华及清廷应对的种种情况，为后人研究清末历史提供了宝贵的文献资料。

在"庚子事变"期间，由于清廷君臣的溃逃和混乱，几乎没有留下多少详细记录人民苦难和侵略者暴行的文献。在描述八国联军暴行时，吴鲁写道："无数雄狮扑孤兔，夷炮一轰死无数……前锋歼尽尸隐人，后队狂奔如飞鹇。"愤慨书写清廷腐朽无能、山河支离破碎、民众流离失所的惨状。《百哀诗》的出现，填补了这一历史时期的空白，使得后人能够更加全面、深入地了解这段历史。

在《义和团》一诗中，吴鲁指责清朝地方官吏的庸碌和虐民。在《戕官》一诗中，他写到直隶总督裕禄轻信下属谎报，导致派兵剿杀百姓等。这些诗歌不仅记录历史，也反思历史、启示后人。它提醒人们要铭记历史，不忘国耻；也告诫人们要珍惜和平，发奋图强。这种历史反思与启示，分外难能可贵，更加彰显了《百哀诗》的重要文献价值。

《百哀诗》是一笔家族精神财富

《百哀诗》不仅为历史学界所重视，也为其家族世代传承和弘扬，是吴鲁著作中最早付梓并有手抄本以作为家族子弟教本的唯一著作。时至今日，吴鲁的后人无不自觉阅读和研究《百哀诗》，感念和尊崇先辈的爱国之情。

吴鲁故居内设立有《百哀诗》首刊百周年纪念厅，吸引大量游客和学者前来参观学习。这不仅是对爱国诗人吴鲁及其《百哀诗》的致敬，也是对家族文化的一种生动传承。纪念厅内展示了《百哀诗》的各个版本源流，包括手稿誊正稿、台湾版铅印本、泉州影印本以及北京古籍出版社的版本等，让后人能够直观地了解到《百哀诗》的流传历程和珍贵价值。

《百哀诗》也是显示吴鲁书法造诣的重要载体之一。他的书法端庄典雅、清丽脱俗，被誉为"书法精绝，名噪都下"，不仅在当时享有盛誉，而且对后世产生了深远影响，吴鲁后人中不乏文学、书法爱好者和研究者。其子吴钟善继承了家风，尤其在行楷方面独步书坛，使得"吴书"之风遍及海内外。吴鲁的侄子吴钟麟，孙吴普霖、吴旭霖，曾孙吴紫泰、吴紫来、吴紫钧、吴紫栋，五代孙吴绶育等书法都传承家风，为世人所称道。吴绶育书法风格中既有吴鲁的痕迹，又带有自己的独特风格。吴绶育及其家族成员历时十多年、花费巨资收藏和抢救吴鲁的真迹，并将许多书法作品捐赠给了博物馆。

这些作品和成果不仅丰富了家族文化的内涵，也为后人了解《百哀诗》提供了更多的资料和视角。

（作者系中国作家协会会员、晋江市社会科学界联合会主席）

吴鲁，时代的呐喊者

毛永温

吴鲁，是一位时代的文化旗手，更是一位时代的呐喊者。

吴鲁（1845—1912），字肃堂，号且园，晚号老迟，又号白华庵主，晋江池店镇钱头村人。吴鲁逝世已经 100 多年，为什么今天仍然让人念念不忘？难道是纪念他是福建科举时代最后一名状元？殊不知，自从中国恢复高考制度以来，每个年度，每个省（市、自治区）至少有一名"理科状元"、一名"文科状元"。如果仅仅是为了一名状元，未免格局小了点儿。

说实话，我这个北方来的人，尽管住在晋江的池店镇，孤陋寡闻的我并不知晓，池店还有吴鲁这么一位风流人物、文化名家。这要感谢主办方，邀请我参加首届吴鲁文化季启动仪式，补上了这一缺憾，才有机会近距离目睹这位大家的风采。

那么，今天到底是为什么要来搞吴鲁文化季呢？我思考了良久。吴鲁能文能武、多才多艺，而且样样出类拔萃。单独拿出任何一项似乎都够纪念的。比如说，吴鲁是清代著名的书法家和古玩书画鉴赏家。吴鲁在书法方面造诣很深，他遍临唐柳公权、欧阳询诸家，尤其对颜真卿楷书用功最勤、体会最深。弘一法师幼年时，即久仰吴鲁书法作品。有文为证：弘一法师在《吴肃堂临董华亭龙神感应记》的题跋中这样写道："余于童年即闻肃堂名，五十游闽，居雪峰获观肃堂书'大雄宝殿'额……书法严肃端庄，能副其名，可宝也。"

在鉴赏古玩书画方面，吴鲁总能一针见血地指出其真伪特色。正是这样的艺术沁润，帮助其获得南宋抗金名将岳飞所用端州石砚一方，他托意南宋抗元英雄文天祥《正气歌》诗，命名为"正气砚"，与之相守 18 载。

在武方面，吴鲁的《纸谈》所论兵法，是行兵驻扎、用兵布阵之法。他的《请迅调战将以临前敌书》提出："请旨迅调战将，以分贼势。"还有《兵学经学史学讲义》等兵书。这些军事论述，可不是纸上谈兵，而是实打实的实战之法。吴鲁俨然是位熟读兵法的军事家。

同时，吴鲁还是一位兴教育才、鼎新革故的教育家，为后人留下《蒙学初编》《教育宗旨》等教育论著。

以上任何一项，都可拿来作为纪念内容，且足斤足两，沉甸甸的。但我总觉得，还是差那么一丁点儿的火候。我思考着、寻觅着，企图寻找到吴鲁的思想魂魄到底是什么？当读到吴鲁的诗作《百哀诗》，眼前豁然，似乎有了答案。

《百哀诗》到底是部怎样的诗作呢？原来，1900年八国联军攻陷北京，此时56岁的吴鲁被困京城，亲眼看见津京沦陷遭劫，生灵涂炭，场景惨烈，深深刺痛了吴鲁的心。随后，吴鲁把在北京城以及出京沿途的所见所闻，凝暮年心血，缀以史实，将愤慨之心情奋笔书成百余首诗，即《百哀诗》。吴鲁对《百哀诗》这样题识："庚子拳匪之变，余困处都城，闻见之间，有足哀者。愤时感事，成诗百余首，命曰《百哀诗》。"

《百哀诗》分上下两卷共计156首，诗中有题注和旁注。上卷45首，主要记八国联军攻占天津、北京，义和团抗击列强；下卷111首，主要写和议后吴鲁出都城沿途的见闻观感及痛斥八国联军暴行，并描绘清廷君臣丑态。

吴鲁在其《都城失守》中写道："强胡十国联军来，阵云黑压黄金台。巨炮连环竞攻击，十丈坚城一劈开。""东城火鸦拍烟起，炮弹开花恣焚毁。赤氅一扫成灰尘，千家万家火坑死。印度悍兵如妖魔，劫掠横行灭无理。北城日兵奋貔貅，图劫圣驾争奇谋……须臾联军入大内，天地昏黄日光晦……满城白昼飞赤磷，广厦华堂起妖孽……"

京城遭到严重破坏，一派破败不堪，是一场人间浩劫。吴鲁深恶痛绝，义愤填膺地在《岁暮》中写道："碧瓦朱甍杂砂砾，社稷宗庙生蓬蒿""战地严霜照白骨，一丘坟起如山高""富室寒门一扫空""琳琅秘册堆泥土""万轴宸章落市廛"。在《杂感八首》中，则把德军、日军肆意破坏古城、虐杀无辜、洗劫中国珍贵文物古迹生动地揭露和入木三分地抨击。

在他的《天津失守》《杨村失守》《都城戒严》《通州失守李秉衡死之》《都城失守》《统带武卫前军提督聂士成在天津八沟殉难》《武卫军》等中，形象描绘了"十万官兵无守心""八旗弱旅争逃溃"的狼狈相。吴鲁悲愤地迸发出"大官之肉，其足食乎"和"堂堂大官尽民贼"的愤怒声讨，高呼："整饬薄俗除汉奸！"其情可怜，其意足哀！

吴鲁在《西征百二十韵》中这么描写道："……自从联军来……生灵罹惨毒……沪上疠疫行，董蒸暑气溽……一自来关中，疮痍又满目……沿途皆饿殍，凄怆不忍瞩……官吏酷而贪，道路多怨言。穷檐皆饥驱，官厨宿粱肉。村村绝爨烟，乃复租税促……"饥饿、酷暑、瘟疫、疾病、税金、酷吏、死亡等一起压上，民众生活堪比人间地狱。

《百哀诗》是吴鲁的淬血之作，文中的诗句及注都透露出吴鲁忧国忧民的爱国情怀和高洁的品性。吴鲁在《百哀诗》中，不论是揭露八国联军暴行还是描绘清廷君臣丑态，他都充满浩然正气，大义凛然、毫不留情地揭露与鞭挞、讥讽，表达出吴鲁对当朝王室和官吏丧权辱国的无比愤慨，以及对帝国主义的强烈抨击。记述人民流离颠沛的凄惨生活，吴鲁则一腔同情无限哀伤，反映了吴鲁对处在水深火热之中的芸芸众生的同情悲悯。即使是对自己并不太认同的义和团，吴鲁也认为是"官逼民反"，闪耀着人道主义的光芒。总之，在《百哀诗》诗篇中，淋漓尽致地表达了吴鲁忧国忧民、悲天悯人的爱国情怀。

《百哀诗》反映了吴鲁的爱国主义思想，抒发了他痛恨侵略者的凶残野蛮、当权者的腐败无能，以及同情广大被压迫、被残害的人民大众的爱国情怀。

《百哀诗》有着大丈夫怒发冲冠、斠满正气的悲壮，更如同灰暗天空中划过的道道闪电，被人评为"是殆欲国家无忘庚子之难也"，被史学家称为"难以匹敌之庚子信史，清诗之至评"，也是中国人民反帝爱国斗争的一部诗史，更是对后人进行爱国主义教育的生动教材。

正如浏阳李运祺在《百哀诗序》所言，以"纪念国耻，传之学堂，宣之社会，以激发全国公愤，率复强仇，为世界雄诗之风化天下而效力于国家也"。

从这个意义上讲，吴鲁的《百哀诗》是时代的呐喊：山河破碎，民不聊生，重振山河，振兴中华！以此唤醒还在沉睡的东方睡狮。

面对腐败无能的清政府，面对麻木不仁的国人，悲愤至极的吴鲁，被迫发出愤怒的呐喊声。悲哉！壮哉！

（作者系中国报告文学学会会员、全国公安文联会员、全国公安文联首批签约作家、武警大校）

《百哀诗》："庚子之变"的史诗画卷

苗云辉

在浩渺的历史长河中，无数的瞬间如璀璨星辰般闪耀，照亮了岁月的黯淡；诸多的篇章似不朽丰碑般屹立，承载着时代的沧桑。而在 1900 年那个风云变幻、波谲云诡的庚子之年，一部《百哀诗》宛如一颗遗落的明珠，悄然现世，散发着独特而深沉的光芒，为后人徐徐揭开那段尘封已久的历史记忆，展现出一幅波澜壮阔又满含悲怆的史诗画卷。

吴鲁，字肃堂，号且园，这位在清光绪十六年（1890）高中状元、被授翰林院修撰的饱学之士，以其深厚的学识和敏锐的洞察力，成为那个特殊时代的见证者与记录者。在庚子拳匪之变中，他困处都城，亲身经历了那场惊心动魄的动荡。他亲眼所见了八国联军的烧杀抢掠，那是怎样的一番惨状啊！侵略者如恶魔般闯入这片古老的土地，他们的坚船利炮无情地摧毁着城市的宁静，熊熊烈火吞噬着百姓的家园。房屋在炮火中倒塌，街道上弥漫着硝烟与血腥，百姓们惊恐的呼喊声与侵略者的狂笑声交织在一起，仿佛是人间地狱的哀鸣。吴鲁也亲身感受了国家的动荡与人民的苦难，他的心被深深地刺痛着，那是一种无法言喻的痛苦，一种对国家命运的担忧和对百姓遭遇的同情。在抚时感事之下，他毅然挥笔，将心中的悲愤与感慨化为百余首诗篇，命曰《百哀诗》。

这部诗集，被史学家们赞誉为"庚子事变"的"第一手史料"，堪称"庚子信史"。它犹如一座珍贵的历史宝库，为我们打开了一扇通往那个动荡岁月的窗口。《百哀诗》上卷 45 首，主要记述了义和团抗击帝国主义者之事。在那个风雨飘摇、国家危亡的年代，义和团的勇士们如同一颗颗璀璨的星辰，照亮了黑暗的天空。他们或许只是普通的百姓，来自田间地头、市井街巷，但他们心中却怀着对祖国的深沉热爱和对侵略者的刻骨仇恨。当国家面临着列强的侵略与压迫时，他们毫不犹豫地挺身而出，以血肉之躯抵挡列强的坚船利炮。他们没有先进的武器装备，没有经过正规的军事训练，但他们有着坚定的信念和无畏的勇气。"煜煜树旌麾，灭洋标宗旨"，他们高举旗帜，喊出了"灭洋"的口号。那旗帜在风中飘扬，如同燃烧的火焰，象征着他们不屈的精神和对民族尊严的捍卫。他们不惧强敌，不怕牺牲，为了保卫祖国，为了守护家园，他们奋勇向前，与侵略者展开了一场场殊死搏斗。

然而，吴鲁在诗中也暴露了自己思想的局限，对义和团的认识存在不足。他写道："民怨相沸腾，凡事有缘起。昏蒙涞水令，虐民等犬豕。始念在仇官，鼠窜伏闾里。"他将义和团的兴起归结于民怨和仇官，却未能深刻理解义和团反抗帝国主义的伟大意义。这也反映了当时一部分文人的思想局限，他们虽然对国家的命运感到担忧，但对于人民群众的力量和反抗精神却缺乏足够的认识。义和团的兴起，并非仅仅是因为民怨和仇官，更是因为帝国主义的侵略和压迫激起了中国人民的强烈反抗。他们代表着中国人民不屈不挠的精神，是中国近代史上一次伟大的反帝爱国运动。

《百哀诗》下卷111首，则写下了和议后个人出都城沿途见闻观感、八国联军的暴行，并描绘了清廷君臣的丑态。八国联军的铁蹄踏破了京城的宁静，将这座古老的城市变成了一片废墟。他们如一群疯狂的野兽，肆意掠夺、屠杀。"无数雄狮扑孤兔，夷炮一轰死无数……前锋歼尽尸隐人，后队狂奔如飞鹬。"这是何等的惨烈、何等的悲壮！吴鲁用他的笔，真实地记录下了这一幕幕惨绝人寰的景象。他的文字如同一把锋利的剑，刺痛着读者的心灵，让我们深刻地感受到了战争的残酷和侵略者的残暴。八国联军在京城中烧杀抢掠，无恶不作。他们抢夺百姓的财物，烧毁百姓的房屋，屠杀无辜的百姓。妇女儿童的哭声回荡在城市的上空，那是一种绝望的哀鸣。他们的暴行令人发指，他们的罪恶罄竹难书。

吴鲁不仅记录了八国联军的暴行，还描绘了清廷君臣的丑态。"北仓扼要筹固守，日兵悍捷惯抄后。后军摧陷前军逃，文臣殉难武臣走。死如密窠焚聚蜂，生若狭巷逸疯狗。畿疆倚此为长城，猿鹤虫沙化乌有。"官军的懦弱与无能，在他的笔下展露无遗。他们在敌人面前丢盔弃甲，如丧家之犬般逃窜，将国家的安危与人民的生死置之不顾。这些平日里高高在上、养尊处优的官员们，在国家危难之际，却没有丝毫的担当和勇气。他们只想着自己的安危与利益，完全不顾百姓的死活。他们的行为让人痛心疾首，也让我们深刻地认识到了清廷的腐败与无能。

除了描写义和团的英勇和将领的溃逃，吴鲁还撰写了一些官员的行为。"争传献策和戎魏，无复捐躯骂贼颜"，有求和的魏绛之流，没有捐躯骂贼的颜真卿。在国家危难之际，一些官员为了一己之私，选择了求和，放弃了抵抗。他们不顾国家的尊严和民族的利益，向侵略者卑躬屈膝，以求保住自己的荣华富贵。"诡随巧作全身计，蚊脚夷符贴相门"，相门贴夷文以保命，他们为了保住自己的性命，不惜向侵略者卑躬屈膝。他们的行为让人不齿，他们的懦弱让人愤怒。"都人厚颜不知耻辱，通衢摇曳夷服夸"，那些穿着夷服相炫耀的人，更是让人痛心疾首。他们忘记了国家的尊严，忘记了民族的气节，只图一时的安逸与虚荣。他们的行为是对国家和民族的背叛，是一种不可原谅的耻辱。

如果说杜甫历经离乱所写的史篇称为史诗，那么吴鲁所写义和团的运动和八国联军入侵北京的情况，写得更为具体，更称得上史诗。当时的清廷君臣兔走獐奔，走不掉的也已六神无主。在那个混乱的时期，几乎没有留下记述这一段时间内人民遭受的苦难、侵略者爪牙的凶残以及清廷官绅的丑态等的文献，有之大多是追述，没有具体事例。而吴鲁的《百哀诗》，不仅是文学作品，更是填补了这一段历史时期的空白的宝贵资料。它让我们看到了那个时代的人民，在苦难中挣扎，在绝望中抗争。他们或许弱小，或许无助，但他们从未放弃对美好生活的向往，对国家富强的期盼。他们用自己的方式，表达着对侵略者的反抗和对国家的热爱。他们的故事，是一部部不屈的奋斗史，是中华民族精神的生动体现。

《百哀诗》也让我们看到了侵略者的残暴与贪婪。他们用枪炮打开了中国的大门，用血腥的手段掠夺着中国的财富。他们的行为是对人类文明的践踏，是对正义和良知的挑战。他们的罪恶将永远被历史铭记，他们的暴行将成为人类历史上不可磨灭的耻辱。同时，它还让我们看到了清廷的腐败与无能。那些高高在上的统治者，在国家危难之际，只想着自己的安危与利益，完全不顾百姓的死活。他们的昏庸无能，导致了国家的衰落和民族的苦难。他们的行为是对国家和人民的背叛，他们将永远被钉在历史的耻辱柱上。

《百哀诗》是一部珍贵的历史文献，它记录了那个动荡岁月的点点滴滴，为我们留下了宝贵的历史财富。它让我们深刻地认识到了战争的残酷和侵略者的残暴，也让我们看到了中国人民的不屈不挠和顽强抗争。它是一部中华民族的苦难史，也是一部中华民族的奋斗史。它激励着我们，要珍惜来之不易的和平，要努力奋斗，为实现中华民族的伟大复兴而贡献自己的力量。

（作者系广东省深圳市宝安区作家协会会员）

从悲痛中升华的艺术

——读吴鲁《百哀诗》

张瑞琪

吴鲁，字肃堂，号且园，晚号老迟，又号白华庵主，晋江池店镇钱头村人。清光绪十四年（1888）吴鲁参加顺天府考试中举，隔两年又在新增恩科中考上状元。相传，皇帝看重吴鲁为人正直，便命其为侍读教诸亲王的孩子读书。一次，吴鲁帮助亲王处理两名贝子的矛盾，和解后贝子赠吴鲁众金银以示感谢，吴鲁并未收取金银而是向贝子讨了院子里的一盆万年青，贝子们对此感到不解，还是派人将万年青送至府上。原来是花盆中有一个砚台极为特别，是三国时期曹操建造铜雀台剩下的砖，在漳河中上百年，岳飞小时候家境贫寒在河边捡得砖头并磨成砚台，写下气壮山河的《满江红》。此砚即"岳飞砚"，亦即"正气砚"。而据吴鲁自述，这方砚台，应是得之于安徽古玩店。

吴鲁得到"正气砚"之后，将书房取名为"正气研斋"，并且多次用此砚台写下众多流传至今的好文章。八国联军打入北京，吴鲁被困都城，目睹了八国联军烧杀抢掠、京城千疮百孔的景象，内心充满了悲愤和忧伤，又用"正气砚"写下了《百哀诗》，记录了帝国主义的罪行，抒发了忧国忧民的真情。后来"正气砚"由吴鲁第四子吴钟善保管。吴钟善字元甫，号守砚庵主，著有《守砚庵文集》《守砚庵诗稿》等。

《百哀诗》被史学家称为"庚子事变"的"第一手史料"。它以诗歌的形式记录了义和团运动和八国联军入京的细节，填补了正史中的空白。《百哀诗》分为上下卷。上卷45首，主要记录义和团运动历史事件。诗中"昏蒙涞水令，虐民等犬豕"，将官员的昏庸无能与百姓的苦楚进行对比，揭示了腐败的清朝政府和封建地主的剥削使得百姓民不聊生，加剧社会矛盾，引起民众不满和反抗。"须臾举国狂，无分逻与迩"，描绘出义和团运动迅速蔓延至全国各地。"无数雄狮扑孤兔，夷炮一轰死无数""前锋歼尽尸隐人，后队狂奔如飞鹊"，描绘出义和团成员抗战时不怕牺牲的勇猛场景。尽管吴鲁反对义和团盲目排外，但仍对其维护民族尊严给予肯定，体现诗人的爱国情怀。下卷111首，记录出城沿途所见所闻，描绘八国联军种种暴行，揭示清朝朝廷丑态。"炮弹开花恣焚毁，千家万家火坑死"，揭露了八国联军的残暴及北京人民受到的严重伤害。"武夫贪天功，危词大帅绐""争传献策和戎魏，无复捐躯骂贼颜""诡随巧作全身计，蚊脚夷符贴相门"等诗句反映出清政府军队战斗力低下，甚至在国家危难关头只考虑个人安危，没有保卫国家的抵抗意识。吴鲁对清朝官员的堕落进行批判，希望通过《百哀诗》唤醒国人的民族意识和道德觉醒，体现其社会责任感，展现对国家命运的深切关怀和个人爱国情感的真挚表达。

《百哀诗》采用古风排律的形式，这种传统体裁的运用展现了吴鲁深厚的文学功底，引用古代典籍增强历史感，继承并弘扬传统文化。运用了丰富的修辞手法和意象，如"蜂窠""蚁聚"等，形象地描绘了义和团的聚集和清军的溃败，增强了诗歌的艺术感染力。通过对语言的精雕细琢，简洁而富有力度，生动地再现历史事件，传达出"哀"的情绪，让读者能够感受到诗歌中的吴鲁对于八国联军侵华百姓受苦的悲哀之情。《百哀诗》以"百哀"为主题，表达了吴鲁面对民不聊生的悲哀之情，心系百姓命运，揭示当时社会的阴暗面。这种关注普通人生活、描绘出其遭遇、抒发自我情感的主题，表现出一种深厚的以人文关怀为核心的文学精神。吴鲁在《百哀诗》中运用了简练而富有感染力的语言，通过生动的意象和精练的表达展现人间的疾苦，通过清晰的语言与生动的场景获得读者的共鸣。此外，吴鲁特别注重音韵的和谐，通过对音律的把握增强了诗的朗朗上口和音乐感，使得作品不仅在情感上打动人心，也在艺术表现上雅俗共赏。《百哀诗》更是一种对人性及社会现象的深刻反思，吴鲁通过对人间苦难的描写，揭示了社会的不公与个体的挣扎。这种批判意识，使得作品在情感表达的同时也具备了社会价值。吴鲁以个人的力量表达对社会现象的反思，正是这种责任感使得他的作品在道德与艺术上具有双重意义。

（作者系福建师范大学学生）

且愤且吟百哀诗

林　娜

眼前这交错于高楼与绿树之间的村庄，即百余年前福建末位状元吴鲁的故里钱头。记忆中的"平畴万顷、清溪一弯"于今何在？但见厂房、民居挤压着逼仄的村道，天空被切割为各种不规整的矩形，炎热的阳光倾泻而下，照得见车流缕缕行行、人行熙熙攘攘。岁月以它无形的双手，为农耕的宁静换上了喧嚣的容颜。

行走于钱头村拥挤的街道，耳畔仍回响着《苹果香》的余韵，一首适合单曲循环、反复品味的歌。能将爱情、故乡、亲情这三者糅合为一，且以独具沧桑意韵的旋律演绎，这类歌实属不多。

岁次甲辰，时在七月廿一，我自龙湖海隅来到池店钱头，参加首届吴鲁文化季启动仪式。岁在《百哀诗》创作 124 周年，时在吴鲁 180 虚岁诞辰之日。

舞台之上，数位学童朗声吟诵着吴鲁的作品《都城失守》：

> 强胡十国联军来，阵云黑压黄金台。
> 巨炮连环竞攻击，十丈坚城一劈开。
> 两宫闻变仓皇出，枪林弹雨飞氛埃。
> 须臾联军入大内，天地昏黄日光晦。
> ……

吴鲁诞辰之日，正是八国联军犯京的日子。这一首《都城失守》，就是当日创作的。此后几年，其自寿诗，均以国难为题。

孩子们的吟诵，把诗中蕴含的悲愤、哀伤之情，以童稚的形式表达出来，将我的思绪带回"庚子之变"那段沧桑岁月。清光绪二十六年（1900），八国联军侵入北京，到处掳掠奸淫残杀百姓；而清王室却仓皇西逃，置国家存亡于不顾。当时困居北京城南柳巷晋江会馆的吴鲁，目睹国道衰微，生灵涂炭，愤懑至极，成诗凡156首，后汇集成《百哀诗》。

在那个风雨飘摇的年代，吴鲁以笔为剑，以泪研墨，书写着一个文人的忧国忧民之情。可以想象，他在一个又一个漫漫长夜，仰天长啸，尔后奋笔疾书：是百转千回的哀歌，是肝胆寸断的悲吟。

演出间隙，思绪重回一路自驾单曲循环播放的《苹果香》。

　　　　六星街里还传来巴扬琴声吗

　　　　阿力克桑德拉的面包房，列巴出炉了吗

　　　　南苑卤香是舌尖上的故事啊

　　　　你让浪迹天涯的孩子啊，梦中回家吧

《苹果香》应是一曲美不胜收的曲调，一幅深情怀念的意境。但如果与《百哀诗》在分类上作比对，前者似乎应归类于通俗文艺，后者却是严肃文学——准确地说，是史诗。窃以为，通俗文艺中的爱情、亲情、乡愁无论如何永恒不变，而一个民族的精神家园是无法用通俗文艺舒展开来，因为通俗文艺缺乏对世界的深度思考，缺乏以宏观视野关照时代，缺乏以理性批判传达价值。

　　　　官吏酷而贪，道路多怨言；

　　　　穷檐皆饥躯，官厨宿粱肉；

　　　　村村绝烟炊，乃复租税促；

　　　　……

吴鲁笔下的每一个字，都像是一滴墨水，滴落在宣纸上，泅开成一幅幅水墨画，画中有山河破碎的悲壮，有家国飘摇的无奈，有人间疾苦的哀痛。长沙易象在《百哀诗序》中说："……惟百哀诗……綦详于朝野上下利病得失，推见至稳，殆无遗事，虽百世下读之……犹历历在目。世尝称杜工部为诗史……今皆于百哀诗见之……"

没错，《百哀诗》是庚子吟咏之最长最广泛最深刻的一部诗。厦门大学庄为玑教授称其诗可比美清初的吴梅村及清末黄遵宪，史学家则称其诗"无以匹敌""掷地作金石声"，是"庚子事变"的"第一手史料"，"堪称庚子信史"。

> 红嘴雁飞回芦苇随风摆
> 河对面的莎吾烈泰，今天在不在
> 那年我饮马来到了你的白毡房
> 我曾看到你弹着冬不拉，听过你把歌唱

我在曼妙的歌词中体悟一树苹果的芳香，并努力揣测歌曲作者以草原为背景的生活场景。曾几何时，我们与严肃文学渐行渐远，而对于通俗文艺却如胶似漆——我们何曾想到，通俗文艺正以其媚俗的特质，悄无声息地麻痹着我们的思考和认知。

> 提笔嶙峋强自壮，历尽严寒守旧柯。
> 毋效楚囚相对泣，拔剑收取旧山河。

舞台上再次传来孩子们吟诵的《百哀诗》铿锵激昂的声符，如一盏灯，照亮了那个时代的暗夜，温暖了一个时代的寒冷。在吴鲁的诗中，我们感受到了一个文人的家国情怀，感受到了一个诗人的刻骨忧患。

"拔剑收取旧山河。"百余年前，一个诗人在山河破碎、家国飘摇的夜晚，以诗为剑，为我们构筑一道民族的精神家园。他的诗，正从这群孩子的心中喷涌而出，成为历史的回声，穿越时空，回荡在我们的耳畔……

（作者系福建省作家协会会员、晋江市作家协会诗歌专委会主任）

吴鲁《秋感八首》札记

骆锦恋

唐大历元年（766），玉露凋伤枫树林，巫山巫峡气萧森。秋风萧瑟，在夔州漂泊不定，遥寄长安也难解困愁的杜陵写下"丛菊两开他日泪，孤舟一系故园心"。在孤城落日中，仿佛被时间遗忘的江湖渔翁，杜陵的哀伤，拂不去，江河日下，归去无望，他甚至在《秋兴八首》结尾处，仍没有提及希望，"彩笔昔曾干气象，白头吟望苦低垂"，苦行的诗人，依然没有抬头的勇气。那一年，杜陵 55 岁。

清光绪二十六年（1900），千年以后的某个秋天，一个叫吴鲁的诗人，依《秋兴八首》韵，写下《秋感八首》。这一年，"庚子之变"成了无数国人的噩梦，肃堂先生困在北京南柳巷晋江会馆。这一年，肃堂 56 岁。

"国家不幸诗家幸，赋到沧桑句便工。"肃堂是懂杜陵的。在那些动荡不安的日子里，杜陵的小儿子死于饥饿，杜陵自己也饱受饥寒之苦，一句"但有故人供禄米，微躯此外更何求"既是慰藉也是自我嘲讽。肃堂在无米下锅时，饿着肚子，手不释卷，拿的是杜陵诗作，他说"杜陵诗编手一卷，再历饿乡入梦乡"。跨越时间和空间的对话，肃堂的情怀和杜陵的情怀相遇了，他们互诉衷肠。杜陵人称"诗史"，他的《春望》《北征》《三吏》《三别》等，写尽征人、黎民之苦。长沙易象撰的《百哀诗序》这样评价《百哀诗》："篇中纪庚子变乱始末，綦详于朝野上栗、利病得失。推见至隐，殆无遗事。"再现"庚子之变""联军至，官兵溃，拳民走，京师扰。六飞蒙尘，百官离次。烽火连天，干戈满地"的历史状况。人称《百哀诗》与杜陵诗歌一样有着不朽的历史价值和文学价值。

"庚子之变"的痛，肃堂用诗记载了。困居北京的肃堂，在这个秋天，开启一场深度的对话。百哀，哀国、哀民、哀己，忧伤又有雄郁之气。肃堂是当局者，比起杜陵，当时，他更有一种冲破牢笼要出去战斗的勇气跃然纸上。

　　五月二十五日，甘军毁翰林院："秘府琳琅空一炬，强邻威悍祖龙秦。"六月初三日，义和团攻东交民巷各国使馆："衣襦不面焦黑，大海无风翻巨波。"六月十八日，天津失守，"传来口号操洋音，守门兵心乱如搅……管家儿，闺中秀，步履蹒跚。泪亦不能坠，口亦不能言。"九月十九日这一天，肃堂送叶梅珊太史由救济船回闽："一曲阳关一杯酒，羁鸿归雁两凄然。"留下来的和归去的，面对家国破裂，同样悲伤。

　　杜陵《秋兴八首》写于"安史之乱"结束后的第三年，唐王朝艰难寻找复兴之路之时。此时，好友去世，杜陵滞留夔州，生活无依无靠，家国复兴艰难。《秋兴八首》更多是对曾经辉煌王朝的眷念，对故土的回望，对当下寂寥生活的回应。后人爱读爱学杜陵《秋兴八首》。丘逢甲也写《秋兴八首》，人称丘逢甲是抗日保台的爱国士兵。肃堂依《秋兴八首》韵，写下《秋感八首》。《秋感八首》在格律上、格调上依杜陵的《秋兴八首》，用这种跨越时空的对话，来警示和强调当下的时局。在情感上，依杜陵一脉，爱国忧民的情怀无须言说，一下子触动读者。

　　杜陵说："江间波浪兼天涌，塞上风云接地阴。"

　　肃堂说："毒焰红催銮御出，阵云黑压帝京阴。"

　　时局的紧迫感和压迫感何等相似。

　　杜陵说："闻道长安似弈棋，百年世事不胜悲。"

　　肃堂说："败局难收失算棋，陈陶青坂杜陵悲。"

　　杜陵那时还觉得长安弈棋，肃堂这会更清楚地意识到，当下已经是败局。

　　肃堂的《秋感八首》虽与杜陵《秋兴八首》在题目上只有一字之别，在情感的表达方面还是有很大差别的。杜陵的《秋兴八首》写于"安史之乱"结束后，杜陵用"兴"的笔法，把很多情感寄托在景和物上。肃堂《秋感八首》更多用叙述的笔法，写当下，说当下，更像是把杜陵乐府诗的叙述方式用在律诗上面，再现了当时的那些令人激愤又无奈的画面。

其一："毒焰红催銮御出衰，阵云黑压帝京阴遥。"京城告危。

其二："声浪破空摇地轴，汽球闪影泛天槎。"德兵在演巨炮，法兵在演汽（气）球。

其三："发箧群狼贪莫餍，入笼孤鹤奋难费。"糟糕，"我"的衣物被洋兵抢劫一空。

其四："随扈从官争便捷，勤王怯将故纡迟。"百官慌乱，群龙无首。

其五："幽燕雄镇壮河山，京国摧残指顾间。"印度兵半日不及，攻破东便门。

其六："苦调凄凉诗激愤，空城惨淡雨添愁。"家书已断，衣物被洗劫一空，无米下锅。

其七："斗极芒腾妖彗赤，梵宫火炽鬼磷红。"洋兵烧毁兴腾寺，火似鬼火，洋兵似妖魔。

其八："舆情久切回銮望，廷议未闻讨獥移。"形势一点也不容乐观，"我"深切地期望一切尽快恢复，但是收复京城的"李光弼、郭子仪"还未出现啊！

肃堂还在《秋感八首》诗里做了大量的注解，后人一边在浓缩的诗里反复品读当时的历史，一边又可以在注解里和作者第一时间对话，准确把握当时作者情感的集中点。

作为当事者、当局者，作为清朝的状元，肃堂能用这样的笔法来写这样可能会给自己带来诸多危险的当下，有别于诸多文弱、为赋新词强说愁、自怨自叹的书生。于历史，这是家国复兴的呐喊；于诗歌史，这是诗言志的又一次集结号。

1839 年，龚自珍写《己亥杂诗》，诗云："我为天公重抖擞，不拘一格降人才。"

1900 年，肃堂写《百哀诗》，1904 年肃堂整理《百哀诗》。

1911 年，辛亥革命爆发。这一年，肃堂踏上归乡之路。

1912 年，福建科举史上最后一个状元肃堂先生与世长辞。

穿越时间与空间的对话还在继续，肃堂先生之子吴钟善编次其遗稿为《正气研斋文集》，在其故里晋江钱头状元故居门上雕有蝴蝶。状元第旁有学堂，春暖花开，蝴蝶飞来，当有孩童读《百哀诗》《正气研斋文集》的声音回荡天地间。

（作者系中国作家协会会员、福建省诗词学会常务理事、泉州市诗词学会副会长、晋江市文化馆副馆长）

吴鲁的梅花

李锦秋

我幸与吴鲁同邑，且于多年前求得其著作《正气研斋汇稿》《百哀诗》。今日读《百哀诗》，即从其卷下里请出两株梅花。

在第一株《梅花》里，"戍鼓声残腊鼓催，纵横虏骑起氛埃。梅花不受胡尘厄，独自凌寒次第开"。读这首七言绝句，我的脑中首先跳出来的是王安石《咏梅》中的"凌寒独自开"的句子。两者都写的是梅花那高洁、坚韧、顽强不屈的精神品质，为人们所赞叹。应该说，这种写法在中国古典诗歌中，已深入诗人之心，既传情达意，又从心明志，而梅花往往为物又是诗人自喻的意象。

在吴鲁的这首诗中，这株梅花显得有些不一样。起句在远景的听觉的线性推进中展开，以描写边关鼓声的减弱和岁末腊鼓的强烈催促，形成一种对比的反差，营造出富有历史沧桑感和凄凉、悲伤氛围之意境。紧接着第二句承以外夷入侵的马骑肆意横行，造成了兵荒马乱的近景的大视觉打开，托出诗人的悲愤之情。一句写景，一句叙事，两者的结合为这株寒梅的出场设置了特殊的情境，也起到了铺垫的作用。这注定是与众不同的梅花，它"不受胡尘厄"，既身在时境下，又超然地跳出时境之围，毅然决然地一朵挨着一朵盛开。这株梅花何尝不是诗人的自我写照呢？他以梅花的品格自勉，不因时局之变而易节变志，表达了对自己追求的坚守。

关于另一株梅花的是一首七言律诗，成于一个颇有意思的时间点，即立春前三日。他写道："百卉摧残虐雪霜，共殷岁律转三阳。春风胡骑舒皆惨，冬日愁城短亦长。天闭迅雷难启蛰，牢顷骤雨悔亡羊。蓟门烟柳苍茫里，昨夜寒梅梦故乡。"(《先立春三日》）冬天来了，春天还会远吗？这句诗显然是无法平复诗人的悲愤之情的，于是他很用力地用词。百卉是被"摧残"的被雪霜"虐"的，春风之舒畅欢快因为胡骑的横行变得忧苦万分，在被困的城中心境愁苦得连日子觉得很漫长，万物生发的惊蛰因迅雷因"天闭"而被扼住了……一个场景接续一个场景，一份份深重的凄楚在叠加，诗人低落的情绪似乎正在像被灌气的气球那样越变越大。

被困燕京，诗人的眼睛在寻找熟悉的事物，而平日所见的"蓟门烟柳"这历史的遗迹残垣断壁更破败、杂树丛生，好像更深远地陷入茫茫的尘烟中，随着那场意想不到的变故模糊不清地显现着。在风雨飘摇的岁月里，这无疑又是沉重的一击。那么，何处可安心？无数旅居在外的人，故乡都是他的方向。或许基于此，"昨夜寒梅"代我或我化寒梅，梦回来处：故乡。这让我想起了王维的《杂诗》中那句"来日绮窗前，寒梅著花未"，一样是故乡的温暖在心头涌动。或许我们可以说，此处的"寒梅"被诗化了，是一种典型形象，象征故乡也代表着诗人自己。

谈及此，不得不说起岑参《行军九日思长安》的"遥怜故园菊，应傍战场开"的诗句。同样是战火纷飞的境况，浓烈的思乡之情同样跃然纸上。除此之外，当我们再深一点去遐想，岑参的"故园菊"有着沉重的哀痛，也隐含着对未来收复长安的深切期待，而吴鲁的"寒梅"何尝不是如此呢？他们都饱受困厄的苦痛，也绽放希望的花朵，是心存美好明天的迫切向往。

当我们再回到吴鲁的那两首诗中对外夷"纵横虏骑""胡尘""胡骑"的表述，一下子可见诗人对这些入侵者的强烈痛恨。面对"庚子之变"的动荡时局，作为福建历史上最后一位科举状元，诗人没有兀自沉沦、沮丧，其广为人知的拳拳爱国之情汩汩而出，激荡着读者的心灵。

白居易说："文章合为时而著，歌诗合为事而作。"吴鲁在《百哀诗》卷上的开篇语中自述："庚子拳匪之变，余困处都城，闻见之间，有足哀者。愤时感事，成诗百余首，命曰《百哀诗》……盖以志当日艰窘情形，犹是不忘在莒之意焉。后之览者，亦将有感于斯诗。"此两者不仅相印证，也在阐释诗歌与时代的关系，即诗歌的"历史使命感"。很显然，吴鲁积极践行了这一理念，是胸怀国之大者。

由此观之，吴鲁的寒梅不仅是一朵塑造与展现个人高尚品格的花，更是一朵寄托人民对美好生活向往的花，一朵民族坚韧不拔精神的花。我也想成为这样的一朵花。

（作者系中国作家协会会员、中国文艺评论家协会会员、福建省文艺评论家协会秘书长、《福建文学》杂志社编辑部主任）

先生之风，山高水长

——读《守砚庵诗稿》有感

王天送

　　古代的文人士大夫中，大多具有入世与出世的双重思想，"达则兼济天下，穷则独善其身"。他们有家国情怀，勇于任事；他们重名节，有操行。尤其在朝代更迭之际，他们往往坚守节操，甘于淡泊。这种坚守，在当今功利社会中往往被视为保守和迂腐。但笔者不敢苟同，相反，笔者认为，这种坚守正是民族精神的基因，它使中华文明得以生生不息。清末民初，诗人吴钟善就是这样的人，堪称泉南最后的士。

　　吴钟善（1879—1935），字元甫，号顽陀，晋江池店镇钱头村人，是状元公吴鲁的第四子。清光绪二十九年（1903）经济特科二等第五名（相当于同进士出身）。他一生著述颇丰，留下《守砚庵诗草》四卷、《石门诗草》二卷、《寄鸿吟社诗草》一卷、《东宁诗草》二卷、《题画诗》一卷、《荷华生词》二卷、《词比》一卷、《词约》四卷等作品，共1000多首。

　　诚如现代学者顾随所言，"天以百凶成一诗人"。但凡有成就的诗人，大都历经磨难，有其独特的人生经历，如杜甫、陆游。吴钟善也不例外，他历经青年的春风得意、中年的漂泊萍踪、晚年的平静归隐。他用诗词记录了他的希望与失望、忧愁和苦闷、自嘲和自渡的心路历程。

　　吴钟善出生于北京城，故小名"燕生"。得益于深厚的家学和名师的点拨，少年时期就展现出非凡的才华。13岁起跟随其父宦游，所到之处必登临吟咏，太白楼、太白墓、朱仙镇、武侯祠、龙场驿等地都有遗篇，表达了对先贤的仰慕。

　　但吴钟善并不仅仅是事不关己、吟风弄月的书生，他也展现出关心时局的家国情怀。1900年八国联军入侵，慈禧太后携光绪帝出逃西安，他痛心疾首地写下了《联军入天津》二首、《惊闻两宫西狩泣赋》，表达了对国家安定的期盼，"何日安舆北，升平定应期"。中式经济特科后，又写下了《都门怀古》六首。前五首，用了五个典故：召公辅周，太子丹图强，李光弼、郭子仪平定"安史之乱"，赵匡胤谋幽燕十六州，于谦保卫北京城，喻示了清政府需要真正的治国之才。第六首笔锋一转，写道："几度天维折，安平始此回。正当闲暇日，宜有栋梁材。东挹朝暾旭，西迎爽气来。还应自隗始，慷慨上金台。"其意在于希望朝廷应吸取各个历史危难时期的教训，广纳人才，同时也表达了自己愿意像春秋时燕国的郭隗一样，为朝廷建功立业的决心。

1909年，宣统即位后，摄政王载沣成为实际掌权者。载沣是光绪帝的异母弟，是光绪新政的支持者，1901年曾代表清政府出访德国，在皇室中算是放眼看世界的开明派。他掌权后就着手准备推行君主立宪制。吴钟善作为新政选拔出来的人才，对立宪表示了极大的热情，立刻写下了《即事》六首，其一即是对君主立宪制的拥戴与厚望，"蓟门形胜古雄都，王会重开玉帛图。屏列西山回右界，星环北极拱中枢。当阳令速颁神策，立宪风行仰圣谟。此是中兴新气象，东擎旭日一轮扶"。其二到其五首，则有具体建议，他希望朝廷能严明法度，"亲贤负扆峻风规，堂陛交孚古盛时"；能尽快施行新政，"悬鞀设铎播徽音，古义重新直到今"；能富国强兵，"壮烈会须湔国耻，望洋万里正迢迢"；能整肃吏治，"玺书申诫沉疴起，仕版除名执法苟"；同时表达了对国家中兴的憧憬，"三百年来恩泽渥，万方仗义答升平"。

青少年时期受过的教育、见识，常常奠定了人生的底色。吴钟善青少年时期主要接受了传统的儒家思想，这一时期他表现出儒家积极入世的思想。在《送江杏村先生回闽》一诗中，他甚至规劝江春霖（莆田人，官至御史，吴家世交）应以国事为重，不要学"商山四皓"归隐山林，"直臣宁久废，大任方此始。公归有事在，毋徒慕黄绮"。

机会终于来了，清宣统二年（1910），吴钟善终于被授以广州州判的实缺，并具体署理石门司榷。此时，距离中式时间已过去了七年。石门是贪泉所在之地，西晋广州刺史吴隐之曾酌泉赋诗。初入仕途的吴钟善颇以与吴隐之同宗为荣，并决心清廉为政，"此心终变否，应合试贪泉。太守题诗在，名藩刻其传。相期盟白水，底事问苍天？况我犹宗裔，千秋缔凤缘"（《石门漫兴》其三）。尽管当时朝政日非，他还是想有所作为的。在《惕如归期未定诗以慰留》四首其三这样写道："未到终穷日，宁知大造悭。安危原有责，民物本相关。末秩新恩重，当年幼学艰。救时正今日，君岂乐偷闲？"

当然，吴钟善生于京城、长于京城，有丰富的阅历，有过人的才识，期望着建大功业，忽然之间被分派到比较偏远的石门，颇感难以施展抱负，以及不习惯于官场的迎合，难免会有些心理落差的，以至于有时会动起归隐之心，这都是人之常情。如《答韫山次韵见赠之作》："相期九万里鹏程，忽落名场作候迎。击砵频催元白韵，弹冠早淡贡王情。空群良骥谁真识？触感荒鸡总恶声。应羡季鹰归去好，故乡风味菜根清。"

真正让他动起归念的，确如西晋张季鹰一样并不仅仅是鲈莼之思。最主要的原因在于他"性孝友"，1911 年状元公吴鲁以病引退，他急于回家尽孝，他认为"尽忠之日长，尽孝之日短"（李密《陈情表》）。其次，广州境内爆发了黄花岗起义，局势不明朗。其三，偏僻的石门和他建大功的预期是有很大偏差的，辞官是以退为进的策略。《将归作》六首其四是这样写的："用世非无志，从官尚有年。正须求捷径，不必羡临渊。同学争先着，当时却并肩。何因挂冠去，自问亦茫然。"其六："钟鼎谋难遂，山林业未成。左思赋招隐，陶令寄闲情。失策嗤前猛，长馋忆旧盟。归田有事在，幸及黑头行。"除此之外，文人的清高和出世思想也是他辞职的重要因素。

什么是命运？笔者认为，无法预知的却又发生的事就是命运。1912 年 2 月 12 日，裕隆太后的一纸退位诏书，宣告清朝灭亡。这一纸诏书，也改变了吴钟善的命运，所有的光荣与梦想、信仰与追求、身份与地位都随之烟消云散。同年农历八月，状元公吴鲁溘然长逝。依照儒家惯例，吴钟善为其父守孝三年。三年之内，多产的诗人竟无一诗，是国殇？是家愁？这是无声之痛！

三年服阕，吴钟善于 1914 年应聘到南安华美学校任教。这一年的除夕悄然而至。除夕，历来是人们回顾过去、展望未来的守岁之夜。三年的沉默终于在这个夜晚爆发了，他百感交集，一口气写下了《除夕书怀》十四首。开篇落笔："十载蹉跎不问天，如今环堵更萧然。万签半朽邺侯架，二顷将芜苏子田。排闷只应诗可钓，浇愁苦恨酒无泉。冬烘惯作村夫子，虚拥皋比又一年。"是啊，从中式算起，十几年的时间已过，有心报国，无力回天，诗人也从官籍而到民籍。人生有多少个十年？问天有用吗？不问，就只能环顾凄凉的四壁。幸好还有如四朝宰相邺侯李泌的万卷藏书，如坡公一样的几亩薄田。诗书是解闷的手段，烧酒是解愁的方法，可是不经喝啊，要是酒能像泉水一样源源不绝就好了。其实像村夫一样在冬日里晒晒太阳也挺好，但是作为老师却又虚度了一年。真是千回百转，不忍卒读！

但吴钟善并不仅仅停留在个人忧愁苦闷的小情绪中，紧接着也回顾了南安从教的点点滴滴，以及南安的风土人情，如"八闽甲第破天荒"的欧阳詹读书处、郑成功焚青衣的南安文庙。随后又对第一次世界大战（1914—1918）形势以及国家形势深怀忧虑，其八："怆然入目旧山河，日日登临感慨多。亚雨空濛天泼黑，欧风浩荡海扬波。铁轮击浪冯夷鼓，机艇盘空织女梭。此去又翻新战局，苍苍难问欲如何。"此后，也对于那些投机钻营、见风使舵的无操守人士予以鞭挞和鄙视，其九："攀龙附凤旧官僚，侯伯联翩侍九霄。看守宁须余阙庙，去来空吊伍胥潮。遁荒四皓终归汉，独立三藩尚吠尧。极目上林多少树，一枝漫欲借鹪鹩。"同时，也表明要像西汉隐士严君平一样不问政事、归隐乡里的心志，其十三："鲤城南郭是侬家，春至风光绚彩霞。宿恨难填羞画虎，新书没骨笑涂鸦。空从子美歌蕃剑，不向君平问汉槎。散步村前值邻叟，夕阳篱落话桑麻。"

以吴钟善之家世、才学与名望，取富贵如寄。令人大跌眼镜的是，1915年，吴钟善竟断然拒绝状元公吴鲁门生、福建巡抚许世英的高官厚禄，拒绝为民国效力。作出这样的选择对其个人发展乃至家族发展是不利的。诚如夫子之赞颜回："一箪食，一瓢饮，在陋巷，人不堪其忧，回也不改其乐。"

此后，吴钟善受友人林鹤寿之邀，于1918年东渡台湾，作为林家私教。台湾是中国固有领土，甲午之后，沦为日殖。目睹"人民未改，城郭已非"，吴钟善痛心疾首，写下了《谒郑延平祠》。他认为台湾是中国的宝岛，是不能随随便便落入他人之手的，"造物蕴宝几千年，付必其人非漫然"。他肯定了郑成功收复台湾和开发台湾的历史功绩，"轰轰烈烈谁与传？卓哉延平为之前。大鲸东渡波掀天，红毛西去雀避鹯"；称赞了郑成功作为明朝遗臣，奉永历帝为正朔的气节，"新国岁月旧国延，君已遗失臣节坚"；赞赏郑成功明知不可为而尽力为之、毅然北伐的勇气，"王生国运丁迍邅，孤军起义张空拳""直捣金陵下楼船，铁人藤甲森戈铤"。有对郑氏北伐失败的同情，有天命难违的感叹，"咫尺长江不可沿，天命已去人无权"；有对永历帝消极逃跑的讽刺，"彩云南望万里滇，零丁故主终不旋"；也有对郑成功英年早逝的痛惜，"宁终海外一局蹉，英雄无命星离躔"。同时也凭吊了为南明殉难的宁靖王朱术桂，"宁靖王祠连屋椽，王能殉国王非孱"。朱术桂，明朝宗室，明太祖朱元璋九世孙，南明隆武元年（1645）封为宁靖王，后任郑军监军。清康熙二十二年（1683），郑克塽降清时，与五位王妃自杀殉国，成为最后一位为明朝殉难的王爷。想到彼时台湾正处于日据时代，吴钟善不无悲愤地说，如果延平王、宁靖王英灵再回，那一定不是化成丁令威的辽东鹤来逛逛，而是要化成望帝杜鹃，是要回来啼血的，"神之来兮白云骈，知不化鹤化杜鹃"。"国难思良将，时艰念铮臣"，吴钟善在台期间结集的《东宁诗草》《寄鸿集》，无不流露了对英雄的思慕，对节士的景仰，对故国河山的眷恋，对国家统一的盼望。

1920 年，从台湾西归后，吴钟善又北上游历一番。那时，中国正处于民国军阀混战时期。目睹山河离乱、烽烟四起，吴钟善是颇有感慨的，也诉诸诗篇，"青山旧国干戈里，一度凭栏一惘然"（《海上初度》）。需要说明的是，根据吴增《守砚庵诗稿序》的记叙，原诗稿有 2000 余首，吴增出于保护诗人后裔的善意，为诗稿删减了涉及民国时局的部分，今天我们所见的诗集已非全貌，但也无妨我们对吴钟善精神和人格的判断。

1924 年，吴钟善正式结束了游历谋生，返回故乡晋江钱头村。如同他在《守砚庵诗稿自序》所说："知非之年已届，在三之义永违。"彼时他 45 岁左右，已过了不惑之年。他深知属于他的时代已经结束，他的信仰与追求也已远去，加之母亲王氏年事渐高，因此他决定不再远游，过起真正的归隐生活，把潜心学问、诗书自娱当作修行与自渡，平静地完成人生的最后阶段。

他把书房命名为"守砚庵"，自号"守砚庵主""桐南居士""荷华生"。荷华生，因吴钟善生于农历六月二十四日，是民间的荷花节。荷花被周敦颐赋予"花之君子""出污泥而不染"的美誉，所以"荷华生"这个号深得吴钟善钟爱，"粤有君子花，生当盛夏际，亭亭出淤泥，远香吐风细。卓彼周濂溪，结爱默相契"（《六月廿五日集花桥补作荷花生日》）。"守砚"顾名思义，就是守住家传的"岳飞砚"，另一层意思就是坚守题刻砚台的岳飞、谢枋得、文天祥三位名臣的一身正气。桐南，吴钟善家于泉州南门外。庵主、居士则明显带有佛家修行的色彩，在他的诗里多有体现，如《偶步前韵》四首其一："昔尘如梦是耶非，静里新参善者机。活水烹茶琼泛乳，名笺试墨紫生辉。遗闲乐事随缘了，向老愁边逐岁稀。日写金经略成诵，为供绣佛办斋闱。"是啊，时间就是医治一切的良药，所有悲欢离合、忧愁苦闷都会慢慢冲淡。是耶非耶？终将化为蝴蝶！

　　昔有伯夷叔齐采薇首阳、子陵先生垂钓富春，今有桐南居士守砚泉南。吴钟善虽然只有短暂的仕历，但他宁愿坚守儒家信仰，忠于他的时代，成为前清之完人；他积极传播中华传统文化，力求不至断流；他位卑不忘忧国，热切盼望国家统一；他也留下了宝贵的诗文，使后人得以了解一个世纪前泉州乃至中国的前尘往事。这些都足以赢得世人的尊重，"云山苍苍，江水泱泱，先生之风，山高水长！"

（作者供职于中国建设银行晋江市分行）

自然与人生的交响

——读吴钟善《中庭树》

留婉珍

《中庭树》自吴钟善的《守砚庵诗稿》中缓缓走出，如同一幅淡雅的水墨画，轻轻铺展在我的心田。在品味之余，不禁沉醉于那份超脱与淡然之中。

"有客南方来，笑指中庭树。"开篇一句，轻描淡写间，一幅温馨而又略带几分意外的画面跃然纸上。这"南方来"的客，或许是久别重逢的友人，抑或是偶然造访的过客，他们的笑容中藏着对眼前景象的几分惊喜与感慨。而那份惊喜，正源自那棵静静伫立于中庭的树，它既是自然之美的展现，也是诗人心中那份对故乡无尽思念的寄托。

"造物独何心，不作一冶铸。"诗人以问句的形式，表达了对自然法则的敬畏与不解，同时也隐含了对人生百态的感慨。世间万物，各有其性，正如中庭之树，虽同处一地，却各有千秋，有的坚韧不拔，有的柔弱易折，这不正是人生百态的真实写照吗？

吴钟善（1879—1935），字元甫，号守砚庵主，亦曰桐南居士。他生于名门，血脉中流淌着的是清朝状元吴鲁的智慧与风骨。自幼在书香门第的熏陶下，如同中庭那棵历经春秋的古树，根深叶茂，汲取着文化的甘露。

"寄语草与木，结根慎所附。"诗人以草木为喻，告诫我们要谨慎选择自己的立足之地，这是对自然规律的深刻认识，也是对人生选择的智慧提醒。在接下来的诗句中，诗人通过对苍松、桃李、海棠等树木的描绘，进一步展现了自然之美与人生哲理的交融。苍松的坚韧、桃李的艳丽、海棠的甘美，各自代表着不同的品质与命运，而诗人对它们的观察与感悟，则是对人生多样性的深刻洞察。

在《中庭树》中，吴钟善展现了高超的写景技巧，在字里行间透露出一种超然物外的诗心。他通过对中庭树木的细致描绘，将自然之美与人生哲理巧妙结合，使我们在欣赏美景的同时，感受到诗人对生命本质的深刻思考。如"庭树悄无叶，栖鸟明可数"一句，以简洁明快的语言，勾勒出一幅静谧而生动的画面，而"恩斯复勤斯，风枝相仰俯"则通过鸟儿的互动，展现了自然界中的温情与和谐，这种物我两忘的境界，正是诗人所追求的理想状态。

吴钟善的一生，是文人风骨与时代印记交织的典范。他早年求学于胡若霖、戴文诚等名师门下，深受儒家思想的熏陶，形成了自己独特的人生观与价值观。清光绪年间，他凭借卓越的才华与不懈的努力，考中经济特科进士，步入仕途。然而，他并未沉迷于官场的浮华与名利，而是始终保持着文人的清高与独立。清宣统三年（1911），他随父归返乡，过上了淡泊名利、寄情山水的隐居生活。这种选择，体现了他对自由与独立的追求，彰显了他对时代变迁的深刻洞察与冷静应对。

吴钟善一生著述颇丰，有《守砚庵诗稿》十四卷、《荷华生词》二卷，以及《守砚庵文集》四卷等，其诗词文赋后又辑为《守砚庵诗文集》，被誉为闽南诗坛之大家。吴钟善的诗，正如名士苏镜潭所言："其气醇以庄，其格谐以苍。"他的诗文，如同鸣琴流水，潺潺而来，清澈而又深邃，每一个音节都蕴含着对自然之美的崇敬与向往；又如响玉清风，拂过心头，留下一片宁静与淡泊。

（作者供职于晋江市永和镇塘下小学）

穿越时空的对话：
吴鲁家族与福建文化的璀璨轨迹

陈世雄

在那悠长岁月的长河里，有这样一方水土，孕育了无数文人士子的风骨与才情，他们以笔墨为舟，以诗书为帆，在历史的波澜中留下了一道道璀璨的轨迹。福建，这片古老而又充满活力的土地，便是我此番心灵之旅的起点，而引领我深入其文化精髓的，则是吴鲁及其子吴钟善等人的史迹，尤其是通过研读《百哀诗》《正气研斋汇稿》以及《守砚庵文集》《守砚庵诗稿》，我仿佛穿越了时空，与那些远去的灵魂进行了一场跨越世纪的对话。

吴鲁：正气凛然，哀歌传世

提及吴鲁，首先映入脑海的是他那份深沉的家国情怀与不屈的正气。吴鲁，晋江市池店镇钱头村人，是科举时代福建最后一名状元，清末著名爱国诗人、教育家、书法家。吴鲁的一生，是奋斗与奉献的一生，也是哀婉与悲壮的交织。在《百哀诗》中，他以诗寄情，字字泣血，句句含悲，不仅是对个人命运多舛的感慨，更是对时代风雨飘摇的深切忧虑。诗中，他哀民生之多艰，叹时局之动荡，字里行间透露出一种超越个人悲喜的宏大视野和深沉的忧国忧民之心。

"百哀之中有千愁，泪洒青衫恨未休。"这是吴鲁心中无尽的哀歌，也是对那个时代最真实的写照。他的一生，如同他笔下的诗文，既是对美的追求，也是对苦难的直面。在《正气研斋汇稿》中，我们更能感受到他作为学者的严谨与作为文人的风骨，那些关于学问、关于道德、关于国家的思考，如同璀璨星辰，照亮了后世学子的前行之路。

吴钟善：守砚传家，文脉相承

如果说吴鲁是家族的荣耀与先驱，那么其子吴钟善，则是这份荣耀与精神的忠实继承者。在《守砚庵文集》与《守砚庵诗稿》中，我们看到了一个既继承父志，又有着自己独特风格的文人形象。吴钟善以"守砚"为名，寓意着对家族文化的坚守与传承，他的文字，如同细水长流，温婉而有力，既有着对父亲遗志的深切缅怀，也有着自己对时代变迁的独到见解。

"砚田勤耕心自安，文脉悠悠传家远。"在吴钟善的笔下，文字不仅是表达情感的工具，更是连接过去与未来的桥梁。他通过诗歌与散文，记录了自己的生活感悟、学术思考以及对家族、对国家的深情厚谊。每一篇文章、每一首诗作，都是他对这个世界温柔而坚定的回应，展现了他作为文人士大夫的责任与担当。

钱头状元第：历史的回响，文化的传承

探访钱头状元第，仿佛是踏入了一段尘封的历史。这座古老的宅院，见证了吴氏家族曾经的辉煌与荣耀，也承载着他们对后世的期许与寄托。漫步其间，每一块青砖古瓦，每一幅雕梁画栋，都仿佛在诉说着往昔的故事，让人不由自主地沉醉于那份浓厚的历史氛围之中。

在这里，我仿佛能听到吴鲁父子在书房中秉烛夜读的沙沙声，感受到他们笔下流淌出的文字所蕴含的力量。这座状元第，不仅是吴氏家族荣耀的象征，更是中华传统文化生生不息、代代相传的见证。它告诉我们，无论时代如何变迁，那些关于学问、关于道德、关于家国情怀的追求与坚守，始终是中华民族最宝贵的财富。

吴鲁及其子吴钟善等人的史迹，如同一部厚重的历史长卷，缓缓展开在我们面前。他们用自己的生命与才情，书写了一段段感人至深的故事，也为后世

留下了宝贵的文化遗产。在这个快节奏、高压力的时代，重读他们的诗文，探访他们的故居，不仅是对历史的回望与致敬，更是对自我心灵的一次洗礼与升华。让我们在忙碌与喧嚣之中，不忘初心，继续前行，在传承与创新中，共同书写属于这个时代的华章。

（作者供职于晋江市金山中学）

附　录

弘扬优秀传统文化　打造吴鲁文化 IP
吴鲁文化季活动今日启动

曾舟萍

今日，是吴鲁虚岁 180 岁诞辰，由晋江市文学艺术界联合会、晋江市文化体育和旅游局、池店镇人民政府共同发起，联动相关单位和文艺团体举办的首届吴鲁文化季活动，在池店镇钱头村吴鲁故居——状元第启动。

福建省作家协会、海峡文艺出版社、泉州市作家协会、泉州诗词学会、晋江市相关文艺社团的负责人、文艺家代表，以及吴鲁的族裔代表应邀参加启动仪式。大家将共话吴鲁人格魅力、文学作品和后裔吴钟善等人史迹，并就弘扬中华优秀传统文化，打造吴鲁文化 IP，推进文体旅融合发展展开研讨。

此外，"吴鲁杯"海内外诗词大赛、吴鲁文化采风创作和征文活动也将于今日正式启动。活动以吴鲁、状元第、吴钟善等为主题，面向海内外优秀诗词创作者、作家进行征稿。优秀作品后期将陆续刊发、出版。

100 多年过去了，吴鲁为何仍让人念念不忘？

能文能武报国家

吴鲁（1845—1912），字肃堂，号且园，晚号老迟，又号白华庵主（吴鲁曾于普陀山白华庵避暑）。自幼天资聪颖，勤奋好学，博闻强识；光绪十二年（1886）考军机章京；十四年（1888）应顺天乡试中举；十六年（1890），朝廷为庆祝光绪帝亲政特开恩科，吴鲁殿试列第一甲第一名，为福建科举时代最后一位状元，也是福建清代科举三位文状元中唯一的泉州籍状元。

吴鲁科举出身，但文武兼备。在列强环伺、边恤不断的年代，他表现出了在武事方面的专长。他的《纸谈》所论兵法，是行兵驻扎、用兵布阵之法。他的《请迅调战将以临前敌书》提出："请旨迅调战将，以分贼势。"他的《为政而不行甚者必变而更化之仍可理也论》指出："治术与学术异，治术贵因时变通。"

1900 年，八国联军攻陷北京，56 岁的吴鲁被困其间。看着津京遭劫，生灵涂炭，吴鲁以暮年心血、鬓角秋霜，缀以史实，将愤慨的心情擴述成百余首诗，即《百哀诗》。上卷 45 首，主要记义和团抗击列强之事；下卷 111 首，主要写和议后吴鲁出都城沿途的见闻观感及痛斥八国联军暴行，并描绘清廷君臣丑态。

《百哀诗》有着大丈夫怒发冲冠、斟满正气的悲壮，更如同灰暗天空中划过的一道道闪电。其被人评为"是殆欲国家无忘庚子之难也"，被史学家称为"难以匹敌之庚子信史，清诗之至评"，也是中国人民反帝爱国斗争的一部诗史，更是对后人进行爱国主义教育的生动教材。

吴鲁不仅能文能武，还是清代著名的书法家和古玩书画鉴赏家。

在书法方面，吴鲁遍临唐柳公权、欧阳询诸家，尤其对颜真卿楷书用功最勤、体会最深。一代高僧弘一法师在《吴肃堂临董华亭龙神感应记》的题跋中写道，"余于童年即闻肃堂名，五十游闽，居雪峰获观肃堂书'大雄宝殿'额……书法严肃端庄，能副其名，可宝也。"可见，弘一法师幼时即久仰吴鲁书名，在雪峰寺见到吴鲁手书的"大雄宝殿"后，欢喜之余，更极力称赞。

在鉴赏古玩书画方面，吴鲁总能一针见血地指出真伪、特色等。正是这样的艺术沁润，帮助其获得南宋抗金名将岳飞所用端州石砚一方，他托意南宋抗元英雄文天祥《正气歌》诗而命名为"正气砚"。自此，吴鲁与之相守 18 年。

历经甲午战争、戊戌政变、庚子变乱之后，吴鲁对腐败的清廷深感悲愤，遂于宣统三年（1911）奏请开缺回籍，辞职回乡。民国元年（1912）十月八日，吴鲁病逝故里，葬于晋江磁灶镇马鞍山。

一生笔耕不辍的吴鲁，为后人留下了《蒙学初编》《兵学经学史学讲义》《教育宗旨》《杂著》《国恤恭纪》《文集》《读王文成经济集书后》《使雍皖学滇学西征东游诸日记》《正气研斋汇稿》《正气研斋遗诗》《百哀诗》《纸谈》等著述。

兼容并蓄兴教育

吴鲁的声名在外，故居也是一样。晋江流传着一句歇后语："吴鲁中状元——成钱头"，表达的是人们对状元故里的欣羡。

省级文物保护单位吴鲁故居，占地面积 2050 平方米，建筑面积 1450 平方米，于清光绪年间建造，共三座五开间大厝，坐东北朝西南呈一字排列；门口铺着广阔的石埕，埕角立着一对一米多高的旗杆夹石，原本用于竖立旗杆。作为省内现存较完好的状元府第之一，吴鲁故居为研究福建清代科举和教育提供了重要的实物依据。

去过吴鲁故居的朋友会发现，大厝清一色红砖面墙，细雕白石墙裙，除了大门口堵石下螭虎脚和门路木作简单的雕刻外，并未做繁丽的雕饰，比起同时期的侨建古厝显得古朴。不过，别看三座大厝外观无甚差别，可格局布置迥异，功用也各有不同。

居中一座为正屋，大门楣上高悬着一方朱漆金字匾额，大书"状元第"三个字。上下厅铺的是特制的尺四大方砖，条石铺砌的天井分外宽敞。上厅厅前横楣上挂着"状元""学政""历任安徽云南学政陕西云南主考吉林提学使学部丞参翰林院修撰、主考"三方匾额，下厅挂着"光绪癸卯廷试二等授广东州判、经济特科""副魁"牌匾，显示大厝主人吴鲁及其四子吴钟善昔日的荣耀。

左侧一座大厝为吴鲁居所，当年吴鲁常在这里接待客人，所以习惯称为"客厅"。客厅下厅与天井之间，设有一道屏门；中间双扇门平时紧闭，只有尊贵的客人光临时，才会打开中门迎接，日常进出都走两旁角门。因为吴鲁在这里读书，为了通风透光，房间前面特地设计了疏朗的雕花木枳笼扇和可以上下开启的疏枳窗户。这种上下开启的窗户在闽南鲜见，应该是根据主人吴鲁的意见，采自北方的建筑形式。

三座大厝最让人津津乐道的还属右侧大厝。这是供后辈读书的学堂，前后两落，中间建一座歇山顶的学堂厅。学堂厅砖木结构，气势肃穆。后落、左右厢房和下落的房间是让学生分别就读的学舍，周围环护着学堂厅，整体格局如

"回"字。与其他两座大厝不同，学堂的门墙上开着青石竹节枳大窗，既利于通风、采光，还寄托着深刻的寓意。

故居这样的设置，也印证了吴鲁一生都以振兴文教为己任。

众所周知，吴鲁历任陕西典试（主考），安徽、云南督学，云南主考，吉林提学使等。为培养人才，吴鲁每到一处，都以实际行动为办学兴教树立良好的榜样。

督学安徽时，太平府要规复翠螺书院，吴鲁捐俸五千金倡导，并为书院作记，勉励后学要"仰体先贤立教之微旨"，力求上进。任吉林提学使时，吴鲁又捐俸五千金措办提督学政公署（时吉林初设提学，吴鲁为第一任提学使），继又捐资一千六百金改建文庙。督学云南时，吴鲁从当地实际情况出发，主张功课不能强求与其他地区一致，提出"此地之要，务精其化学，冀开农矿之利源，以中学为普通，以西学为专门，应兼者兼之，如农矿务兼化学，化学必精算学；应分者分之，如习矿务者不必农务，习公法涉语言文字者，不必习化、电、声、光"。中西学的有机结合，提高了教学效果，培养了大批学有专长的人才，以至于吴鲁离滇之日，士绅们为他树"德教碑"于林则徐"去思碑"之右。在吉林提学使任内，吴鲁与各省提学使赴日本考察政、兵、工、商各学务后，力行"自小学、师范、方言、实业、法政、模范诸学堂，以及中学、女学依次而立"，极大地提升了吉林省的教育水平。

因兴学育才卓著成效，宣统时期，吴鲁被诰封为资政大夫，官至正二品，有"六掌文衡"及"一代宗师"之赞誉，被誉为我国新学制改革的先驱者、近代教育家。

故居书房的设置，是吴鲁对于培养家乡学子和吴氏后人的拳拳心意，他的家风家训和孝廉文化，也在这座大厝中传承着。

后来，这座书房成了吴鲁四子吴钟善的故居。应诏中经济特科第二等第五名的吴钟善，亦随父亲一般，一生钟情教育事业，一生著述颇丰，遗著有《侍疴轩集》等十部存世，还整理出版吴鲁遗著多种，为研究近现代史提供了宝贵资料，同时传承和传播了吴鲁文化。

（原载《晋江经济报》2024年8月24日，作者系该报记者）

吴鲁：福建历史上最后一位科举状元

吴挐云　柯雅清

人物名片

吴鲁：字肃堂，号且园，晚号老迟，又号白华庵主。泉州晋江钱塘乡（今晋江池店镇钱头村）人。清末政治家、教育家、爱国诗人、书法家，有"福建最后一位状元""福建馆阁体最后一笔"之称。

吴鲁的一生中，荣光、坎坷皆有之。他满腹经纶，是学识过人的科举状元；推动新学制改革，是兴学育才的"一代宗师"；挥笔写就《百哀诗》，是心系家国命运的爱国诗人；书法沉雄峻拔，是"名噪都下"的书法大家……百年光阴转瞬即逝，然他笃行报国的忧容仍挥之不去。

状元及第　"吴体"席卷文坛

清光绪二十六年（1900），八国联军进攻北京，轰隆隆的炮声使紫禁城为之震颤。谁承想，面对敌军，"危城未破降幡树，大帅先奔众志违"，津门守备弃城而走，慈禧太后闻风丧胆，带着光绪帝等人惶惶然如丧家之犬般匆忙西逃，古都陷入一片火海。撤退不及而困居京城的吴鲁见此情状，满怀忧戚，以诗的形式逐日记下"庚子之变"全过程，发出了"以诗鸣哀"的悲声，后来结集为振聋发聩的《百哀诗》，至今传世不衰。一朝蟾宫折桂，本该是"春风得意马蹄疾"的状元郎，在家国风雨飘摇之际，却连被召见的机会都没有，他怎能不怆然泪下，长歌当哭！

据吴鲁墓志铭载：吴鲁，"字肃堂，号且园，晚号老迟，又号白华庵主，闽晋江人"。吴鲁生于清道光二十五年（1845）七月二十一日。曾祖呈坚，祖父璧经，父亲厚宇，祖上三代均为平民。祖父因行义而在家乡享有盛誉，父亲经商讲究诚信，曾赈济军队和饥民，受人称道。吴鲁在家中排行第二，深受正直家风影响。

吴鲁是一个不折不扣的"学霸"，他先靠着自己的努力保送"名校"，后又拿到许多人梦寐以求的"编制"，继而成为人人称羡的科举状元，前半生可谓风光无限。据载，吴鲁自幼勤奋好学、博闻强识，5岁开始从师学习，钻研学问皆"穷极源委"。未及弱冠之年，已补邑学官弟子。同治十二年（1873），29岁的吴鲁以拔萃贡成均，进入古代最高学府国子监学习。同治十三年（1874）朝考一等，授刑部七品小京官，俸满升刑部主事。光绪十二年（1886），吴鲁考取军机章京，不久后充方略馆纂修。

其实此时的吴鲁已名声在外，但他依旧追逐着科举上的荣光。光绪十四年（1888），吴鲁中式顺天乡试。光绪十六年（1890），46岁的吴鲁会试金榜题名，殿试一甲头名，世称"殿庭射策墨淋漓"。状元及第后，吴鲁获授翰林院修撰，为福建科举留下一段佳话。

学海无涯，吴鲁不光学问好，其"特长"也十分突出。他工小楷，尤擅行楷，形成严肃稳重的独特书法风格，在当时享有盛誉。御史江春霖称其"书法精绝，名噪都下"，谓其书法为"吴体"。后来，高僧弘一法师亦在雪峰寺见到吴鲁手书的"大雄宝殿"匾后赞叹不已，并在《吴肃堂临董华亭龙神感应记》中对其作出"书法严肃端庄，能副其名，可宝也"的高度评价。

六掌文衡　扬起新式学风

吴鲁为官近四十年，四次出任学政，成就其"六掌文衡"的美誉。

当官时，他即以振兴文教为己任："窃维朝廷振举庶政，以兴学育才为第一要义。"作为清朝负责教育的官员，吴鲁积极主张改革教育体制，推行新政，是中国新学制改革的先驱之一。

光绪十七年（1891），吴鲁典试陕西。他白天巡视考场，夜间批阅试卷，每选拔或剔除一人，必反复斟酌，选贤任能颇为严谨。

移督安徽学政后，吴鲁革除积弊多年的"免搜检费"，重用提拔优秀的寒门士子，光兴教育事业。安徽太平府要修复翠螺书院，他捐俸五千金支持，并为书院作记，勉励士子们要"仰体先贤立教之微旨"，力求上进。

光绪二十七年（1901），吴鲁奉旨简放云南正考官。光绪三十一年（1905）十二月，吴鲁在云南学政任上，上奏《请裁学政疏》，提出："一在广筹经费，遍立学堂；二在严督各府厅州县，实力奉行；三在遴委道府精于学务者，认真考察；四在鼓励本籍绅士协力相助。"大力提倡振兴学校。他主张从云南实际情况出发，提出"此地之要，务精其化学，冀开农矿之利源，以中学为普通，以西学为专门，应兼者兼之，如农矿务兼化学，化学必精算学；应分者分之，如习矿务者不必农务，习公法交涉语言文字者，不必习化、电、声、光。"吴鲁反对要求学生兼修博览，支持培养"术业有专攻"的人才，呈现出因地制宜、因材施教的教育思想。

光绪三十二年（1906），时吉林初设提学，吴鲁为首任吉林提学使，与各省提学使赴日本考察学制，以及农工兵商诸政。经过深入调查，他对日本人重视小学基础教育的观念深感认同。他倡办《吉林教育官报》，大力提倡教学研究与学术讨论，倡议"自小学、师范、方言、实业、法政、模范诸学堂，以及中学、女学依次而立"，推动清朝教育体制的重大改革。又先后捐俸数千两，筹办提督学政公署、改建文庙，完善教学设施。

在"废科举、兴学堂"新风兴起之后，吴鲁提出要对出国留学归来的学子加以重用，"考试及格，当轴者破格用之，或量其才而授之以事，或分发各省学堂以为人师，或入官诏糈出其所学以襄理新政"。光绪三十四年（1908），吴鲁供职学部，不久改为候补丞参。宣统三年（1911）夏，派充图书馆总校。后来吴鲁因兴学育才成效卓著，被诰封为资政大夫，为文职正二品。诗人苏镜潭评价他："衡文滇皖才无遗，金镜玉尺垂丰碑。"

庚子信史　哀诗百首醒世

　　光绪二十六年（1900）"庚子之变"时，吴鲁在《请饬沿海水师互相联络以振全局疏》中指出："宜以北洋为提纲，以南洋为关键；以陆军扼守其要区，以水师会哨其海口。"提出加强水陆联防，可惜未被采纳，但他也因此被主战派推荐为军务处总办。

　　"纷纷世变乱如麻，百首哀诗托浣花。"八国联军入侵北京期间，吴鲁困居于北京南柳巷晋江会馆，目睹八国联军烧杀抢掠、京城千疮百孔的景象，从所见所闻出发，作《百哀诗》纪事。诗前有《自识》云："庚子拳匪之变，余困处都城，闻见之间，有足哀者。愤时感事，成诗百余首，命曰《百哀诗》。"吴鲁视学滇南之时，将《百哀诗》旧稿汇为一帙，"盖以志当日艰窘情形，犹是不忘在莒之意焉。后之览者，亦将有感于斯诗"。

　　《百哀诗》包含上、下两卷，上卷共有 45 首诗歌，主要记录义和团诸事；下卷则有 111 首，描绘八国联军暴行和清廷君臣丑态，记录出京沿途所见所闻。诗歌附有大量旁注，对事件背景等进行解释说明，因此《百哀诗》除其文学性，同时具有较高的史料价值，被史学家称为"庚子事变"的"第一手史料"，堪称"庚子信史"。

　　《百哀诗》以《义和团》开篇。义和团是一个形成于光绪年间的民间组织，以"扶清灭洋"为口号，反抗外来侵略。义和团失败后，清廷文人对其多有诬蔑。吴鲁却以近 20 首诗歌的篇幅，详细记述了义和团设坛习武、除害安良等场面，对义和团的起因作客观分析，在当时实属难能可贵。吴鲁在诗中还无情揭露了侵略者的滔天罪行："炮弹开花恣焚毁，千家万家火坑死""日酉八宫遍搜求""搜仓掘窖倾盎缶""富室寒门一扫空"，对此强盗行为，怎能不"读之使人毅然而有不共戴天之愤"呢？

　　对于腐朽昏聩的清廷，吴鲁笔锋如刃，鞭辟入里："争传献策和戎魏，无复捐躯骂贼颜"，慨叹朝廷有求和的魏绛之流，却没有捐躯骂贼的颜真卿；"诡随巧作全身计，蚊脚夷符贴相门"，嘲讽相门贴夷文以保命；"武卫军十万，闻风悸战魄"，指责毫无胆魄的兵士将领；"节钺重臣皆缩手，何人洗甲挽天河"，痛斥荣禄、李鸿章等贪生怕死的当权者；"政府袒护，变乱黑白，大局安得不坏"，更是将矛头直指最高统治者。

时人评价《百哀诗》："百哀诗者，其人心之救药也。"在内忧外患的清末，《百哀诗》确是醒世之良药，也是有识之士寻觅救国新途的冲天号角。

诗礼传家　浩然正气长存

宣统三年（1911）六月，吴鲁辞职返乡。先是旅居上海，后至厦门鼓浪屿，寓居鼓浪屿林家菽庄花园半年。次年二月，返回晋江。1912年农历八月二十八病逝，终年68岁。斯人已矣，但其文学著述、书法作品等流传至今，历久弥新。

吴鲁著述颇丰，著作包括《蒙学初编》二卷、《兵学经学史学讲义》二卷、《教育宗旨》二卷、《杂著》二卷、《国恤恭纪》一卷、《文集》四卷、《读王文成经济集书后》六卷、《使雍皖学滇学西征东游诸日记》综十余卷等，刊行于世的有《正气研斋汇稿》二册（六卷）、《纸谈》一卷、《正气研斋遗诗》一卷、《百哀诗》上下两卷等。

吴鲁善书嗜画，书法作品多传于世。泉州涂门街东观西台吴氏大宗祠内保存着一块吴鲁原刻书法，即《温陵合族吴氏祠堂记》碑的第一方，其余三方碑刻是由吴鲁四世孙吴紫栋根据《正气研斋汇稿》于1999年补写完善的。

钱头妈祖庙石楹联为罕见的吴鲁存世石刻楹联之一，原镌于晋江池店钱头妈祖庙，1998年被拆弃。后为晋江博物馆馆长吴金鹏发现，收存于晋江博物馆内。楹联文曰："寰海境清波澂贝阙，湄洲源远泽被钱塘。"前署"光绪丁酉年二月"，后题"吴鲁撰并书"，融虞、欧、柳各家于一体。此外晋江博物馆还藏有吴鲁的状元殿试卷，被誉为"泉州十宝"之一。吴鲁虽然在家乡的时间没有在外地长，且成名之后回到泉州的时间不多，但依然在泉州留下不少墨宝，集中在名人故居、宫庙、碑刻之中。譬如，南安官桥蔡氏古民居里有吴鲁一副对联，落款是"弟吴鲁"；鲤城江南街道杨阿苗故居中，大厅挡壁的板堵上也有吴鲁的题字。

闽南流传有"吴鲁中状元——成钱头"的歇后语，是说吴鲁高中状元使得钱头村变得远近闻名。如今，位于晋江市池店镇钱头村的吴鲁故居有两处，包括旧宅和新宅。旧宅正厅门楣上挂有"状元第"原刻匾额，大门背后檐下镌有"紫薇高照"四字，为吴鲁书法真迹。新宅是三座五开间大厝，内设"状元""主考""学政"牌匾及吴鲁画像，供后人祭祀。

吴鲁任安徽学政期间，获得一方岳飞遗砚（岳忠武砚），砚背镌"持坚守白、不磷不缁"八字铭文。该砚后来由南宋名臣谢枋得、文天祥收藏并加镌铭文，清初为商丘人宋漫堂收藏，并取名"正气砚"。吴鲁得此砚后"如获重宝"，为之题写跋文，并将书斋改名为"正气砚斋"。

在20世纪六七十年代，吴鲁藏品"正气砚"不幸遗失。后来其直系后裔吴绥树通过比对原砚拓片，复制此砚。时至今日，凝聚于先贤遗物中的拳拳爱国之心、殷殷报国之志，仍在赓续传承。

吴鲁曾为明代忠烈、晋江人蔡道宪题诗云："闽南之山倚天绝，闽南之水清且洁。开闽以来千余年，笃生伟人尚奇节。浩然正气凌乾坤，气如河岳心如铁……"正是内心崇尚的这股闽南正气，支撑吴鲁一生守节，并沉潜于文教事业。近四十年的宦海搏浪，终令他收获"冰壶玉衡朗无私"的世间赞誉，也树起了闽南"肃堂"的高洁清姿。

（原载《泉州晚报》2023年4月21日，作者系该报记者）

吴钟善：守砚如守正　一生节气在

吴拏云　吴雨凡

档　案

吴钟善（1879—1935），晋江人，字元甫，号顽陀，又号荷华生，别号桐南居士，室名"守砚庵"。状元吴鲁之子，清末登经济特科，其在诗词、书画及篆刻、鉴宝等诸多方面造诣精深，享誉闽地。

他是福建最后一位状元吴鲁的第四子，受父之命一生守护岳忠武砚；曾与友人在台北结成寄鸿吟社，后又加入碧山词社、温陵弢社；因博学被推举为泉州昭昧国学专修学校校长，并被聘为《晋江县志》总纂，惜书未竟、人已逝。

声名鹊起：受教于名儒名宦

"巍然雄峙乎宇内，而尊莫与并者，曰五岳；发源乎昆仑，经西域而横贯乎秦、豫者，曰黄河；合川、楚之流，历赣、皖而东注于吴以入海者曰长江。屹屹崇崇，干霄柱空，浩浩渊渊，没地际天，此则大造之伟观也……"这是出现在今年上海市高三语文一模试卷"诗词鉴赏题"中的一篇文章，这篇文章写得大气磅礴、文采飞扬，而它正是出自清末晋江名士吴钟善之手。

吴钟善出身名门，曾祖、祖父都曾是资政大夫，其父吴鲁乃是福建古代科举史上的最后一位文状元，名声斐然。吴鲁为晋江钱塘乡（今池店镇钱头村）人，但由于他长期在京任职，所以吴钟善并非出生于晋江，而是诞生在京城之内。吴钟善两岁时第一次随父亲返回晋江故里，而后数年间父子俩不断在京城

217

与晋江之间来回穿梭。晋江靠海，吴钟善在这里见识到了多姿多彩的闽南乡土风情，这是一种与皇城之内肃穆庄重、按部就班全然不同的地域文化。在京城与晋江两地的见闻，是一种山与海的融合，既拓宽了吴钟善的眼界，也增长了他对中原文化与海洋文化的认知。

吴鲁十分重视对吴钟善的教育培养。在吴钟善13岁那年，父亲吴鲁延聘长沙名儒胡佛生来教导他。吴钟善天资颇高，而且学习刻苦，"诗书一卷未终，不杂以他卷"，其在诗词、书画方面进步迅速。13岁时，吴钟善随胡佛生等游历采石、青山等皖南胜迹时，即兴赋诗便震惊四座，神童之名不胫而走。后来他又师从徐琦、戴鸿慈、江春霖等名臣，在学业上更是日益精进。

吴钟善17岁举茂才，清光绪二十八年（1902）即中乡试。翌年，经戴鸿慈举荐，考取经济特科二等第五名，跻身特科之列（在当时与进士同等）。同年秋，吴钟善开启他的多地漫游计划——"复赴豫闱揽辔，赵魏之郊，楚尾吴头，沿江东下，浮海而南"，连续跑了好几个省份，只为阅世增知、激发志向，完全是一副"精神小伙"的状态。一路上吴钟善诗兴大发，沿途凡遇名山大川几乎都留有诗篇。光绪三十二年（1906），吴鲁奉令署理吉林提学使，并在上海会合各省提学使赴日本考察学制。27岁的吴钟善亦随父亲至日本，走访横滨、神户。考察完毕后，父子俩于当年冬天取道朝鲜，经安东前往奉天（今沈阳）。此次出国考察让吴鲁父子意识到，与列强相比，清朝教育制度已远远落伍，亟待新变革。

造诣精深：痴迷收藏与鉴宝

光绪二十年（1894），也就是吴钟善16岁那年，发生了一件影响他一辈子的事。那年九月，父亲吴鲁于皖南获得一方岳飞遗砚（即岳忠武砚）。此砚产自端州，岳飞在砚背刻有"持坚守白，不磷不缁"八字。砚台曾为谢枋得、文天祥所藏，先后加镌铭文于其上。该砚在清初又为商丘人宋漫堂收藏，并取名"正气砚"。吴鲁得砚后，将自己的书斋号更名为"正气砚斋"。后来吴鲁病重弥留之际，将砚交付儿子吴钟善保管，并嘱其将之代代相传。

吴钟善既领父命，不敢大意，遂将自己的书室名更改为"守砚庵"。吴钟善在其《守砚庵诗稿·卷九》留有《岳忠武公砚》一诗曰："岳忠武公有遗砚，泽肤焦背颅而圆。有沟如弓池如月，日退毛颖短陈玄……蓁尔块石九鼎重，中有大宋三名贤。乃令小子守勿坠，先公付与何其虔……留取丹心照两曜，归来灵气栖一拳。墨浪淋漓血和泪，大节相辉谁后前。摩挲手泽耿遗训，庶谢缁磷完白坚。"诗文阐述父亲吴鲁与自己，两代人守砚的由来与决心。这岳忠武公砚既与岳飞、谢枋得、文天祥这"大宋三名贤"相关，又得吴氏家族"守砚"，故亦被时人视为"天下奇珍"。

得益于追随父亲守护岳忠武砚，吴钟善很早便痴迷收藏古物和鉴宝。从他的文章中可知，其对于停云馆墨、李廷珪墨、汉孟孝琚碑、宣和秘阁帖、方于鲁墨、骊龙珠加十万杵墨、唐拓足本欧书温虞恭公碑、卓吾石印等物俱有研究。正因出于对文玩古物的喜爱，吴钟善才发出"礼器琳琅焕相伍"的感叹。此外他在书画及篆刻方面，亦造诣精深，其书法继承吴鲁之风，传世墨宝甚多。

有意思的是，吴家也不单藏有岳忠武砚，吴鲁生前还收藏有浙西词派创始人朱彝尊（号竹垞）的一块名砚。此砚"面有缘，无池，深其上以聚墨。右侧临汉壶，铭十三字，款署'康熙乙亥冬十月竹垞老人珍玩'……"是朱彝尊最珍爱的宝贝之一。另外，吴钟善还曾鉴赏过明代忠烈公蔡道宪遗砚的拓本。

享誉诗坛：结为弢社联吟唱和

吴钟善虽曾为经济特科录用，但他在政治仕途上却并不得志。当时的清朝，早已进入摇摇欲坠的"最后时刻"，尽管吴钟善上书可试万言、射策能详百问，但腐朽昏暗的晚清政府并没有给其真正能施展才华的机会。

直至宣统元年（1909），吴钟善方才受命出任州判，分发广东。是年十二月，吴钟善奉广东布政使陈夔麟之委派，掌广州西北三十里处之石门厘厂（即征税机构）。石门虽设卡，然无征厘金之权，实是粤省厘厂之最冷者。不过，吴钟善却以石门乃晋代广州刺史吴隐之"酌贪泉而觉爽"的地方，追慕先贤清廉乐善之风，故安之若素。

宣统三年（1911）秋，吴鲁因病告假南归。吴钟善闻讯亦以还乡省亲为由辞差。年末，吴钟善至上海迎接吴鲁，并服侍吴鲁乘海轮至厦门，寓居鼓浪屿林氏菽庄花园。1912年，吴钟善陪吴鲁返回家乡晋江。此时吴鲁病情加重，吴钟善与妻子丁宜人侍奉病榻，尽心照料。八月，吴鲁病逝于家中，享年68岁。之后，吴钟善请来前清御史、莆田人江春霖为吴鲁撰写墓志铭。

1916年，吴钟善应友人吴增之请，任教于丰州南安中学。后来，吴钟善又应台湾豪门"板桥林氏"第三房林忠之聘，浮海而东，授读于林家。尔后，他与林鹤寿、林柏寿、龚亦瘣、陈蓁、苏镜潭、吴普霖在台北结成寄鸿吟社，推龚亦瘣为社长。此七人又称"寄鸿七子"，其中吴普霖是吴钟善之子，年龄最小。"寄鸿七子"平日里赋诗作词、联吟唱和，为近代中国大陆与台湾的文化交流作出了重要贡献。1919年，吴钟善偕子普霖与林鹤寿、陈蓁内渡至厦门，寄鸿吟社遂告解散。

1920年，林鹤寿在厦门鼓浪屿菽庄花园创立碧山词社，亦邀得吴钟善入会。1924年，为潜心著述，吴钟善索居于晋江家宅，杜门谢客。此后里居十数年，足迹不履城市。1933年，苏大山、林骚、吴增等泉州名士有感于泉州自晚清桐阴吟社后即无诗社，遂结温陵嫠社，吴钟善与友人曾遒、洪锡畴、苏镜潭、黄悟曾等，俱成嫠社成员。吴钟善虽不常参与社侣之雅集，但在写诗一事上，却是十分积极的。后来，嫠社将众人诗篇集结而成诗册，吴钟善执笔为之撰序。

吴钟善一生著述颇丰，有《守砚庵诗稿》十四卷、《荷华生词》二卷，以及《守砚庵文集》四卷等，其诗词文赋后又辑为《守砚庵诗文集》，被誉为闽南诗坛之大家。名士苏镜潭在为《守砚庵诗稿》所作之序中这样评价吴钟善的诗歌："其气醇以庄，其格谐以苍，渊渊乎如鸣琴流水，穆穆乎如响玉清风，信能跻古人之堂奥，而非今世所称诗人之诗也。"

襟怀长存：钟情教育拟纂县志

日前，在吴鲁五世孙吴绶树的带领下，记者前往晋江钱头村参观了吴鲁故居（即钱头状元第）。据介绍，状元第建于清光绪年间，坐北朝南，由状元第大厝、书房、学堂三座并排的建筑物组成。状元第前有石埕，埕内立着两副花岗岩石旗杆夹，各带精美旗座，一副是吴鲁的，另一副则是吴钟善所有。据介绍，吴钟善的那个旗座是特科旗座，与寻常所见的进士旗座又有不同。2013年，钱头状元第被福建省人民政府公布为第八批省级文物保护单位。吴绶树表示，吴鲁书房亦为吴钟善故居，当年吴钟善返乡便居于此屋。吴鲁去世后，吴钟善于此整理、出版吴鲁的遗著遗墨，并进行其他社会文化活动至终老。如今，书房的厢壁上镌有吴钟善的直系后裔、书法家吴紫栋立石并书的"家声不坠碑"。而学堂建筑则是吴鲁教导族内子孙之处，其作用亦如私塾。状元第近年又历重修，整体感觉简约而淳朴。

在钱头村西区还有另一幢状元第，据说这是吴鲁中状元后族人为其修建的，其门厅作双塌寿处理，大门背后檐下镌有"紫薇高照"四字，为吴鲁书法真迹。不过，吴鲁谦逊，返乡后将此宅让予自己的兄弟居住。

吴钟善一生钟情教育事业。早年曾在南安华美学校、晋江县中、丰州书院等处执掌教鞭。虽然1924年后，他便在家乡晋江过着隐士一般的生活，不过出于对教育的热爱，1931年，受吴增、李幼岩等人力邀，吴钟善毅然出任泉州昭昧国学专修学校校长。据吴紫栋先生介绍，吴钟善在泉州昭昧国学专修学校担任校长约有四年时间。泉州昭昧国学专修学校的前身是梅石书院（古为"一峰书院"），吴钟善曾作《梅石书院即罗文毅公故祠》诗曰："一峰不作紫峰去，白水清浆谁与传。石上老梅无恙在，未应花瑞让桑莲。"吴钟善在该校兼授国学，主要是向学生传授古典诗文方面的知识。同年，晋江政府拟修县志，吴钟善被聘为总纂，乃取《泉州府志》中晋江先贤之列传详加评阅，删冗撮要，复掇遗轶，拟辑成书。可惜直至1935年吴钟善病逝，书仍未竟。

吴钟善对泉州的公益事业亦有贡献，单从他的《守砚庵文集》中我们就可以了解到他曾为晋江的溜江六里陂和清源山的赐恩岩等发起过募修，对地方公益事业抱有一颗热忱的心。

（原载《泉州晚报》2022年8月12日，作者系该报记者）

从"三先生"与"七君子"看进士吴钟善

吴紫栋

编者按

30多年来，对福建历史上最后一位状元、清末状元吴鲁的研究不断升温，但有一位和吴鲁文化有密切关系甚至是举足轻重的人物，却较少人提及。直到近几年才见到有纪念他的文章刊世。这位先贤就是状元吴鲁的季子、本文作者吴紫栋的祖父、清光绪二十九年（1903）经济特科进士吴钟善。今日，本报刊出吴鲁曾孙吴紫栋先生所撰文章《从"三先生"与"七君子"看进士吴钟善》，以飨读者。

人物简介

吴钟善，晋江人，字元甫，号顽陀，又号荷华生，别号桐南居士，室名守砚庵。清末登经济特科，因博学被推举为泉州昭昧国学专修学校校长，并受聘为《晋江县志》总纂。

生平史迹值得研究

吴钟善是福建最后一位状元吴鲁的第四子，吴鲁故居的东座书房便是吴钟善看管的，吴鲁遗墨亦由他守护。吴钟善在此整理出版吴鲁遗著多种，直至终老。因此笔者在2018年撰写《家声不坠碑》立于故居吴紫栋书画陈列室时，开头就写道："此处府第东座，状元公之书房，特科公之故居也。"确定吴鲁状元府之书房就是经济特科吴钟善故居。吴钟善故居包含吴钟善的生平史迹，对于吴鲁故居这一文物史迹的研究和保护具有重要的意义，也有助于对吴钟善的生平开展实质性研究。

幼时，笔者就见到故居粉壁有吴钟善写的《百哀诗秋感八首》横批书法，二伯父吴旭霖曾诵给我们听。笔者等孙辈，都在吴钟善故居度过童年，受家学的熏陶。笔者的第一本书《幼近家学老未得法》的"幼"字，其文化含义就在这里产生。记得80年前鼠疫肆虐，先祖母封闭故居六道通往隔壁大屋及屋外周边的大门，严禁孩童外出，实施完全隔离，使全家避过疫行，安然无恙。吴钟善在此衍传五代，老幼在此长居七十有三年至20世纪60年代中止。2019年，笔者复于此建立吴紫栋书画陈列室和《百哀诗》首刊百年纪念厅，并立石为记。状元府中有一座吴钟善故居，书房石埕有一对特科麒麟旗座，其中一根旗杆，20世纪60年代尚存，犹为铁证。1997年笔者首次集资修葺，使书房石埕以及已毁坏的特科麒麟旗座复原。六年前笔者又率先自资兴修，垣梁再起，后又促成全屋重修。

吾泉名士吴捷秋先生尝谓吴鲁与钟善"父子登科"，此一荣耀，可充实吴鲁故居内涵。陈泗东先生在其《幸园笔耕录》也曾提及吴钟善中经济特科声名大噪。笔者在《家声不坠碑》结语云："保护文物责无旁贷，后来之人勿忘也。"告诫族中后辈，勿忘保护文物。故研究吴鲁、研究吴钟善，是为切合实际之举。晋江池店镇钱头村如今建起吴鲁文化广场，立有吴鲁雕像、吴钟善塑像、庚寅恩科吴鲁状元题名碑等物，另有吴鲁世家文化馆，馆内吴鲁、吴钟善相关的藏品十分丰富，令人欣慰。

经济特科优取人才

科举取士，是封建时代选才的最重要政策之一。清朝特科，乃在正科即进士科以外，根据特别需要而设，称为"制科"。放眼整个清代，仅康乾时代有博学鸿词科和光绪末年有经济特科，探花商衍鎏曾谓"皆为稀见之事"。其特点是没有正科固定的考试时间，必须由皇帝下诏才可开科。进士科即正科录取（中式）分甲乙等级。制科取录即直分四等，一二等录用授官，三四等不录。

"庚子事变"之后，清廷有鉴于政治改革需要经济人才，下诏开科。吴鲁时在学部供职，其在《兵事讲义》一稿提及此事。吴鲁写道："朝廷咎当事者营私植党，任用非人，惩前毖后，诏开经济特科。"吴鲁又写道："翰林院奉'行在论旨''督饬在馆人员，切实讲求经济'。"为什么要开这个经济特科，就很清楚了。商衍鎏亦谓："庚子之后，时局阽危，外侮孔棘，海内皇皇，亟思破格求才，以资治理。"正常的科举考试，必须经过乡试再到会试再到廷试，要破格求才就要简化考试程式。经济特科是由清政府各部院首长、学政及地方行政长官保荐，延揽有学问、淹通洞达中外时务者，直接参加保和殿廷试，经第一轮正场淘汰后，再到保和殿参加第二轮复试，中式者即为经济特科进士。当时奏保者有370多人，参加第一场廷试者有186人，参加第二场廷试复试者127人，最后选取一等9人、二等18人，共全国只得27人。上海古籍出版社《明清进士题名碑录索引》第三册最后一页刊有癸卯经济特科一二等中式名单，吴钟善为二等第五名，是福建籍唯一中式者。

保和殿癸卯经济特科两场廷试，是从闰五月十六日至二十七日，只用12天时间。正科由乡试到廷试则需耗时两年。经济特科最终裁决者仍是皇帝，阅卷大臣有8位，与正科相比，只差试卷不须弥封，但仍属于科举，要上榜是很难的。此时吴钟善年方25岁，当是年少有为之士。但此科因梁、袁之事不录用，较之康乾词科能派充翰林，自是令人为之惋惜。直到宣统二年（1910），吴钟善才被派充广东州判。辛亥（1911）夏，吴鲁辞官行至上海，吴钟善即辞差赴上海迎接其归里。笔者曾在1996年随旅行团到北京，团友参观雍和宫时，笔者独自跑到隔街的首都博物馆，即原国子监所在地，查看（庚寅恩科）吴鲁状元题名碑。因时间仓促，未能查明吴钟善特科碑所在。15年后，笔者又从上海再到北京，往返首都博物馆多次，向馆方咨询，终于查明该经济特科并无立题名碑。这件事说明大清帝国末日时的官场乱象和行政能力的衰微。虽然举荐一批优秀人才，终不能为国家所用。这也与吴鲁甄拔寒畯，蔚为国桢之教育思想背道而驰。笔者同时顺道查访吾乡明末状元庄际昌的题名碑，此碑亦不存，另有原因。这说明题名碑也未能完全反映科举的实况。

遗著二册在菲印行

吴钟善著作等身，诗文传世丰厚。乙亥（1935）逝世后，其长子吴普霖收集遗稿编成吴钟善遗著二册于1941年在菲律宾印行。一册是文集，名《守砚庵文集》，分四卷，收集吴钟善由弱冠至晚年所写文章百余篇；另一部是诗词集，名《守砚庵诗稿荷华生词》，收集自13岁游安徽太白楼至晚岁所作诗词近2000首，皆反映清末民初社会情况及个人经历，以及名人传记和墓志、文艺评论考据等。描写风景不多，纪事成分很大，是珍贵史料。其中也有很重要文章，如《清故进士及第学部候补丞参翰林院修撰先考且园府君行述》是研究吴鲁最重要的参考资料，也可以说是研究吴鲁的起点。诗词集内容，以其平生经历为主线，其中卷一《侍轺轩集》与吴鲁关系最大。"轺轩"是使臣乘坐的轻车，吴鲁出任多次主考学政，职同钦差，吴鲁文章署款有时就用"督学使者"。该集记述的是吴钟善跟随吴鲁赴任，东征西游的经过，有的诗词虽然没有直接的叙述，但作诗的时间都在这段经历之内。从太白楼吟诗到侍奉吴鲁归里有18年之久，中间只有三次短期离开，时间都在一年上下。第一次是"庚子事变"时奉母往京，因交通受阻在宁波耽搁，其时吴鲁在京；第二次是经济特科考试期间，其时吴鲁在云南；第三次是来广东履州判之职，其时吴鲁在学部。其余时间，在北京、安徽、云南、吉林、日本，吴钟善都是寸步不离吴鲁，照顾状元公起居。因此在吴鲁逝世后，吴钟善能旋即写出一篇5000字的《先府君行述》，全面记录吴鲁生平事迹，为后来吴鲁研究保留最系统最权威的史实。

"寄鸿七子"占二席

这是1918年至1919年间，吴钟善偕其长子吴普霖在台北板桥林侍郎家西席课经的经历。其时吴钟善与吴普霖两次往返台湾。西席诸人称"寄鸿七子"，即龚亦癯、苏镜潭、陈蓁、林鹤寿、林柏寿、吴钟善、吴普霖，组成寄鸿吟社，龚亦癯为社长。七人中，钟善父子占有二席，吟咏唱和，且偕游台中、台南，得睹台湾山川人文古迹名胜，有诗 200 余首，是台湾山川人文古往今来的实录。2015 年春，笔者到访板桥林家花园旧址查看，七君子伫立的石拱桥尚在，唯桥下已无水流，不知何日成了旱地。七君子文墨也荡然无存。林家花园占地宏敞，为旅游热点，若能搜罗重置，再现当年风采，岂非美事？

寄鸿吟社龚亦瞿社长逝后，吟社随之解散，仅存一年有余，各人也启程回泉。后吴钟善与林鹤寿北上京沪江南各地游历，故地重游，抚今追昔，伤感不已。而苏镜潭又独自返台写成《东宁百咏》，陈祥耀先生《泉州赋》有提及。吴钟善为《东宁百咏》作序云："抚风景之不殊，慨山河之顿异，未尝不感从中来，至于泣下。"表示对当日台湾现状的忧虑。类似句子在吴钟善《东宁诗草》多处可见，如《谒郑延平祠》："即今祠宇凌云烟，赤心终古霄汉悬"，藉歌颂郑成功的民族气节，抒发爱国情怀。如《哀东宁》："登临独对河山好，太息英雄容易老。"至于《东宁诗草》自序，通篇是台湾的历史沿革，慷慨激昂之词充满笔下。有论者言，吴钟善的诗是"文献"，是"诗史"，确是如此。

与弢社饱学之士隐乡里

1923 年秋，吴钟善从上海返里，自此杜门不出，专事著述。郡中弢社诗课也仅以诗简往复，足迹不履城市，实际上过着乡村隐居生活。此时诗作有《海上集》《桐南集》《题画集》及《弢社诗课》等，约合 500 首，其中有怀古，有考据，有田园生活等等，多有数十句之长篇。

这里须特别一提的是弢社的成立，从倡议到投入，多是清末壬寅、甲辰两科举人和进士，只有吴钟善一人是癸卯特科进士。这个士绅阶层的文化群体，实则是清末科举文化于泉州的一个投影，这投影出现在 1934 年至 1935 年间，因吴钟善的逝世，这个投影逐渐淡漠直至消失。那时弢社成员都是能文能诗的饱学之士，包括吴增、林翀鹤、林骚、苏镜潭、苏大山、曾遒、汪煌辉等人，根据吴钟善《游九日山诗序》记载，"吾社诸子集于兹山凡二十人。"可见人数不少，是民初一个辉煌的文化现象。对吴钟善的研究会涉及这段社会史，对这段社会史的研究也会涉及吴钟善。

甘于淡泊气节清高

2023 年，是吴钟善高中经济特科的 120 周年。吴钟善才华出众，科举有殊荣，然隐而不仕，甘老林泉。吴增在《故徵君顽陀吴公墓志铭》有如是写照："故家之后，甘于淡泊，始无玷先德。"

状元公吴鲁逝后，洪禹川请吴钟善到南安华美学校执教席，常与颜君、吕君坐在溪石之上，乡人称"清高闲适三先生"，吴钟善甚为受落，欣而记之。后又应林鹤寿、林柏寿之邀，到台北板桥课经，与龚亦癯、苏镜潭等人并称"七君子"，写成《东宁诗草》，文章气节，俨然一志士。

科举、官场，犹如虚妄的过眼云烟，真实的吴钟善是一位清高的先生、气节的君子。"三先生"与"七君子"的美称，吴钟善受之无愧！

(原载《泉州晚报》2024 年 2 月 23 日，作者系吴鲁曾孙)

吴鲁：福建最后一个状元改革了中国近代学制

卢美松

吴鲁（1845—1912），晋江池店镇人，祖上三代皆为平民，清光绪十六年（1890）殿试状元及第，授翰林院修撰，为科举时代福建最后一个状元。

吴鲁的"考运"十分顺畅：清同治十二年（1873），得福建学政孙毓汶赏识，登拔萃科，入国子监。翌年，以拔萃科朝考一等，授刑部七品京官，任满升刑部主事，充秋审处总办。光绪十二年（1886），考军机章京；十四年（1888），顺天乡试中举；十六年（1890）庚寅恩科（为庆贺光绪帝亲政而特开）进士及第，同榜进士共 336 人，吴鲁为状元。据翁同龢所记，7 位读卷大臣"复加评次"，一致推举吴鲁为第一。

当状元遇上战争

中状元不过四年，就遇上了甲午（1894）中日战争，吴鲁上呈《请迅调战将以临前敌书》，指出："请旨迅调战将，以分贼势。"

光绪二十六年（1900），八国联军攻陷天津，吴鲁上《请饬沿海水师互相联络以振全局疏》，指出："宜以北洋为提纲，以南洋为关键；以陆军扼守其要区，以水师会哨其海口。"他向当局进言，要以史为鉴："甲申之役（指 1884 年中法马江海战），法人扰我马江（今福州马尾），当时苟能以联络声势，互相策应，敌船何敢深入？即径入焉，我军内外夹攻，使之腹背受敌，夷船虽猛，其能飞渡乎？"主战派官员因此荐其为"总军务"。

吴鲁颇具军事谋略，他的《纸谈》所论兵法并非"纸上谈兵"，全是行军驻扎、用兵布阵之法。吴鲁建议对义和团"勒以部伍，与官兵长短相间，协同作战"。他还倡议办理民团，以民间武装力量与国家兵力共拒外敌。

八国联军攻陷天津时，吴鲁作《代军务处大臣复马玉昆书》指出："如今之计，宜合各军，联络一气，申明纪律，分路誓师，同时进取……克服津郡，保卫畿疆，此上策也。"惜未能行，终至北京也陷落。他取道襄、汉，奔赴皇帝行在。

困居北京孤城时，吴鲁在南柳巷晋江会馆，"愤时感事"作《百哀诗》，收诗156首，历述八国联军攻占天津、北京，"祸乱之原因，流离之状况，宫廷之忧辱，人民之惨伤"。人们评其诗"堪称庚子信史"。

在吉林改革学制

吴鲁从政早年，以振兴文教为己任。督学安徽时，他捐俸五千金，倡导规复太平府翠螺书院，并为之作记。卸任时，安徽人立碑颂其德政。

光绪二十七年（1901），吴鲁出任云南乡试主考官，翌年八月，转任云南学政，获得留任。吴鲁提出："……以中学为普通，西学为专门，应兼者兼之，应分者分之。"他看到因"初变新章，文风不竞"，所以为学校添设新课，自己还"捐廉奖赏"，当小学缺乏教材时，他亲自编写《蒙学初编》（二卷）。吴鲁离滇之日，"诸生送行者络绎于道"。士绅们为他树"德教碑"于林则徐"去思碑"之右。

吴鲁做过三任学政、三任主考，有"六掌文衡"之誉。光绪三十一年（1905），朝仪停止科举，令各省学政专司考校学堂事务。

吴鲁在云南学政任上，于1905年上《请裁学政疏》，主张"朝廷振兴庶务，以兴学育才为第一要义"。同时提出四条纲领性建议："一在广筹经费，遍立学堂；二在严督各府厅州县，实力奉行；三在遴委道府精于学务者，认真考察；四在鼓励本籍绅士协力相助。凡此四端，皆宜统归督抚经理，方能确著成效。"奏折不久得到批准。

翌年四月，朝令"裁撤学政，设提学使司，往辖地方学务"。吴鲁返回北京，不久升为代理吉林提学使，一改以往"泄沓之风"，而使学务"稍易着手"。

当时吉林初设提学，诸事草创，吴鲁一到任即捐俸五千金，措办提督学政公署，继又捐资一千六百金改建文庙，并偕各省提学使赴日本考察政、兵、工、商各学务及宪政，以为振兴学堂之准备。

他在《小学校管理法序》中指出"日本兴学，由小学而中学而大学，循序渐臻"，对此做法极表赞同，主张兴学要因材施教、按部就班。

在吉林提学使任内，他倡办《吉林教育官报》，大力提倡教学研究与学术讨论，以促进教育改革。同时他身体力行，为中学堂编写讲义，兼训兵学，躬历各校，登坛演讲，走遍吉林各地。他尤其重视小学教育，认为应"耐烦耐苦"劝办小学，并以三品大员身份日莅一校，为学生谆谆讲解。在职仅一年半，吉林全省"自小学、师范、方言、实业、政法、模范诸学堂，以及中学、女学依次而立"。

在"废科举、兴学堂"风气中，吴鲁积极倡导新学，是中国近代学制改革的先驱。

弘一法师赞吴鲁书法

光绪三十四年（1908）至宣统二年（1910），吴鲁受召入都任职。他的晚年，继续以振兴文教为己任，捐资办学。致仕返乡后，他初寓厦门名士林菽庄宅，不久回晋江钱头，1912 年 10 月病逝。

吴鲁墓在晋江磁灶镇张林村马鞍山。御史江春霖为吴鲁撰写墓志铭，评价他"科名至大魁，仕宦至文衡，皆人生至荣"。原配卢夫人，继室王夫人。有子五人：钟鉴、钟铭、钟庸、钟善、钟勋，女二，男孙十。其子吴钟善编辑遗稿为《正气研斋文集》。

吴鲁书法以行楷见长，江春霖称其"书法精绝，名噪都下"，许多士子竞相效仿，人谓之"吴体"。弘一法师曾在为吴鲁法书作跋时写道："书法严肃端庄，能副其名，可宝也。"

（原载《福建人》2016 年第 8 期，作者系福建省文史研究馆原馆长）

吴鲁《正气研斋汇稿》里的爱国情怀

刘昭斌

据《清资政大夫吴鲁墓志铭》载，清末状元、晋江人吴鲁（1845—1912）平生著作颇多，有《蒙学初编》《兵学经学史学讲义》《教育宗旨集著》各两卷、《国恤恭纪》一卷、《文集》四卷、《读王文成经济集书后》六卷等。吴鲁逝世后，其四子吴钟善收集遗稿，刊印两部著作，一部是《正气研斋汇稿》，另一部是《百哀诗》。由于刊印数量有限，历经时代变迁，这两部著作在社会上已经罕见，知者甚少。直至1964年，福建师范大学校长张立在泉州街头小摊上发现吴鲁手迹《百哀诗》原稿，1985年由泉州市志编委会影印出版，《百哀诗》方才广为人知，得到社会好评，以"史诗"著称。而笔者最近有机会从友人处得见《正气研斋汇稿》影印书稿，翻阅之后，一个爱国者的高大身影陡然矗立眼前，令人顿生敬意。

吴鲁所处的时代，正是清王朝内外交困，岌岌可危的时候。吴鲁出身寒门，勤奋好学，虽然终其一生只是一个中层文职官员，未获大用，但吴鲁"位卑未敢忘忧国"，他不但建言献策，力挽狂澜，而且身体力行，实践改革。他的爱国主义情怀在《正气研斋汇稿》文章中得到充分表现。

《正气研斋汇稿》一书六卷，前附"白华庵主遗像"，即吴鲁着僧衣坐蒲团画像一帧，以及吴鲁生前诗友江春霖、陈荣伦、施士洁等以遗像为题的悼诗多首。第一卷为奏折14篇，第二卷为论、议、考、策等15篇。除了第三卷、第四卷多应酬文字，第六卷偏重书画欣赏考古外，其余文字多见吴鲁忧国忧民所发出的心声。

吴鲁写的奏折，涉及军事的居多，虽未标明年月，但从内容上可看出分别写于甲午中日海战前后和庚子八国联军侵犯天津、北京之前。吴鲁一介文士，如何懂得军事？这与他长期在军机处的阅历有关。吴鲁在军机处参与修方略，时间长达五年，忠于职守，未尝请一日假。

甲午战争发生后，在清军遭到日本强敌进攻屡遭失败之时，清廷一些军政大员手忙脚乱，临阵退却者有之，作壁上观者有之，主和派占了上风。身为文员的吴鲁却积极建言，全力主张组织抵抗并主动出击，这一策略在当时无疑是正确可行的。可惜清军未能采纳，"各自困守，以俟倭逆全军并力攻扑"，正应了吴鲁"此必败之道"之说。

庚子事变之初，战祸已开，八国联军进攻天津，京城局势危急，吴鲁临危受命，充军务处总办之职。其时他上疏请旨饬统兵王大臣秉节出城，相地分兵驻扎，相互联络，严兵固守，以制强夷。未几天津失守，他代军务处大臣复书提督马玉昆，告诫他不宜固守防线以待敌，应该主动出击，无奈提督马玉昆等将领畏敌如虎，见到敌军就溃败逃走，北京很快就沦于敌手。

吴鲁的爱国情怀在政治方面也表现得很突出。庚子之后，东西列强各自从中国获得大量赔款，划分势力范围，改立通商条约。吴鲁清醒地看到，列强侵略中国的本性不会改变，在谈判桌上花言巧语，不过是想得到战场上得不到的更多利益。例如对英商提出的"中国如能尽裁内地厘金，洋货进口税可以从5%加到15%"，中国有一些官员认为可以接受，"以加税之盈抵免厘金之绌，有得而无失"。吴鲁则警惕地看出英使对于洋货在进口与内地制造两条上互相混淆，"其心尤为叵测"，特上《加税免厘得失策》，指出英商"前者以外洋货物输于中国，故不愿其税之加；今以内地制造之货物输于中国，故甚愿乎厘金之免"。以英国为首的列强与中国的商务会议，"胪列多款，无非以现时略示变通之意，伏将来尽夺利权之根"。其分析真是一针见血。

庚子之后，清廷上下都体会到落后就要挨打的道理，于是有振刷朝纲，讲求经济的要求。光绪二十八年（1902），下旨让翰林院人员"切实讲求经济，按月立定课程，甄别优劣，以六个月为限"。吴鲁也痛切地感到"以当今时局阽危，宜究我国三十年来之积弊，参考东西各国用人筹粮练兵之机宜，以用人为纲，以筹粮练兵为目，实事求是，不涉张皇，倘将来有事之时，兵力能站得住。能获一二胜仗，则国家之大局，当下为之一转"。所以他从中外书籍中去寻求"用人""练兵""筹粮"的经验良法，写下多篇议论——

在军事方面，吴鲁反思甲午海战、台湾战役日军对清军包抄，庚子联军对清军包抄的战术，研究古今中外的反"包抄"战术，写下《论兵法最忌包抄包抄最忌横击》；吴鲁又反思庚子年间，巡阅长江水师大臣李秉衡从江苏带兵北上保卫京城，身临前敌，全无及早统筹，以至兵败自杀的教训，对比历史上成功的战例，写下《论将帅不知兵法不谙舆图之害》；他还从甲申谅山之役清军将领鲍超所带的"霆军"以"一字阵"与法军互相攻击并获得胜利的经验中，从甲午中日大东沟海战实战经过研究阵法，写下《书霆军两层大一字阵打进步连环图后》，一一在实战上下功夫。

然而，清廷最高统治者对要求翰林院"讲求经世实学"一事却有始无终，事过不久，各人员外派的外派，升迁的升迁，吴鲁也奉命视学滇南。吴鲁呕心沥血、从惨痛的历史教训中总结出来的意见建议只能束之高阁，无人问津。因此，吴鲁痛心地将其称为"纸谈"。

清廷不重用吴鲁，一直只任他为学官。但吴鲁总利用各种机会宣传爱国主张，并尽力行变法图强之举。

吴鲁在主持地方教育时，积极主张在学校推广新学，学以致用。在《云南校士录》中，他说："方今疆圉多故，任事需才，朝廷宵旰焦劳，冀得人以济时艰，特颁明诏，广立学堂，以有用之学造天下之士……自人伦道德、经史大义、兵学体操、物理测算、化学地质、绘画图书，以及泰东西各国语言文字，靡不兼综条贯，洪纤不遗。"

在吉林任提学使时，吴鲁认为小学是国民教育的基础，特地从日本引进"小学校管理法"加以推广。他在任一年多，吉林省自小学、师范、方言、实业、法政、模范诸学堂，以及中学、女学依次建立。吴鲁自编《兵学讲义》，每日亲莅一校演讲，念念不忘国耻，劝诫学生应"时艰蒿目，独抱杞忧""蕴义愤之气、抱经世之才以备国家之任使者"。

吴鲁是个诗人，他的爱国热情每每表现在诗篇中。庚子之变，八国联军攻破北京，慈禧太后带着光绪皇帝逃亡西安，吴鲁陷于京城半年，目睹列强残害中国人民，掠夺中国财物的暴行，义愤填膺，后来他设法逃出北京，辗转前往西安，遂作《百哀诗》记之。除《百哀诗》外，《正气研斋汇稿》也保存不少他的遗诗，一样表现他面对国事倾危无力补天的悲愤心情。如他于庚子事变一年后作的《辛丑七月廿一日贵州道上有感》诗："去年今日破都城，万死丛中寄一生。白昼人同新鬼哭，长空日避火鸦明。匆匆驿路銮舆出，莽莽胡尘天柱倾。最是不堪回首处，仪鸾宫殿勒戎营。"农历七月二十一是吴鲁的生日，而庚子年七月二十一又是八国联军攻入北京的国耻日，所以，自此之后，每年吴鲁到这一天都有诗作，将自身经历和国事做一个阶段性的回顾。

清王朝覆亡之后，吴鲁随即老死于故乡。百年以来，世事纷纭，先是民国建立、军阀割据，又是十四年抗战、三年内战，直至新中国成立后，吴鲁已成为隔世之人、明日黄花，几乎被人淡忘，偶尔提起他的名字，只是因为其"状元"的头衔和他留下的题墨，而对吴鲁时时不忘国耻，事事为国家尽心尽力的经历，罕见有人提及。

（原载《东方收藏》2014 年第 6 期，作者系泉州市文物保护中心副研究馆员）

序吴鲁世家书画展

吴紫栋

　　吴鲁，吾乡近代史上一位杰出人物，其所处时代为辛亥革命前清末动荡的年代。1890 年，即光绪十六年，吴鲁大魁天下，未几年即发生列强侵华之庚申国难。状元公躬预是役，以崇高民族气节写成诗史《百哀诗》，为第一手史料，史家称为难以匹敌之庚子信史，为清诗之至评，惜其鲜为人知。而其人则是一位才华出众、著作等身，并且深明韬略，具正义感的知识分子，以其高尚的人格精神而永垂不朽。

　　吴鲁又是清代著名学臣，官至正二品，有"六掌文衡"之誉，得仕宦之殊荣。科举制度废除后，1906 年他奉派赴日考察，旋即出任吉林第一任提学使，努力推行新政，提倡教育，创办新学，主张"战地不如战人"，努力为国家培育人才，亲自编写讲义，兼训兵学，躬历各校，登堂演讲，走遍吉林各地，并为首捐廉、助学。未几，小学、师范、法政、女校、中学各种学堂如雨后春笋般纷纷建立，由是学风为之一振，不愧是一位抱负远大的教育家。至今吉林省旅游景点还在向游客讲述这位先贤的事迹。其德之感人至深可见。

　　所谓"字为心画""字如其人"，展品中有一副对联，联文是"人品比南极出地，此心如大月当天"，正是这种磊落光明人格的写照。一代高僧弘一法师为其书卷跋后写道，"书法严肃端庄，能副其名，可宝也"。一语定鼎，是对其正宗书品的总评，何等切合。

　　早前，吴鲁的书法在人文荟萃的北京城就很闻名，江春霖御史称其"书法精绝，名噪都下"。当代吾泉书家吴捷秋、丁明镜诸先生也曾撰文论赞，在书法史上自有其崇高的地位。其书出欧入虞，直逼晋唐，气头清新。大楷兼有麻姑仙坛风节。擘力雄健，有颜鲁公遗风。其个人风格鲜明，自成一体。至今本地，以至外省、沪上，尚有"临孔子庙堂碑""临龙神感应记"、东观西台"吴氏祠堂碑记"、贵州木版水印之"碑记"（待考）。有如故乡钱塘天后庙"瀚海安澜"、梅山雪峰寺之"大雄宝殿"、洛阳之"昭惠庙"、日本神户之"中华会馆"，有如近日发现之越南顺化古都之"福建会馆"，有如故居、北京、泉州、惠安大吴等诸多"状元匾"。洋洋大观，不一而足。

吴鲁传世墨迹甚丰，除当时求书者众、为人所宝、散存各地外，其能大量传世尤得力其季子吴钟善。

吴钟善，字元甫，出生于北京，年十七举茂才，年二十五登经济特科，由是声名大振，全国仅 25 人，而吾闽也仅得其一人。著有《守砚庵诗文集》及墨迹本。《先考且园府君行述》一文，为吴鲁生平之权威著述，多被引用。吴鲁去世后，吴钟善闭门不仕，专事整理吴鲁遗著，辑成《正气研斋汇稿》问世，并在台湾首刊《百哀诗》。其余未刊遗稿则在吴钟善逝后由其子吴普霖、吴旭霖四兄弟继续保存。举世闻名之岳忠武砚亦在其家保存历五代 72 年之久，惜全失于 20 世纪中。

吴钟善书法继承家风，尤以行楷独步书坛。吴书之流传，百多年来遍及五洲，吴鲁后裔血缘已由故乡开枝散叶至东南亚及美洲大陆等地。吴鲁大名垂宇宙，在庞大的华侨社会中素孚盛誉。老一辈华侨几无人不知、无人不晓。吴鲁父子墨迹，为世人所宝，后人一派相承亦颇为人称道，求书者日众，随其后裔之繁衍，流播于世界各地，此独不争之宝。

万马齐喑之后，吴书这颗传统文化的遗珠又再焕发光彩，而为世人瞩目。今年元宵节先有泉州博物馆馆长陈建中先生主持策划之吴鲁世家书画展，开吴书专题展览之先，继有晋江博物馆馆长吴金鹏先生主持策划之同名展览，尤以馆藏之大量极其珍贵之吴鲁手稿以及为数不少之民间收藏予以充实，共近 200 件，使展品内容更加丰富，为吴书之探索及吴鲁学之开拓提供大量素材及启示，影响所及，对保护民族传统文化、发扬光大，自有其深刻的意义。

十里之遥，三月两展，世所罕见，5 月 18 日，时值国际博物馆日，躬逢其盛，与有荣焉，兹不辞浅陋为之序，尚祈有识之士指正。至若学者专家赐以研究阐释，是所企盼，至为感激。

（原载《炎黄纵横》2006 年第 10 期，作者系吴鲁曾孙）

钱头状元第

林清哲

在晋江南畔有一个村庄叫作"钱塘"（即今池店镇钱头村），据说因为其吴姓先祖系由浙江钱塘迁徙来而得名。几百年来，该村以农业为生，年复一年，与一般村庄并没有大的不同。到了清代晚期，该村出了福建科举时代的最后一个状元，村庄内外沸腾了，晋江流域文化上从此再次涂下了浓重的一笔。这个状元就是吴鲁。

吴鲁（1845—1912），字肃堂，号且园，晚号老迟，又号白华庵主，清末著名爱国诗人、书法家、教育家。清光绪十六年（1890）殿试一甲第一名，授翰林院修撰。先后出仕安徽督学、云南学政、吉林提学等教职，对各地教育多有贡献。1900年，八国联军侵占北京，吴鲁愤而作《百哀诗》，记录所见所闻，后人比为"史诗"。吴鲁又以楷书"名噪京城"，留世作品甚多。

由于吴鲁成名后多寓居在外，现今作为其故里的晋江保留下来的吴鲁史迹极其有限，至今保存着的钱头状元第无疑是吴鲁在晋江最重要的史迹。

钱头状元第建于清光绪年间，由三座五开间两落的闽南"皇宫起"红砖厝一字排列，中间为状元第，左侧为居所，右侧为书房，厝与厝之间隔有火巷。占地面积2050平方米，建筑面积1450平方米。大厝外有用闽南花岗岩白石铺就的石埕，埕角有一对一米多高的旗杆石，原本是官宦人家用来标示官衔的，如今却只是一种记载曾经出过官宦人物的象征性装饰而已。

不过，除了埕角的旗杆石告诉世人古厝曾经出过官宦人物的辉煌历史外，三座一字排开的红砖厝从外观看去，同一般的闽南传统民居相比并无任何"拔萃"之处。正面看去都是红砖贴就的身堵和花岗岩白石裙堵共同构成大厝的镜面墙，塌寿采取双凹形式，门墙为木结构。屋顶采用硬山顶，上以红瓦铺砌。这在闽南红砖建筑当中屡见不鲜。砖、木、石仅有简单的雕琢修饰，与清末闽南的华侨建筑的繁缛装饰相比，更显得朴素大方。然而，如果你是第一次走到这里，没有人告知就是状元的故居，你肯定不会注意到它。

三座红砖厝的正中一座即为正屋，门楣上高悬着一块"状元第"匾额，朱漆金字，这才让人知道这座古厝曾经出过状元郎。从塌寿步入下厅，下厅门楣上挂着"光绪癸卯廷试二等授广东州判、经济特科""副魁"等匾额，这是吴鲁季子吴钟善曾取得的科举成就。吴钟善，字元甫，号顽陀，又号荷华生，晚年别署守砚庵主，亦称桐南居士。他在清光绪癸卯（1903）中经济特科二甲第五名，例授翰林检讨。尽管其功名与吴鲁的状元名号相比稍显逊色，但吴鲁的课子有方却从中可以得到若干体现。正厅靠天井的横楣上挂着"状元""学政""历任安徽云南学政陕西云南主考吉林提学使学部丞参翰林院修撰、主考"等三方匾额，正是吴鲁仕途曾经取得的官衔，可以发现其官宦生涯大多离不开"学"也就是教育这个门类。而吴鲁的足迹除了家乡福建之外，还包含安徽、陕西、云南、吉林、北京等地，不可谓不广。厅堂正中悬挂着吴鲁像，令人肃然起敬。除此之外，状元第可谓朴实无华，砖、木、石鲜有雕饰，这让地板上铺着的红色大方砖、白色花岗岩条石成为这朴实当中较为亮丽的色调。

正屋左侧为吴鲁居所，每当有客人造访，吴鲁也常在此接待，因此又称"会客厅"。在下厅与天井之间有一堵壁堵，中间留有两扇门，平日紧闭，只有尊贵的宾客造访才开启，平日里自家人只是从两旁小门进出。在此，我们仿佛看到了忙碌了一天的吴鲁准备就寝歇息的模样，忧国忧民的他或许只有在此时此刻才可以松开他紧皱的双眉；又仿佛可以看到吴鲁身着便装与来访宾客品着青茗，畅谈着家事国事天下事。装饰的朴实无华，宛若寻常百姓家，或许也正是吴鲁淡泊明志的内心写照。

正屋右侧是书房，整体格局如"回"字形，中间建一间单檐歇山顶的学堂厅，供塾师讲学，下落、后落、左右厢房建以环护的房间作为学生读书的场所。书房采用北方步步锦样式的支窗，在晋江传统建筑中罕见，这可能跟吴鲁在北方生活较长时间有关。虽然时过境迁，书房已经为后人改建，格局发生了一定改变，然而，走进这里，我们仿佛回到了100多年前的状元第书房，夫子羽扇纶巾不厌其烦地教着学生读书写字；也仿佛听到了书房里不时传来的琅琅读书声。

钱头状元第于2001年被晋江市人民政府公布为市级文物保护单位（时公布名称为"吴鲁故居"）；2013年1月，被福建省人民政府公布为第八批省级文物保护单位。2013年10月，福建省第八批省级文物保护单位钱头状元第揭碑仪式暨海峡两岸《吴鲁研究》出版座谈会隆重召开，海峡两岸100多名专家学者、吴鲁后裔参加活动。吴鲁留下来的文化遗产极其丰富，其故居钱头状元第应该得到有效保护，成为大家的一致共识。

（选自作者专著《晋江胜迹纵览》，海峡书局2015年3月出版；作者系晋江市文物保护中心副研究馆员）

吴鲁故居

粘良图　刘志峰

晋江池店镇钱头村又称"钱塘"，相传该村吴姓的祖先系元末明初从浙江钱塘迁来，故有此名。乡村离泉州南门不远，村民历来以农为生，人口不多，仅有 200 多户，可是在泉州一带却挺有名气，因为村上出过一位状元——清代爱国诗人、书法家、教育家吴鲁。

吴鲁，字肃堂，号且园，生于清道光二十五年（1845），其父名厚宇，是个谨守规则的生意人，经商时遭到兵乱，曾经散尽财物以赈济饥民，有"义士"之称。吴鲁自幼聪颖，5 岁入乡塾启蒙，12 岁往泉州求学，出入于黄小海、张斐屏、陈冰若等名师门下，因为家境清贫，他一度辍学去当店铺学徒，在其师劝说下才重新入学。他 18 岁考中秀才，29 岁以拔贡考取一等，授刑部七品京官。据说，捷报上门时，吴鲁的夫人卢氏还在往田中挑尿呢。

吴鲁是个重学问之人，公务之余，每与志同道合的朋友谈论经史、时政得失，探研金石、篆刻、书法。因业务之便，他有机会接触到历代的闱墨，便用心揣摩玩味，故而学问日增、书法日精。清光绪十六年（1890），吴鲁 46 岁，又在北京参加科举考试，殿试一甲一名，成了世人共仰的状元，改官翰林院修撰。次年，吴鲁出任陕西典试、安徽学政。不久即因母丧回乡守制，直到清光绪二十五年（1899）冬回京。时值义和团事件，接着发生八国联军侵占北京的"庚子事件"，吴鲁力主抗敌，被推任军务处总办。由于清廷的腐败、投降派的软弱，侵略军很快攻下天津、北京，慈禧太后带着光绪皇帝仓皇出逃西安。吴鲁羁留北京多时，受尽艰辛，终于寻机出逃，取道襄阳，辗转前往陕西。吴鲁将这一段历史时期刻骨铭心的见闻写成诗歌，即震撼人心的《百哀诗》，真实记下"庚子事件"的祸福因由、流离状况、宫廷忧辱、人民惨伤，后人比之为杜甫的"史诗"。

事平之后，吴鲁痛定思痛，向当局提出："时局阽危，宜切究我国三十年来之积弊，参考东西各国用人练兵筹粮之机宜。"先后撰论十篇，提倡改革。清光绪二十九年（1903）八月，吴鲁出任云南学政，在云南广筹经费，遍立学校。次年回京，云南人为立"德政碑"于林则徐"去思碑"之右。

清光绪三十二年（1906），吴鲁往日本考察后任吉林提学使，一年多时间开设了小学、中学、女子、师范、方言、实业、法政等学校。他每日视察一校，亲自向学生讲经济、讲兵法。当时，刚从俄国人手中接受下来的吉林考棚又被日本人占据，巡抚朱家宝及交涉司不敢过问，吴鲁上呈北京学部、外务部与其交涉，并移书日本文部交涉甚力，以至引起当道不悦，把他调回北京，闲置多时，才派他任图书馆总校。不久，辛亥革命爆发，吴鲁出京旅居浙江普陀山白华庵，次年二月回到故乡晋江，八月病逝于家。民国初年，吴鲁第四子吴钟善以其父遗稿编成《正气研斋文集》四卷、《诗集》一卷和杂录、杂著各二卷出版。由于历史的原因，这位爱国诗人、书法家、教育家长期以来没有得到应有的正面评价。

吴鲁在清光绪年间建造的三座五开间大厝，坐东北朝西南，成一字排列，门口铺着广阔的石埕，埕角立着一对旗杆座，上立一米多高的旗杆夹石。原先读书人中举登科都要竖立旗杆，高挂旗帜，标榜荣耀。据说原来吴鲁故居前竖有两对旗杆，一对是吴鲁状元的，八角旗座，旗杆夹上雕刻龙凤；一对是吴鲁之子、高中经济特科的吴钟善的，四角旗座，旗杆夹上雕刻着麒麟。吴鲁故居占地面积 2050 平方米，建筑面积 1450 平方米，配上这些高耸的旗杆，非常气派。

三座大厝从外观看来无甚差别：一色红砖面墙，细雕白石墙裙；墙上开着小小的长方形石枳窗；硬山式屋顶红色的瓦片、筒瓦间布满苍苔；屋脊两端高高翘起如同燕尾；双塌寿，木构门墙；大门口安着长长的台阶石。三座大厝之间留有火巷，巷道里头开有水井。三座大厝除了大门口堵石下螭虎脚和门路木作简单的雕刻之外，不做繁丽的雕饰，比起同时期的古厝显得分外古朴。或许这就是当年主人公不忘贫贱品格的体现吧。

进入大厝，才知道三座大厝格局布置迥异，功用也各有不同。

居中一座为正屋，门面看来平实简易，大门楣上高悬着一方朱漆金字匾额，大书"状元第"三字。入门看，上下厅铺的是特制的尺四大方砖，条石铺砌的天井分外宽敞。上厅厅前横楣上挂着"状元""学政""历任安徽云南学政陕西云南主考吉林提学使学部丞参翰林院修撰、主考"三方匾额，下厅也挂着"光绪癸卯廷试二等授广东州判、经济特科""副魁"牌匾，显示大厝的主人吴鲁及他的四子吴钟善昔日的荣耀。厅堂中挂着吴鲁的画像，是吴家祭祀的地方。可以想象，举行祭典时，状元公的生平每为后裔津津乐道。本来这座宅子是吴鲁五个儿子的居所，现其后裔多搬出另建新居。

左侧一座大厝原为吴鲁居所，主雅客来勤，他常在这里接待客人，所以习惯称为"客厅"。客厅下厅与天井之间，设有一道屏门，中间双扇门平时紧闭，只有尊贵的客人光临，才会打开中门迎接，日常进出都走两旁角门。因为吴鲁在这里读书，为了通风透光，房间前面都安着疏朗的雕花木枳笼扇和可以上下开启的疏枳窗户，窗户棂条设计成北方的步步锦样式，这应该是出自主人公的心裁。据吴鲁后裔回忆，这座大厝当时是最有文化气息的地方，天井左右安着两列花台，一年红花绿叶不断，到处窗明几净，厅前挂着楹联："紫绶金章绵世泽，祥麟威凤振家声。"厅堂正中挂着吴鲁官服画像，旁挂竹刻史可法草书楹联："斗酒纵观廿一史，炉香静对十三经。"画像前安大炕床一张，上有八仙桌，后有长酸枝架，置放文昌、魁星及关帝神像。左壁挂吴鲁便服照片，旁有名人书法条屏。右壁挂吴鲁全身油画像，旁有吴鲁撰书木刻对联："天赋清高绝流俗，老垂著作贻子孙。"厅两侧各摆放着酸枝椅及茶几。大厝左右厢房，当时作为吴鲁、吴钟善书房。

右侧一座大厝是供后辈读书的学堂，前后两落，中间建一座歇山顶的学堂厅。学堂厅砖木结构，气势肃穆，中间悬挂着吴鲁画像。在这里，应是将他作为后代勤奋学习的楷模。后落、左右厢房和下落的房间是让学生分别就读的学舍，周围环护着学堂厅，整体格局如一"回"字。与其他两座大厝不同的是，学堂的门墙上开着青石竹节枳大窗，既利于通风、采光，还寄托着深刻的寓意。古人说："可以食无肉，不可居无竹。"竹子有茂盛的生命力，经冬不凋，文人每把它当作清高、气节的象征，民间艺人也把它作为多子多孙或节节高升的表意。

在这三座大厝兴建之前，即清光绪十九年（1893），吴鲁曾在故里兴建一座大厝，也称"状元第"，后来吴鲁将这座宅第让给兄弟居住。比起后建的三座来说，早时建造的状元第华美气派得多。大厝为五开间二落右面带护厝。三川脊，屋顶脊角高踞着两对鸱吻。红砖镜面墙安着青石框白石枳和白石框青石枳的窗户，色彩鲜明。石构门路，雕刻十分精美，门额石匾刻三个鎏金大字"状元第"，笔墨丰腴，应为吴鲁状元亲笔，门联："瑞腾天马峰前至，人蹑金鳌顶上来。"青石看埕堵刻吴鲁老师陈冰若的隶书联句："前虎岫，后清源，间气钟灵，让掇巍科登甲第；祖钱塘，籍晋水，兴居鼎建，闳开学海起文澜。"抒写出状元门庭之荣耀。厅前挂有两方匾额，一是吴鲁的"状元"匾，一是吴鲁侄子、清光绪二十三年（1897）举人吴钟庆的"文魁"匾。大厝的房间，门上都挂着细竹篾编成的门帘，据说这是宋代理学家朱熹来漳做地方官时所设，以备"男女之大防"，流行了上千年，而今已经鲜见。

吴鲁擅长书法，他的楷书端庄典雅、清丽拔俗，民间以得他片纸只字为荣。在吴鲁故里，除了"状元第"牌匾、木刻楹联"天赋清高绝流俗，老垂著作贻子孙"，还有钱头村天后宫柱联"寰海镜清波澂贝阙，湄洲源流泽被钱塘"，都是吴鲁留下的墨宝。吴鲁还喜欢收藏，家中保存一批字画、竹简等文物，尤其以他在安徽购到的一方岳飞、谢枋得、文天祥用过的端砚最为珍贵，名之"正气砚"。他在《正气研斋文稿》中叙及："余家藏正气砚，为岳忠武故物，背镌忠武'持坚守白，不磷不缁'八字，旁镌文信国之跋，上镌谢叠山先生之记。三公皆宋室孤忠，得乾坤之正气者也……"吴鲁珍藏这方"正气砚"，还把自己的书斋命名为"正气研斋"。他逝世后，这方砚交由四子吴钟善保存，吴钟善干脆把自己的书斋取名为"守砚庵"。直到他于20世纪30年代病逝，"正气砚"由他的次子吴旭霖收藏。

哪知天有不测风云，"文化大革命"时，吴鲁遗留的大批书籍、手稿、字画和其他文物被"造反派"毁的毁、卖的卖，散失一空了。最令人叹惜的是吴家珍藏三代的那方"正气砚"也从此下落不明。但吴鲁裔孙们也尽其所能保存下一批祖先遗物，如手书条幅、奏章手稿、日记残篇、吴鲁油画像、工笔画像、旧照片、民国初年出版的《正气研斋汇稿》等文物。据说也有一部分分散在其海外裔孙手中。

吴鲁故居于2001年被列为晋江市级文物保护单位。同年，吴鲁裔孙将一批珍藏的吴鲁墨宝捐赠给晋江市博物馆，展示后得到社会热烈的反响。2013年1月，吴鲁故居以"钱头状元第"为名，被列为第八批福建省级文物保护单位。近年来，随着吴鲁研究的不断深入，爱国诗人、书法家、教育家吴鲁的声名越来越大，多年无人问津的吴鲁故居变成人们探访名人遗迹、追思先贤的热门去处。而吴鲁的《百哀诗》《正气研斋汇稿》，均由郭延杰校注，分别由陈支平、吴幼雄审订，列入《晋江文库》整理出版工程，由鹭江出版社出版。

（选自作者专著《晋江胜迹》，海峡文艺出版社2018年10月出版；作者粘良图系中国民间文艺家协会会员、福建省作家协会会员、晋江五店市开发建设有限公司文博馆员，刘志峰系中国作家协会会员、一级文学创作）

吴鲁故居

傅建卿

　　在这颇觉乏味的年月，一个富有想象力的人，总是期待一种心灵的荫蔽，尤其是盛夏，在让人焦灼的白天，渴望着僻静、空荡和潮湿的虫鸣伴随思想的自由。

　　寻迹来到被誉为"六掌文衡"、科举时代福建最后一名状元吴鲁的老屋，百多年的岁月，剥蚀了旧居檐头浮夸的琉璃，淡褪了门壁上光耀的朱红，磨光了厝前宽旷的石埕，摧枯了标榜学识的旗杆，脱落了彰显主人荣耀的匾楣……没了杂草裸土，没了野性、不规则和复杂感，这里却有可放飞的空灵。想象中，它是茂盛深邃、曲幽弯折、古朴破旧、红砖外墙的古厝群，能藏得住时光的很多东西，能收留很多往事的地方。我徘徊在墙角，在荫下，在井边，漫无边际地冥想着：吴鲁就是循着怀古革今的路越走越远，也越走越近。经历了岁月的侵袭，如今的状元府第虽不复当初的雕梁画栋，但蕴藏的教育理念和鲲鹏之志却历久弥新。

　　在这满屋弥漫书香的光芒中，一个人不容易看到时间里的自己，也不容易看见自己的身影，除了后人与来者富有警世的隐喻，或语言，或文字的表达。

　　这里充斥着主人的生活、梦想、大义、理念等让人仰望的记忆……与之相伴的，还有故事里丰厚的光彩、飞扬的旅程和硕大的芬芳，以及空气中弥漫着的一代宗师弘一法师评述的"严肃端庄，能副其名"的温润。由此，这居所从不荒凉，这井水从不冰冷，这里来往的人也不低俗。虽然来者不能改变什么，却能对历史保持积极的想象；虽然来者不能扫除道德丛林里的思想垃圾，无力拔除民间灵肉的疾苦，却能坚守对时代的信心与对历史的好感。

我觉得，此时与吴鲁故居相遇，就好像有了宿命的味道：仿佛这里有我内心的守望。对它，我早早存下了一份敬意、一份沉淀，仿佛那是一个人的心灵私宅、精神王朝。透过吴鲁故居，我看到这里的一草一木，都好像被他的好学强识给喂养过，被他的寂寞、他心里的荒凉和云烟喂养过，如同因材施教的精灵，典雅清丽，旷邈悠远。在我心里，吴鲁仍是我的精神俊彦，就为那部充满爱国情怀被后人比为杜甫的史诗——《百哀诗》，就为他在清统治者腐败无能时致力新学、革故鼎新，托起一个民族的希望。

无论生涯或精神，吴鲁的归宿，深深打动了那些亲近灵魂真相的人，生命的修士们、道义的勇士们。"人类不能没有故乡，没有精神故乡的人必将陷于虚无。"由此，故居以主人的生活、创造、体验和穿越岁月的神情，给时代予肖像，给后人精神添加着美谈、尊严和荣誉。

这就是满腹韬略的一代宗师留给后人的遗产。面对这一切，我情不自禁地感到，这是怎样的荣光，却只能为那时代扼腕……

（原载《南安商报》2016 年 8 月 29 日，作者系福建省作家协会会员、南安市农业科学研究所高级农艺师、省级科技特派员）

心忧天下的吴鲁

蔡飞跃

顶着炎炎的夏日，我去晋江池店钱头村吴鲁状元的故居造访。闽南四季湿润，这个季节，一草一木，依然在微风里摇曳绿韵。那执着的绿，竟洋溢着一种难以言喻的美，呈现出不亚于孟春芳草茵茵的意境。

沿着村巷踽踽独行，在一个宽阔的广场上，我见到了状元公的石像，那神情是那般睿智、那般刚毅，真让人眼睛一亮。再往前走，心中一阵窃喜。状元府还完整保留，只是有些老旧。大红灯笼、大红对联、大红匾额，状元第里一派喜气洋洋。凝望，惊叹，在相互对视的刹那，我的心情澄明起来。

吴鲁愈来愈值钱了，朋友说的是书法。吴鲁的书法出入欧颜之间，得空坚持临摹科举名卷，最喜书写大字，开创"吴书"的流派。我在多个场合欣赏过吴鲁的书法，印象最深的有两次：一次是在南安官桥蔡浅古民居建筑群的梳妆阁二楼，他的"是有真宰，积健为雄"真迹漆印在隔墙上；还有一次是在亲友的客厅，这副"写书竹简拈鲜碧，临帖藤笺榻硬黄"纸质对联书法大气、潇洒，两年前一万余元购进，如今有人开价三四万元收藏。是呵，状元公的名位，自成一家的墨宝，升值潜质普遍看好，价码自然年年递升。

其实，"值钱"这词儿既可以评价物质，也可评价精神。书法并非吴鲁值钱的唯一资本。清道光二十五年（1845）生于泉州府晋江县池店钱头村的吴鲁，科举一甲头名夺魁后一直在宦海搏浪，民国元年（1912）从寓居地厦门鼓浪屿还乡不久病逝，享年68岁。逝世100多年的吴鲁并没有走远，他高擎民族精神火炬的背影能依稀望见，值钱的节点不难体认。

一个人，生前再怎么高贵，心中若没有对芸芸众生的大爱，也会像鲜艳的花卉转瞬而枯。吴鲁博学多才、正义爱国，他的品行，已像苍榕的气根深深扎入故乡后人的心中。

状元是中华民族文化殿堂门前的石狮子，是古代科举的最高学位。在"书中自有千钟粟，书中自有黄金屋，书中自有颜如玉"的封建社会里，人们向来认为一旦蟾宫折桂，锦衣玉食便十拿九稳，于是把金榜题名时和洞房花烛夜合称为人生两大快事，于是"男儿欲遂平生志，五经勤向窗前读"。不过，古代一个读书人要成为状元，先要经过乡试、省试，最后到殿试夺魁，时间漫长又竞争激烈，学子熬成状元，无疑是百万里挑一。

中国科举考试始于隋，止于清，1300年间开办大约788次，有名字记载的状元671人，状元文化也因此深深渗入中国人思维和血液中。按理说，状元是文学写作者挖掘不尽的创作宝藏。然而，我尽量回避这方面题材，原因是早几年，我在散文《边荒落雷》中，写过明代状元杨升庵因"议大礼"冒犯嘉靖，充军云南边疆30余年的际遇。我悲愤于杨状元的大起大落，完全颠覆状元享不尽荣华富贵的印象，定稿之后，心情压抑了好一段时间。当我新近接触到吴鲁等状元的史料，随着吴鲁形象的渐渐高大，我发现状元的话题更多的是方正庄严，甚至是崇高悲壮的，他们威武不屈的人格精神，为中华民族矗立一块块值钱的丰碑。

因了一种莫名而生的文化基因，我对这位名鲁，字肃堂，号且园，晚号老迟，又号白华庵主的吴姓状元心生敬仰，因而激发我再次抒写以状元为切入点的文章的兴趣。

吴鲁5岁启蒙，10多岁入官学读书，清同治十二年（1873）举拔萃科，时年29岁；第二年，考授刑部七品京官，任满后升为刑部主事；清光绪十二年（1886）考军机章京；清光绪十四年（1886）中顺天乡试，清光绪十六年（1890）为庆祝光绪帝亲政特开恩科，以一甲第一名独占鳌头。为了这一天，吴鲁花费45年准备铺垫。当报子快马加鞭赶到钱头吴府传递喜讯时，吴鲁的夫人还在田间劳作，显见状元公淡泊清廉的本色。

细节可以改变命运，处事严谨的吴鲁金榜折桂看似偶然，实为必然——会试第一名的江西萍乡人文廷式出生于官宦世家，又是当科主考官翁同龢的得意门生；而上查三代均是农耕好手，几乎没有政治靠山的吴鲁名次居二。按照惯性思维预测，状元非文廷式莫属。可是，殿试时出现戏剧性变化，刚刚亲政的光绪审阅恩科试卷尤为认真，居然挑出文廷式把"阖"写作"面"的笔误，把其降为第二。吴鲁以制策见解独特、卷面整洁就势上位、大魁天下。文廷式的疏忽成就泉州诞生清朝唯一的状元，也使吴鲁成为科举时代福建的最后一位状元。

殊荣来之不易，吴鲁极为珍惜，他发愿有生之年珍惜光阴、有所作为，发愿以绵薄之力为更多寒门子弟搭建教育平台。人生高远，源于对生命品质的追求。从高中状元到辞世，上苍只给吴鲁23年的时间，这23年又处于乱世，他固守文人爱国的本色，敬业爱业，余暇笔走龙蛇，留下丰富值钱的文化遗产和良好口碑。

振兴文教是吴鲁厚重的值钱资本。他金榜题名时即授翰林院修撰，接着任国史纂修庶常、教习及撰文，翌年六月出任陕西乡试副主考，八月转授安徽学政。他一以贯之以振兴文教为己任，在《请裁学政疏》中，疾呼"以兴学育才为第一要义"！督学安徽时，捐俸五千金规复翠螺书院，并为书院立记勉励后学。

多才多艺的吴鲁好赋诗、善评文，存世的著作丰富又值钱。怎样的锲而不舍，怎样的刻苦笔耕，才能完成如此之多的著述——《蒙学初编》二卷、《兵学经学史学讲义》二卷、《教育宗旨》二卷、《杂著》二卷、《国恤恭纪》一卷、《文集》四卷、《读王文成经济集书后》六卷、《使雍皖学滇学西征东游诸日记》综十卷，刊行于世的有《正气研斋汇稿》二册（六卷）、《纸谈》一卷、《正气研斋遗诗》一卷、《百哀诗》上下卷。罗列一大串书目也许是枯燥的，但对于佐证吴鲁著作等身却极有必要。无疑，吴鲁的一卷卷雄文，熠亮了中华文学大观园。

吴鲁的悲喜，总是和祖国的命运连在一起，他的心灵和六月菡萏一样高洁。《百哀诗》156首，一诗一哀：有的写敌骑临城武官争逃脱的窘相，有的写内阁某被捉去"拉炮车"的尴尬；《无米行》写城中"空瓶倒倾无余粮"……全景苦吟清光绪二十六年（1900）前后外国列强攻破津京，慈禧太后挟帝逃亡西安的国殇惨相，意欲激发国人记取耻辱卒复强仇的斗志。吟后能引发共鸣的《百哀诗》，史学界誉其为"庚子信史"，"足与清初的吴梅村、清季的黄遵宪比美"。厦门大学已故教授庄为玑推崇有加。这部诗集的字里行间，隐含着一介书生"天下兴亡，匹夫有责"的精气神！在这座闽南古大厝里，我依稀看见一位留着长辫的书生，擎高自己的灵魂，在诗篇里抒发豪情。

史海泛舟，我垂钓着吴鲁兴教育人的荣光——清光绪二十七年（1901）吴鲁先后出任云南乡试主考官、学政。在云南，吴鲁带去了新风，吹绿偏远省份的文教田园；吴鲁带去了雷，炸醒学子求知的欲望。他认为教育应因地制宜，不必与富庶之地攀比，功课不能强求与其他地方一致。他的有益建言，提振了云南学子的士气，消弭学子的畏难情绪，一时间，偏远乡里学舍拔地而起，琅琅书声四处飘荡。那声音，定然清纯无邪、悦耳动听！吴鲁离滇时，当地士绅为他铭刻"德教碑"，立于林则徐"去思碑"之右，这是一份仕子可望而不可即的荣誉。

岁月倥偬，转眼到了光绪三十二年（1906），吴鲁到吉林任提学使，目睹诸事草创，基础设施薄弱，他慨然捐资五千金措办提督学政公署，继而捐资一千六百金改建文庙，又倡办《吉林教育官报》，大量刊发教学研究和学术论文，营造良好的学术交流氛围，一步一个脚印地推进教育改革的进程。在吉林任职仅一年半，"自小学、师范、方言、实业、法政、模范诸学堂以及中学女学，依次而立"，立下不朽的功绩。

吴鲁赴日本考察各学务及宪政，是在吉林提学使任上奉召出行的。那两年，对于拓宽视野大有裨益。他痛感中华百年积弱民智未开，认定只有大兴教育，才能以新知识、新文化扫除全民族的愚昧落后，回国后率先改革新学制。他是个富有远见的人，时值"废科举、兴学堂"新风兴起，众多智者纷纷出国求学，以求获取新知识报效祖国。吴鲁审时度势，向朝廷疾呼，凡是留学东洋毕业归来的莘莘学子，考试合格后要加以重用。尽管他的人生秋至，却依然像扁豆花，在凄风苦雨中，绽放着生命的花蕊。

时光的车轮向前滚动，清光绪三十四年（1908）至宣统二年（1910），吴鲁入京供职于学部，越年任图书馆总校，因兴学育才成绩卓著，诰授资政大夫

（正二品）。

书香能熏陶人，受吴鲁的影响，姻亲蔡浅在南安老家兴建一座书轩——醉经堂，用于子侄读书。书轩面阔三间，纵深三进，前有花圃，内设敞厅，后为库房，扉联书"醉写唐诗留淡墨，经心建焙品名茶"。开张后，延请泉州最博学塾师为子侄授业。在书轩里漫步，总有一番心得在心头。

富商蔡浅虽粗通文字，但敬畏文字，喜欢结交文人。他捐资修建泉州府文庙考棚、南安文庙、书院时与吴鲁交往，并由吴鲁引荐结识陆润庠、吴拱宸、庄俊元、吴增等名流。他与吴鲁结为姻亲，始于文化。徜徉蔡氏古民居的厅堂，不难看到状元、榜眼、探花、进士及举人的墨宝。蔡浅早吴鲁去世几个月，说起来也是一种巧合。

谈起吴鲁与蔡浅的姻亲关系，个中还有一段凄美而残酷的故事，凄美得让我下笔沉重。出于证实吴鲁一诺千金的需要，我强忍心酸进行一番复述。蔡浅是个精神明亮的人，没有硬性要求子侄成为经商好手，反而偏爱文化人才。二弟德棣的四子世添才艺俱佳，蔡浅视为己出，吴鲁回晋江省亲时蔡浅数次带他上状元府求教。吴状元生性爱才，主动把精通琴棋书画的女儿明珠下嫁与世添为妻。为了不亏待吴小姐，蔡浅一楼两用，把为侄儿筑造的两层读书楼改为梳妆阁，等待落成后迎娶状元千金。无奈红颜薄命，明珠姑娘没有等到那一天就病殁。遵照明珠遗愿，吴状元出面保媒，族弟吴河水之女宝珠代姐出嫁，祸不单行，婚后不久蔡世添病逝，18岁的宝珠守寡，终身守节换来门楣上的二字"安贞"。

吴状元的本意是好的，只是过程出现意外，悲怆的结局不能指摘吴状元的不是，设若天给世添以年，也许是促成一桩美满姻缘，兴许还能演绎出一段甜蜜的爱情传奇哩。历史不允许一丝一毫的假设，历史就是历史。但从蔡浅兴资办学事情上，我对"近朱者赤"这词儿有了深层次的感知。

在错落的时光里，吴鲁的一些史实已经湮漫，但在泛黄的故纸堆里，我依然能清楚听见：吴鲁的爱国主义并非局限于振兴文教和赋诗著述，最为闪光的是军事谋略——他的《纸谈》，所论全是排兵布阵之法；他的《请饬沿海水师互相联络以振全局》奏疏，主张沿海水师以北洋为提纲，以南洋为关键，以陆军扼守其要区，以水师会哨其海口……均富御敌的实践价值。伟大人物最明显的特征，是心存高远、意志超强。尽管吴鲁正言谆谆，听者藐藐，却表现出一位泉州男人心忧天下的自觉。

史书的搭桥，我与晚清拉近了距离：清宣统三年（1911）六月，由于年老体弱，加上对面临国家将亡又不思图强的朝廷失望，吴鲁告老回乡继续捐资办学、读书著作，在自己的天空上绚丽着晚霞。不久，这位把兴教进行到底的爱国老夫子，病逝于钱头村家中。莆田才子江春霖所撰的墓志铭，客观评价他的一生。

值钱之物有人识宝、有人传承，才会有所值。好在，吴鲁爱国重教精神依旧在他的家乡、在新时代弘扬。我在吴鲁故居听到，拜谒人流的跫音，一阵响过一阵，仿似一首首安魂曲，抚慰这位清末状元悲凉沧桑的一生。

（原载《芒种》下半月刊 2019 年第 2 期，作者系中国作家协会会员、福建省作家协会主席团委员、泉州市作家协会主席）